JN032897

Maki
Ryosuke

Searching for
Myosotis

東京創元社

勿忘草（わすれなぐさ）をさがして

Contents

勿忘草をさがして

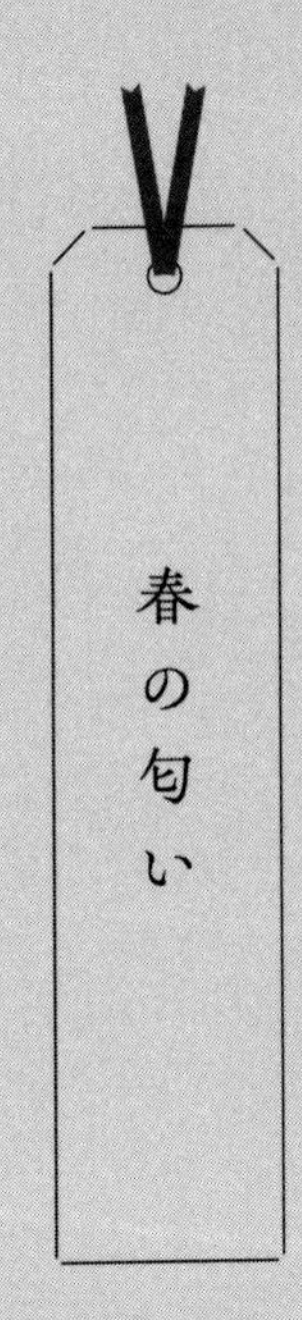

春の匂い

◇

桜もほとんど散ってしまったというのに、やけに空気が冷たい。太陽を隠すように敷き詰められてのっぺりとした雲が、余計に寒々しい雰囲気を演出している。冬の寒さが長居するのは、この街では毎年のことだ。

前方の歩行者用信号が赤になり、森川航大はブレーキレバーを握った。キーキーと耳障りな音を立てながら、自転車が減速する。安物の自転車だからか、買って間もないころからずっとこの調子だ。ブレーキを掛けるだけで、喧しく存在を主張してくる。

横断歩道の前で停車して周囲を見回し、航大は表情を曇らせた。こんな道を通った記憶はない。自らの記憶力が頼りないことは自覚しているが、それでも一度通った道ならば、既視感のひとつくらいあるはずだ。

だが進むしかない。道に迷った自分がいま頼ることができるのは、「庭の綺麗な家ならこの先にあるよ」という道行く男性から教えてもらった曖昧な情報だけだ。

信号が青に変わり、地面を蹴るようにしてペダルに足を乗せる。坂道を下り、教わった通り小さな公園を見つけ、その手前で左に曲がった。

「あ」と航大は声を洩らす。

曇り空の下、どんよりとしていた世界に、突然色彩が溢れた。背の低い生垣の向こうに古色蒼然とした洋風の家屋が見え、その手前にある広々とした庭を埋め尽くすように、色とりどりの花花が植えられていた。赤、青、黄色、紫、白、緑。目に映る景色の中に全部で何色あるのか、すぐにはわからない。依然として太陽は顔を出していないのに、視界の明度が増したように感じられた。

教えてもらった家はここのことだと、一目でわかった。確かに、思わず目を奪われてしまうほど綺麗な庭だ。

しかし、ここは自分が探していた家ではない。航大は小さく溜め息を吐き、名前も知らない花たちを眺めながら、この後はどうしようかと思案する。一度引き返すべきか、勘を頼りに適当に自転車を走らせるか。

「こんにちは」

背後から声を掛けられ、航大が振り返る。

視線の先に、品のよさそうなお婆さんが立っていた。脚が悪いのか、左手で杖をついている。顔は皺が目立つが、大きな瞳と綺麗にセットされた髪が若々しい印象を与えている。

「こんにちは」

航大が戸惑いつつも挨拶を返すと、お婆さんはにっこりと笑った。

「綺麗でしょう?」

「え?」

お婆さんが視線を航大の背後へと向ける。

「うちの自慢の庭なの」

ああ、と航大は納得する。この人は、この立派なお屋敷の住人なのだ。

「はい。すごく綺麗だと思います」

航大が素直な感想を伝えると、彼女は幸せそうに目を細めた。

「ありがとう。あなたは学生さん?」

「高校生です」

「何年生?」

「二年生です」

「まあ、うちの孫と同じ」

「そうなんですね」

「ええ。ただ、孫はもう大学生だけど」

お婆さんがウフフと声を上げて笑う。どうやらお喋りが好きなようだ。

「高校は、この辺りなの?」

「いいえ。少し離れています」

ここから航大が通う高校まで、自転車で二、三十分はかかる。

「部活とかは、何かやってるの?」

彼女の言葉に、航大は顔をしかめる。悪気がないことはわかっているが、その質問はいまの自分にとって最も酷なものだ。消化しきれていない感情が心を波立たせ、腹の底がムカムカするのに吐き出すことができないような不快感を覚える。声にならない悲鳴が、体の内側で響いた。

「いいえ、特には」と返事を濁すと、彼女は気にする様子もなく、「あら、そうなの。体格ががっしりしているから、スポーツでもやってるのかと思った。帰宅部ってやつね」と楽しそうに応じた。お喋りができれば、それで満足なのだろう。

長話に付き合わされてはかなわない。一先ずこの場を離れよう。そう考えたが、別れの言葉を口にする直前で思いとどまった。どうせなら、最後にこちらから訊ねてみよう。

「あの、ちょっといいですか」

「なあに？」

「実は俺、家を探しているんです。庭に綺麗な沈丁花が咲いていて、お婆さんがひとりで暮らしている家なんですけど、ご存じありませんか？　あ、もちろん、お宅のことではありません」

最後の言葉を付け足すと、お婆さんは愉快そうに笑った。

「わかってますよ。うちの庭に沈丁花は植えていないし、そもそもひとり暮らしではないもの」

そうねえ、と呟き、お婆さんは思案する顔付きになった。が、すぐに申し訳なさそうに眉をひそめる。

「ごめんなさい。思い当たらないわ」

「そうですか……。こちらこそすみません。お時間を取らせてしまって」

「あ、でも待って。うちの孫なら知ってるかもしれない」

お婆さんが杖をつきながら門扉へと歩き出し、振り返って手招きする。

「何してるの。孫に会わせるから、早くこっちに来なさい」

「え、でも」と航大はチラリと屋敷の方を窺う。知り合って間もない人間を自宅の敷地へと招き入れて、同居している家族に怒られたりしないのだろうか。世の中には老人を狙った詐欺や泥棒がはびこっているのに、余りに不用心だ。

航大の心配を他所に、お婆さんは「早く、早く」と手招きを続けている。

玄関前で待たせてもらえばいいか、と航大は結論付け、自転車から降りた。

「自転車は、門の傍にでもとめておいて」

「はい」

「ところであなた、お名前は？」

「森川航大です」

「航大君。いい名前ね。私は園原菊子です。よろしくね」

そう言うと、彼女は屋敷の広さに対して小さめの門扉をゆっくりと開いた。

菊子の後に続き、航大は庭へと足を踏み入れる。近くで見ると、より壮観だった。門扉から玄関まで延びているアプローチを左右から挟むように花壇が設置されており、その奥にある塀の手前には背の高い木々が植えられている。さらに、通路の端には等間隔に植木鉢が並んでいた。

庭だけで我が家がすっぽり収まってしまいそうな広さだな、と航大は思う。

「この庭の世話はね、ほとんど孫がやってくれているの。私も少しはするけど、脚がこんなだから」

短く相槌を打ち、航大は庭を見回す。この広さをほぼひとりで管理するとなると、相当な重労働なのではないだろうか。ガーデニングなんてまともにしたことはないけれど、水遣りだけでも相当な時間をとられてしまいそうなことは容易に想像ができた。

「大変そうですね」と航大は思い付いたまま、感想を口にする。

「そうねえ。でも、あの子は大変だなんて思ってないんじゃないかしら。男の子だから体力はあるし。それに、私が少し花を減らしたらって言っても、毎回頑なに拒否するのよ。『これでいいんだ』って。まあ、うちの庭番はあの子だから、好きにしてくれて構わないけど」

「庭番、ですか」

「そうよ。庭の花たちを、害虫や病気から守ってくれているの」

これだけ綺麗に咲かせているのだから、大した庭番なのだろう、と航大は思う。

菊子が足元の花に目を落とし、優しく微笑む。

「見て、チューリップ。綺麗に咲いてるでしょ」

花に疎い航大でも、流石にチューリップはわかった。童謡のように、赤、白、黄色と三色が仲睦まじく並んで列をつくっている。

「ええ」

「こっちの植木鉢にスミレが咲いているでしょ。これはね、植えたわけじゃなくて勝手に生えてきたの。どこからか種が運ばれてきたのね」

「へえ」

「この花はクロッカスっていうんだけど、最近元気がなくなってきたから、そろそろおしまいみたい」

「そうなんですね」

少し進むごとに、菊子は足を止めて花の紹介を始める。育てた花を自慢したいのか、単に口を動かしたいだけなのかは判然としない。ただ、出会ったときの印象からして後者な気がした。彼女はきっと、無類のお喋り好きだ。

航大は相槌を打ちつつ、喉元まで出かかった溜め息を呑み込んだ。親切にしてもらっているのに、失礼な態度はとれない。本当は愛想笑いのひとつでも浮かべるべきなのだろうが、上手くできなかった。胸の奥底に溜まった、黒々としたものが邪魔をする。

以前までの自分なら、相手が初対面であろうと、もっと会話を楽しんだはずだ。だがいまは、とてもそんな気分にはなれない。朗らかな声を疎ましく感じ、短く相槌を打つだけで、疲労感を覚えてしまう。

ようやく玄関に近付くと、右手にウッドデッキが見えた。四角い木製のテーブルと、同じく木製の椅子が三脚ある。

「そこで庭を眺めながらお茶をするのが、日々の楽しみなの」

航大の視線に気付いた菊子が、得意気に説明する。

すると、そのウッドデッキがある方向から、何やら硬いもの同士が触れ合うような音が聞こえてきた。カツン、カツンと、強くではなく、微(かす)かに擦(こす)れているような音だ。

「ああ、丁度良かった。そこにいたのね」

菊子が歩調を速める。

彼女に続いて両脇を花壇に囲まれたアプローチを抜け、航大は目を丸くした。通路からは背の高い花たちの陰になっていて見えなかったが、ウッドデッキの前のスペースで、こちらに背を向けてしゃがんでいる男性がいた。

驚いたのは、その背中の大きさだ。花好きな男性と聞いて、内心で穏やかそうな中肉中背の男性をイメージしていた。しかし、目の前の男性はしゃがんでいる姿勢を見ただけでもかなりの大柄だとわかる。

どうやら何か作業をしているらしく、石畳の上で彼が手を動かすたびに、先程から聞こえていた硬質な音が鳴る。

「タク」

菊子に呼び掛けられ、男が振り返った。仏頂面の男は菊子と目を合わせ、それから航大へと視線を移すと、鋭い目付きで値踏みするように凝視した。

冷たい視線を浴びて、航大は身を竦(すく)める。

「さっき話していた、孫の園原拓海（たくみ）よ」

菊子に紹介され、拓海が小さく会釈をする。

「こちら、さっき家の前で知り合った森川航大君」

「はじめまして」と航大は頭を下げる。

視線を航大から外さぬまま、拓海がのっそりと立ち上がった。右手には、赤土と黒い紙切れのようなものが付着したスコップを握っている。

身長一七五センチの航大が、見上げる形になる。間違いなく、一九〇はあるだろう。健康的に日焼けした肌に、短い髪。人懐っこい祖母との血の繋がりを疑いたくなるほど冷たく無機質な瞳。胸板が厚く、まくられたシャツの袖から伸びる腕は太くないが、筋肉質で引き締まっている。

感情の読み取れない冷たい眼差しを見詰め返し、航大は息を呑む。庭番とは聞いていたが、まさに番人といった迫力だ。この威圧感なら、お年寄り狙いの詐欺師も窃盗犯も対面しただけで尻尾をまいて逃げ出すだろう。

「何してたの？」

菊子がのんびりとした調子で訊ねる。

「植え付けの準備。赤玉土と腐葉土を混ぜてた」

拓海が淡々と答える。

航大は拓海の背後に目を遣る。石畳の上に新聞紙が一枚敷かれ、その上に土が盛られていた。あの硬質な音は、土を混ぜる際にスコップと石畳が擦れる音だったらしい。スコップに付いている黒い紙切れのようなものは、腐葉土の葉かなにかだろう。

「すぐ終わるから、少し待っていてくれ」

拓海が座り込み、近くにあった空っぽの植木鉢に、赤玉土と腐葉土を混ぜ込んだものを入れていく。その後、ホームセンターで売られているような小さな苗を置き、その周りを包むようにさらに土を加えた。

「それで？」

作業を終えて立ち上がった拓海の目が、再び航大に向けられる。何しにここへ来たのか、と訊ねたいのだろう。

拓海の鋭い視線を受け、航大は思わず顔を伏せてしまう。やましいことがあるわけではない。ただ、恐かったのだ。このまま視線を合わせ続けていたら、内心が全て読み取られてしまいそうな気がした。

航大が答えるより早く、菊子が口を開いた。

「ああ、そうそう。航大君、迷子らしいのよ」

迷子という単語が引っ掛かり、航大は口をへの字に曲げる。だが、道に迷っていることはぐうの音も出ないほどの事実なので、否定できない。

「迷子になるような歳には見えないが」と拓海は表情を変えずに言う。「帰り道がわからないのか？」

「そうじゃなくて……。どこに行きたいんだっけ？」

菊子が振り向き、訊ねる。

ようやく発言権を得られ、航大は小さく息を吐いた。

「家を探しているんです。庭に綺麗な沈丁花が咲いていて、お婆さんがひとり暮らしをしている家です」

「漠然としてるな」

「ええとあとは、家の前が坂道になっています。それと、庭の隅に二階の屋根まで届く背の高い木が植えられているはずです」

「この辺りは坂道だらけだ。元々が山だったところを切り開いたからな。背の高い木というのも、それほど珍しくない」

確かに、ここに来るまでも随分と坂道を通ってきたな、と航大は思い返す。

拓海が訊ねる。

「そのお婆さんの名前は？」

「それが、わからないんです」

「わからない？　名前が？」

拓海は相変わらずの仏頂面だが、声に不信感が増した。

「はい」

「君とそのお婆さんは、どういう関係なんだ？」

どう伝えるべきだろう、と航大は逡巡する。簡潔に説明することもできるが、余りに簡略化しすぎてもよくわからないだろう。どこから話し始めるべきなのか。

航大は、そこで一旦思考を停止した。悩むより、さっさと話してしまった方が手っ取り早いだろうと思い至ったのだ。面倒だが、仕方がない。言いたくないことは、言わなければいい。実際、こみいった事情は伝える必要がない。

顔を上げ、拓海と視線を合わせる。

「少し長くなるかもしれないんですが、聞いてもらえますか？」

拓海が首を縦に振る。

「まだ午前中だ。時間ならたっぷりある」

「それじゃあ、コーヒーでも淹れてきましょうか」

「あ、すみません。そこまで長くはならないです」

航大が言うと、菊子は残念そうに唇を尖らせた。申し訳ないが、お茶に付き合わされたら中々解放してもらえないような予感がした。

「コーヒーが飲みたいのなら、飲んできていいよ。話は俺が聞いておくから」

「嫌よ。私も興味あるもの」

「少しは野次馬根性を隠す努力をしてくれ」

拓海は呆れたようだが、それでもやはり、表情はほとんど変化しなかった。

「それじゃあ、話してもらえるか」

拓海に促され、航大はゆっくりと話し始めた。

◇

中学を卒業し、高校入学を前にした一年前の春休み。

その日、昼食を食べ終えた航大は自室のベッドに横になり、ぼんやりと天井を見上げていた。友人との約束もなく、午前中の大半を寝て過ごした退屈極まりない今日という一日の残りを、どう過ごそうかと思案していたのだ。一日中ゲームや漫画で時間を潰すか、はたまたこれから友人と約束を取り付けるか。もしくは、このまま昼寝でもしてしまおうか。

アレコレと考えを巡らせるが、どれもピンとこない。

寝返りを打ち、窓の外を眺める。絵の具を塗りたくったような、気持ちのいい青空が目に入った。そういえば、天気予報によると、今日は暖かくて過ごしやすい一日になるらしいな、と思い出した。

とりあえず、外に出るか。

そう思い、航大はベッドから体を起こした。

玄関を開けると、暖かな空気に身体を包まれた。四月になっても寒い日が続くことが珍しくない地域だが、この日は春らしい陽気で満ちていた。両腕を上げて背筋を伸ばし、全身で浴びる陽光が心地良い。

サイクリング日和(びより)だな、と頭に浮かび、そのままそれを採用することにした。本日の午後の予定は、サイクリングだ。

自転車に跨(また)がり、走り出す。

とりあえずの目的地として、進学する高校へと向かうことにした。新しい通学路の再確認もできて、一石二鳥だ。

のんびりとペダルを漕ぎ、目的地には三十分ほどで到着した。

校門から構内を窺うと、校庭で練習しているサッカー部の姿が見えた。練習に混ぜてもらえないだろうかと思ったが、スパイクすら持ってきていないことに気付き、断念する。

まだまだ帰宅する気にはなれず、航大はそのままサイクリングを続けることにした。春の陽気に誘(いざな)われ、足の向くまま、いや、車輪の向くまま自転車を走らせる。景色が後方へと流れていき、いつしか見知らぬ土地にいた。

不安はなかった。むしろ、わくわくした。ちょっとした冒険気分に浸りながら、どんどん前へ前へと進んでいく。道に迷ったら、そのときは携帯端末で地図を調べればいいだけだ。そのうち、わざと大きな通りから外れてみた。地元の人間しか通らないような狭い路地を抜け、時には来た道を引き返し、曲がり角が見えるたびに道を逸れたりした。適当に、気の向くままにハンドルを切る。

道幅の狭い、迷路のような住宅地をのんびりと走る。どうやってここまで辿り着いたのか、もう自分でも憶えていない。

どこからか、上品な甘い香りが漂ってきた。心を落ち着かせる、良い匂いだ。これはきっと、春の匂いに違いない、と航大は思った。

ペダルを漕ぐ足を止め、自転車が自然と進むのに任せて、緩やかな坂道を下る。全身で感じる風が気持ちよかった。風の中に、春の匂いも混じっている。下っていくほどに、香りが強くなっていった。

この香りはどこから来ているのだろうかと気になり、航大は周囲を見回す。だが、その発生源らしきものはまるで見当たらない。香りはどんどん強くなっているのにと不思議に思い、さらにキョロキョロと視線を忙しなく動かす。

そんなことをしていたから、注意力が散漫になっていた。痛い目を見るのは、往々にしてこういうときだ。不意に自転車が弾み、バランスを失った。慌てて体勢を立て直そうとするが、その努力も虚しく視界は勢いよく傾き、全身に衝撃が走った。

突然の出来事に混乱し、しばらくは仰向けの状態で空を見詰めていた。軽やかに飛ぶヒヨドリのお腹を目にして転倒したことに気付き、上半身を起こす。道路を確認すると、アスファルトの地面が僅(わず)かに隆起していた。どうやら、あれに車輪が引っ掛かったらしい。

自転車の下敷きになっていた右脚を引っ張り出す。体のあちこちに鈍痛を感じるが、幸いなことに、骨折のような大怪我はしてなさそうだ。そんなにスピードを出していなかったので、自転車の方も無事だった。

「大丈夫？」

航大は声のした方を振り向く。白髪頭のお婆さんが塀越しに顔を出し、心配そうにこちらを見ていた。

「大丈夫です」と航大は短く返す。

転倒して痛がるところを見られたと思うと、気恥ずかしかった。顔が熱い。赤面していないだろうかと不安になる。一刻も早く、この場から退散したかった。

立ち上がろうとして、異変に気付いた。体を地面に打ち付けた痛みとはまた別の、鋭い痛みが右肘に走る。思わず声が洩れ、顔をしかめた。ゆっくりと右腕を回して確認すると、肘から出血していた。転倒した際に擦りむいたらしい。

「大変。血が」

お婆さんが、慌てて外へと出てくる。

「平気ですよ、これくらい」

心配してくれるのはありがたいが、見知らぬ人に迷惑を掛けたくなかったので、航大は平静を装った。

「駄目よ」とお婆さんは思いがけず強い口調で言う。「こういうのはちゃんと手当てしないと。傷口から病原菌が入ったりしたら、もっと大変なことになるんだから」

もう一度確認すると、肘から手の方へと血が垂れていっていた。彼女の言う通り、手当ては必要かもしれない。

「さあ、こっちに来て。遠慮することはないからね」

今度は穏やかで、優しい口調だった。その声が染みるように響いて、航大は自然と彼女の厚意に甘えることにした。

庭の方へと案内され、航大はハッとする。そこで、とても強い春の匂いが感じられた。

「そこに座って待っていてね。いま、救急箱を持ってくるから」

お婆さんが縁側を指差し、家の中へと消えた。

航大は縁側には座らず、庭の花たちを眺めていた。小さな花壇に、色とりどりの花たちが咲いている。だが、春の匂いの正体は、花壇の花たちではない。

塀の傍に植えられた背の低い木々に、白い花が咲いていた。可愛らしい小さな花が密集し、毬(まり)のような塊(かたまり)となっている。

航大は前屈(まえかが)みになって鼻を近付け、確信する。この花が、春の匂いの正体だ。

「あら、お花を見ていたの?」

お婆さんが、緑色の救急箱を持って戻ってきた。

「すみません。勝手に」

「いいのよ。気に入ってもらえて嬉しいわ」

お婆さんはそう言って笑うと、縁側に腰を下ろして、隣をポンポンと叩く。

「はい、ここに座って」

右肘を押さえながら、航大は言われた通りお婆さんの隣に腰掛けた。そこに座ると、正面の花壇がよく見えた。

「消毒するから、ちょっと痛いけど我慢してね」

航大は覚悟を決め、歯を喰いしばる。消毒液を染み込ませたガーゼを当てられると、傷口が焼けるように熱くなった。そして、痛い。弱音は吐くまいと心に誓っていたが、歯の隙間から唸り声が洩れてしまう。

消毒が終わると傷口にガーゼを当てられ、包帯で固定された。

「これでよし。でも、これじゃあ動かしづらいだろうから、自転車に乗るのは控えた方がいいかも。他に、どこか痛いところはない？」

「ありません」

実際はまだまだ痛いところだらけだったが、耐えられないようなものではない。大きな怪我は右肘だけだ。

感謝の言葉を口にしようとしたとき、穏やかな風に全身を包まれた。春の匂いが運ばれてきて、航大の視線は小さな白い花へと引き寄せられる。控えめながら誇らしげに咲くその花たちを眺めていると、痛みがどこかへと遠のいていく気がした。素朴な可愛らしい姿を見ているだけで、心が安らぐ。

「良い香りでしょう」とお婆さんが微笑む。「沈丁花っていうのよ」

「ジンチョウゲ」と航大は繰り返す。どこかで聞いたことがある気がするから、有名な花なのかもしれない。

「そう、沈丁花。ひとり暮らしが退屈で育て始めたんだけど、随分と立派に育ってくれたわ。春が近付くたび、花が咲くのが楽しみになるの」

お婆さんの口振りが自慢の愛息を紹介するかのように優しかったので、航大は温かな気持ちになる。きっと、心から大切に育てているのだろう。

沈丁花を眺めながら、お婆さんが続ける。

「あの子たちは、皆男の子なのよ」

意味がわからず航大が首を傾げると、お婆さんは愉快そうに笑った。そして、今度は庭の隅に植えられている、二階の屋根まで届く青々とした一本の木を指差した。

「あの子も、皆男の子」

やはり意味がわからず、航大は上半身まで傾いてしまう。その様子を見て、お婆さんがまた笑う。

そのとき、家の奥から鐘の音のようなものが聞こえた。一定の間隔で、五回鳴る。

「もう五時になったのね」

お婆さんの一言で、航大はドキリとする。もう五時！　ここから自宅まで帰るのに、どれくらい時間が掛かるだろう。ハッキリとはわからないが、どれだけ急いでも一時間は掛かりそうだ。

航大の母は、口うるさい方ではない。だが、門限には厳しい。基本的には自由にさせるから門限だけは遵守せよ、という暗黙のルールが親子の間にはあるのだ。高校に進学するまでは、部活以外の日は夜の六時までに帰ってくることと決められていた。仕方なく帰りが遅くなる場合は、母が夕飯の買い物に出る前に連絡をしなければならない。それを破ると、母は烈火のごとく怒る。怒った母は、鬼より恐い。

おそらく、母は既に買い物に出かけているだろう。連絡は間に合わない。

航大が慌てて立ち上がり、お婆さんが目を瞬く。

「あの、すみません。門限があるので、そろそろ帰らないと」

「あら、門限はちゃんと守らないとね。親御さんが心配しちゃう」

お婆さんが理解を示すように頷(うなず)く。

「慌ただしくてごめんなさい。それと怪我の手当て、ありがとうございました」

「もう転ばないように、気を付けてね」

お婆さんが笑顔で手を振る。

「はい」と返事をし、航大はお婆さんの家を後にする。手で自転車を押し、彼女の家が見えなくなったところでサドルに跨った。忠告を無視することは心苦しかったが、歩いて帰れるような距離ではない。

不格好な姿勢で自転車を走らせ、少し進んだところで停車した。似たような景色が続く住宅街の中では、方向感覚がつかめない。

現在地を確認しようとポケットから携帯を取り出し、航大は愕然(がくぜん)とした。液晶に巨大な蜘蛛(くも)の巣のようなヒビが入っている。転倒したとき、破損したに違いなかった。これでは、とても操作できない。母への連絡も不可能だ。

選手生命を絶たれた携帯端末をポケットに戻し、とにかく勘を頼りに自転車を走らせた。何とか見覚えのある大通りに辿り着いたときには、空はもうすっかり暗くなっていた。

帰宅すると、案の定、母のカミナリが待っていた。怪我をして、携帯まで壊してしまったのだから、ここ数年で最大規模のカミナリが観測された。

お世話になったお婆さんの名前すら聞いていないと気付いたのは、最長記録を更新した母の説教が終わり、自室のベッドに横になったときだった。

◇

「要するに、そのお婆さんは怪我の手当てをしてくれた恩人というわけだ」

話を聞き終えた拓海が、事務的な口調で確認する。

「そうです」

「君とお婆さんの関係性はわかった。ただ、どうしてそのお婆さんの家を探しているんだ？」

それは、と答えかけて航大は顔を伏せた。どうして会いたいんだ？　会ってどうなるんだ？

と自分自身も問いかけてくる。

考える間を置いて、航大は返答する。

「もう一度会って、今度はちゃんとお礼を言いたいんです。一年前はバタバタしちゃって、しっかりと伝えられなかったから」

それは、偽りのない本心だった。ただ、それが全てではない。実際のところ、航大自身がハッキリとわかっていないのだ。自分がどうしてここまで来たのか。

拓海が考え込むように腕組みをする。

「ねえ、もういいじゃない。航大君は悪い子じゃないわよ」

菊子が横から口を出す。

「俺だって、別に疑っているわけじゃないよ。ただ、他人様（ひとさま）の家に案内することになるんだ。慎重にもなるさ」

「平気、平気。航大君はいい子よ。私の人を見る目を信じなさい」

「本当に人を見る目があるのなら、新聞の勧誘や訪問販売を家に入れないでくれ」

「あら、私はちゃんと見破ってるわよ。この人はセールスだな、って。その上で、話し相手になってもらっているだけ」

「契約する気も買う気もないのに？」

「ええ」

「そっちの方が、タチが悪いな」

「私を説得できない向こうが実力不足なのよ」

菊子が事も無げに言い、拓海は呆れたように首を左右に振った。

二人のやり取りを黙って見ていた航大の方に、拓海が向き直る。

「とりあえず、心当たりが一軒だけあるから、そこに案内しよう」

唐突な申し出に、航大は目を瞬く。

「え、いや、あの。道を教えてくれれば、自分で行きます」

「教えるより、案内した方が手っ取り早いし確実だ」

「でも、そこまでご迷惑をお掛けするわけには」

「迷惑じゃない」

清々（すがすが）しいほどキッパリと、拓海が言い切った。

そこまで端的に断言されると、航大は言葉を呑み込むことしかできない。

「それじゃあ祖母（ばあ）ちゃん、ちょっと出かけてくる」

「いってらっしゃい」

「訪問販売とかが来ても、家に入れずに追い返す。いいね？」

「はい、はい。わかっていますよ」

菊子が笑顔で返す。

わかってなさそうだな、と航大が思うと同時に、拓海が口を開いた。

「わかってないだろ」


拓海が先を歩き、航大が自転車を押しながらそれに続く。会話はなく、静かだった。

見知らぬ相手と二人きりでいることは、何とも居心地が悪い。しかし、いまの航大にとっては、知った相手と共にいるより、遙かにマシだった。無理に笑顔を浮かべる必要はないし、無意味な話を延々と聞かされることもない。それだけで、随分と楽だ。

歩きながら、航大は道行く景色に視線を巡らせる。もしかしたら、記憶の中の場景と重なる場所があるかもしれない。しかし、整備された無個性な住宅街の中だと、目に映る景色はどれも似たり寄ったりなものばかりだ。

そこでふと、沈丁花の香りが随分と遠くから感じ取れたことを思い出し、鼻をひくつかせてみた。だが、あの上品な甘い香りはまるでしない。そして、ひとつの疑問が浮かぶ。

少し迷ってから、航大は拓海に質問をしてみることにした。

「あの、拓海さん」

拓海が振り返り、航大を真っ直ぐに見据える。

「沈丁花って、いつ頃まで咲いているものなんですか？」

「地域や気象状況によって差はでるが、だいたい四月の上旬くらいまでだ。この辺りだと、もうほとんど咲き終わっているだろう」

表情を変えずに質問に答える姿は、昔の映画で観たサイボーグを想起させる。

「それじゃあ、香りを頼りに見つけることは難しそうですね」

「厳しいだろうな」と拓海はあっさりと認める。「もう少し時期が早ければ、ある程度の目星はつけられたかもしれないが」

そうなると、拓海に案内された先が目的の家ではなかった場合、また手掛かりがほとんどない状況に戻るということになる。どうか彼の知っている家がお婆さんの家であってください、と航大は切に願うが、これまで進んできた道に見覚えはない。一年前とは別の道を通っているだけなのか、それとも全く違う場所へと向かっているのか。

「沈丁花って、すごく香りの強い花なんですね」

心配事から目を背けたくて、航大は会話を続ける。

「沈丁花は、三大香木のひとつだからな」

「三大、なんですか？」

「三大香木。香る木と書いて、香木だ。沈丁花、クチナシ、金木犀（きんもくせい）の三つがそう呼ばれている」

「金木犀は、聞いたことがあります」

見た目はわからないが、沈丁花と同様に名前を聞いたことがある。

「この中だと、金木犀が一番有名だろうからな。芳香剤の香りとしてよく使われているし、しっかりと剪定（せんてい）すれば大きさも抑えられるから、庭木としても人気だ。沈丁花は春、クチナシが夏、金木犀が秋に咲く」

「冬はないんですか？」

「冬はないな。そもそも、冬に咲く花は多くない」

拓海が生真面目に答える。

当たり前のことを訊いてしまい、航大は気恥ずかしさを覚える。言われてみれば、その通りだ。

話をしているうちに、航大と拓海は自然と並んで歩く形になっていた。

「そういえば、沈丁花に関して、前から気になっていることがあるんです」

話のついでと思い、航大が訊ねる。

「どんなことだ?」

「一年前、お婆さんの家で沈丁花を見ていたとき、『あの子たちは、皆男の子なのよ』と言われたんです。その後、お婆さんは庭の隅に植えられていた木に対しても、『あの子も、皆男の子』と言いました。それってどういう意味だったのか、わかりますか?」

当時は門限が迫り、慌ただしくお婆さんの家を後にしたため、その言葉の意味を訊ねることができなかった。ただ、妙な言い回しだったので、強く印象に残っている。

拓海が微かに顔を上げ、答える。

「それはおそらく、そのお婆さんが育てている植物たちが雄株だということだろう。小学生のころ、理科の授業で習っただろ。雄花と雌花。動物と同じように、植物にも性別はあるんだ」

そういう意味だったのか、と航大は納得し、あっさりと解答を導き出した拓海の知識量に感嘆した。

「よく、そんなすぐにわかりますね」

園芸をしている人からすれば当たり前の知識なのかもしれないが、遊び心のある言い回しを即座に見抜くことができるのは、頭の回転が速いことの証左に思えた。

「それらしい答えが、たまたま浮かんだだけだ」と拓海は素っ気ない。

「拓海さんは、昔から花が好きだったんですか?」

　思いがけない質問だったのか、拓海がきょとんとした顔で航大を見る。出会ってから初めて目にする、ハッキリとした表情の変化だった。

　拓海が前に向き直り、記憶を辿るように目を細めた。

「花が好きというより、最初は庭が好きだったんだ」

「あの庭、昔からあんなにたくさん花が植えられていたんですか?」

「そうだな。死んだ祖父ちゃんが、賑やかなのが好きな人でね。それで、あれやこれやと植えて育てていた」

「お世話が大変そうですね」

「もう慣れたよ。子供のころから、あの家に遊びに行くたび祖父ちゃんの庭仕事を手伝っていたからな。家の中よりも、庭で過ごした時間の方が長いくらいだ」

「元々あの家に住んでいたわけではないんですね」

「ああ、出身は違う。あの家で暮らし始めたのは、中学を卒業してからだ」

　会話を交わしながら、航大は拓海に抱いていた印象を改めていた。その佇まいから、拓海を無愛想な人間と決めつけていたが、偏見だった。普段は寡黙でも、こちらから話しかければしっかりと応えてくれる誠実さが、彼にはある。彼はただ、感情が表に出にくいタイプなだけなのだろう。

「そろそろ着くが、この辺の景色に見覚えはあるか?」

　拓海の言葉を受け、航大は周囲を見回す。しかし、目に映るものはどれも記憶にないものばかりだった。

「見覚えはない、か」

航大の表情を見て、拓海が察しよく言う。

「……はい」

「特徴のない住宅地だし、印象に残っていないだけかもしれない。とりあえず、行くだけ行ってみよう」

「はい」

既に期待感は小指の爪ほどの大きさに萎んでしまっているが、それでも万にひとつの可能性を夢見て、航大は進んだ。

緩やかなカーブを曲がり、拓海は前方を指差した。

「あの家なんだが、どうだ？」

拓海が指した先にある二階建ての家屋を確認し、航大は弱々しくかぶりを振る。

「ごめんなさい。違います」

「謝る必要はない。一応、まだそれらしい家を知ってるから、そっちに行ってみよう」

航大が顔を上げる。

「まだ心当たりがあるんですか？」

「こっちは心当たりと言えるほどハッキリとしたものではない。住人がガーデニングをしていて、庭に背の高い木が植えられている家というだけだ。その家がお婆さんのひとり暮らしかなんて知らないし、そもそも沈丁花が植えられているかもわからない」

その宣言は、目的の家であるという見込みが極めて薄いということを示唆していた。

それでも航大は、「お願いします。案内してください」と頭を下げた。可能性が低いことはわかっている。しかし、あてもなく自転車で走り回るよりは、まだ希望があると思った。

拓海が無言で頷き、歩き出す。

航大は俯きがちに自転車を押す。こちらから話しかけなければ、拓海が口を開くことはない。

二人の間に、再び沈黙が降りた。静寂の中にいると、頭の中に悲観的な言葉ばかりが浮かんでくる。

どうせ見つからない。

仮に見つかったとして、現状が変わるわけではない。

無駄足。

自己満足。

まるで自分ではない誰かが面白がって心に傷を付けようとしているかのように、悪意のある言葉を刻んでいく。現実のものかもわからない、刃物で皮膚を切られるような痛みが襲ってきた。こうなっては、抗う術はない。痛みが遠のくまで、ひたすらに歯を喰いしばって耐えるだけだ。

「大丈夫か？」

ハッとして、航大は拓海を見る。相変わらずの仏頂面がそこにはあったが、こちらを心配するような気配が感じられた。

「随分と辛そうな顔をしている」

「平気です」

「そうは見えない」

拓海が言い切り、航大は眉をひそめる。

冬の名残のある冷たい風が、二人の間を吹き抜けた。どこからか、木々の枝葉が擦れる寒々しい音がした。

「最初に会ったときから、君はずっと辛そうだ」

「元々、こういう顔なんです」

「それじゃあ、辛そうだと思ったのは、俺の勘違いってことか？」

航大は返事に窮する。一言「そうです」と返せば、この話はここでおしまいにできる。だが、どうしてもその言葉を口にすることができなかった。

拓海は航大を真っ直ぐに見据えたまま、続ける。

「大きなお世話かもしれないが、何か悩みを抱えているのなら、よかったら話してみたらどうだ？　気心が知れた相手より、知らない人間相手の方が話しやすいこともあるだろう」

「話して、どうなるんですか」

航大が吐き捨てるように言う。拓海が好奇心ではなく厚意で言ってくれていることはわかっている。しかし、その提案が有意義なものとは思えなかった。

「誰かに話すことで、楽になることもある。それに、内容次第では力になれるかもしれない」

航大はかぶりを振る。

「無駄ですよ。力になってもらえるようなことではありませんし、話したくらいで楽になれたりもしません」

航大が苛立つ様子を見せても、拓海はまるで動じない。しっかりと大地に根を張る大樹のように泰然と、相手の言葉に耳を傾けている。

「確かに、それは君にしかわからないことだ」

拓海の落ち着いた声は感情に乏しく、それ故に、航大も自然と冷静さを取り戻せた。熱くなってしまったことに対する申し訳なさと羞恥心が、胸の内を這いまわる。

「すみません。こんなに親切にしてもらっているのに」

　拓海はゆっくりと首を左右に振る。

「他人の心に土足で踏み入ろうとしたのは、こっちの方だ」

「そんなことないです。俺を気にかけてくださっての言葉だったことは、理解しています」

　航大が俯く。拓海に非はない。打ち明けられなかったのは、自分の勇気が足りなかったからだ。傷をさらすことで、痛みを思い出すことが恐かった。

「俺、きっかけが欲しかったんです」

　気付けば、そんな言葉が口を衝いて出た。航大は慌てて口を噤むが、拓海の静かな瞳がこちらをじっと見詰めている。穏やかだが力強いその眼差しが、勇気を出せと励ましてくれているように思えた。

　揺るぎない瞳に背中を押され、恐る恐る、航大は口を開く。

「毎日、毎日、楽しくないんです。見えない何かにのしかかられているみたいに体が重くて、頭の中で考えたくもないことばかり考えて、一日が妙に長く感じられるのに、どう過ごせばいいかわからない」

　話し始めてみれば、自分でも驚くほど滑らかに舌が動いた。本心は、ずっと吐き出してしまいたいと願っていたのかもしれない。

「自分で言うのもなんですけど、俺、悩まないタイプの人間だったんです。壁にぶつかったり、何か問題に直面しても、すぐに『仕方ない』って割り切って、無理にでも前を向くような性格でした。でも、今回はそれができなくて……」

『悩むよりも、まず行動』それが、これまでの航大の指針だった。単純でわかりやすく、失敗しても克服しやすい。そんなところが気に入っていた。

しかし、今回はそれが通用しなかった。何をすればいいのか。どうすれば、この体の内側に棲みついた鬱々とした感情を消化できるのか、まるで見当がつかなかった。四方を壁に囲まれてしまっては、一歩を踏み出すことすらできない。

あの、と航大は拓海に向かって言う。

「やっぱり俺の話、聞いてもらってもいいですか?」

表情を崩さぬまま、拓海は深く頷く。

「もちろんだ」

決意を固めるように息を吐き、航大は話し始める。

昨年の十二月。道端のモミジが葉を散らし、頰に触れる風が一段と冷たくなったころのことだ。
サッカー部の全体練習を終えた後も、航大はグラウンドでボールを蹴り続けていた。下校時間が迫り、空はすっかり暗くなっている。心許ない照明だけを頼りに、自主練に励んだ。狙ったスペースに素早く正確にボールを供給できるように、何度も蹴ることで体に感覚を覚え込ませる。
最近は、練習をすることが楽しい。やればやるだけ上達している実感が得られる時期に差し掛かったからだ。直近の練習試合でも、手応えを感じるプレイができた。この調子を維持できれば、公式戦でスタメンを勝ち取れると確信していた。

航大が通う高校のサッカー部は、強豪ではない。だが、最近の練習試合では負け知らずだし、部員たちは皆モチベーション高くトレーニングができている。チームメイトの誰もが、来月の大会ではいいところまで行けるのではないかという予感と自信を、胸の内に秘めていた。それはもちろん、航大も同じだ。疑いようがないくらいチームの調子は上向きで、そのことが部員たちを活気づかせるという好循環ができていた。

満足いくまでボールを蹴ってから片付けを済ませ、下校時間を告げる洋楽のメロディーを背にしながら、航大は校門を出た。天気予報だと雨が降るということだったので電車で通学したのだが、結局一滴の雨粒も空から落ちてくることはなかった。いつものように自転車で来ればよかったな、と月が輝く夜空を見上げて後悔した。

ひとり歩いて駅を目指す。時間が遅いので、帰路についている生徒は多くない。運動したことで熱を持っていた体を、無情な夜風が容赦(ようしゃ)なく冷やしてくる。こんなことで体調を崩してしまっては堪(たま)らないと思い、航大は足を速めた。

「コウ！」

駅の近くまで来たところで、呼び止められた。声のした方へ振り向くと、見知った顔がそこにいた。

「シュン。久し振りだな」と片手を上げて挨拶する。

同じ中学に通っていた、同級生の香山駿介(かやましゅんすけ)だ。中学のころと違い、髪を茶色く染めて眉を整えているが、特徴的な大きな目のおかげで、すぐに彼だとわかった。

「久し振り。元気にしてたか？」

「もちろん。そっちは？」

「俺はいつだって元気だって。コウは部活帰り？　まだサッカーやってんの？」

「当然。シュンは、高校で部活とかやってないの？」

「一応バレー部だけど、ほとんど顔出してない」

「半分帰宅部ってことか」

「半分以上帰宅部だよ。そんなことより、聞いてくれよ。俺、自慢したいことがあるんだ」

「何？　彼女でもできた？」

「素晴らしい。大正解」

「うわあ、ウザっ」

「僻むなよ」

「その余裕のある笑顔がさらにムカつく」

憎まれ口を叩いて、二人で笑い合う。並んで歩きながら互いの近況報告をしていると、なんだか懐かしい気持ちになった。高校で新しくできた友人たちとはまた違う、気心の知れた距離感が心地良い。

だが、楽しいひと時はそこまでだった。

前方から歩いてきた、航大たちと同世代と思しき大柄な男が、こちらを見た瞬間に目の色を変えた。隣を歩く駿介を見ると、彼も男に気付いて表情を険しくしている。

男は足早にこちらへ近付いてくると、駿介を威圧するように睨んだ。

「おう。この前はよくも逃げてくれたな」

「は？　逃げてねえよ。時間の無駄だと思ったから帰っただけだ」

駿介が小馬鹿にするように返すと、男の眼光が鋭さを増した。険悪な空気が二人を包む。どうやら、友人同士というわけではなさそうだ。

突然の事態に戸惑う航大を他所に、二人は激しい口論を始めた。

彼らの話を聞くに、どうも交際関係のトラブルがあったらしい。男は駿介がいま付き合っている彼女の元カレで、自分が彼女と別れる前から駿介が付き合い始めたことに憤っているようだ。それに対し、駿介はそんなことはしていないと主張している。

どちらの言い分が正しいかなんて、航大にはわからない。それよりも、二人の口論がどんどんヒートアップしていることが気になった。おそらく、元から折り合いの悪い二人なのだろう。口を衝いて出る言葉のほとんどが罵声となっている。いつ互いに手が出てしまってもおかしくないような、不穏な雰囲気だ。

駅が近いということで、通行人は少なくない。道行く人たちの多くが、好奇の視線をこちらに向けている。

「もうその辺にしておけって」

二人の間に割り込むようにして、航大は駿介と男を引き離す。部外者ではあるが、これ以上、傍観しているわけにもいかない。

「何だよ、お前！　関係ねえのに話に入ってくんじゃねえぞカス！」

興奮した様子で、男が声を荒らげる。

「てめえ、いまなんて言った！」と駿介が男に憤然とする。

航大は向かい合うように駿介の両肩に手を置き、押しとどめる。

「いいから、相手にするなって」

その一言が、間違いだった。友人を落ち着かせようと掛けた言葉を、男は自身への侮辱として受け取った。男の理性という枷を、外してしまったのだ。

頭に血が上った男に、航大は左肩を摑まれた。そのまま強引に振り向かされると同時に、頬に強い衝撃を感じた。膝を地面につけるようなことはなかったが、よろけて二、三歩後退する。目に映る景色が激しく揺れて、気持ち悪い。トンネルの中を風が吹き抜けるような轟音が聞こえる。サッカーの試合中に、ヘディングの競り合いで、相手選手の肘が頭部に入ってしまったときの感覚に似ていた。

数回瞬きをした後、自分が殴られたことに気が付いた。焦点の定まらない視界の中で、駿介が驚いたような顔でこちらを見ているのがわかった。彼もまさか、これほど通行人の目がある場所で、男が暴力を振るうとは思っていなかったようだ。

男。そう、男だ。

ぐちゃぐちゃになっている意識を、無理矢理男に向ける。彼は瞳をギラリと光らせながら、こちらに向かってきていた。まだ怒りがおさまっていないらしい。さらに攻撃を加えようとしていることは、火を見るよりも明らかだ。

それは、ほとんど反射的な行動だった。男の暴力を受け止めることも避けることもできないと直感した末の、苦肉の策だ。頼りなく震える脚に力を入れ、必死の想いで地面を蹴った。体を丸めて頭部を守るようにして、肩で男の胸部にタックルした。それ以外に、自身を守る術が思い浮かばなかった。

予期せぬ反撃に、男は体勢を崩して転倒した。その瞬間、硬いもの同士が衝突するような鈍い音が響いた。耳にしただけで顔をしかめたくなるような、痛々しい音だ。

眩暈を覚え、航大は我慢できずに地べたに腰を下ろした。駿介の心配する声が、遠くから聞こえる。荒い呼吸をどうにか整えようとしながら男の方に視線を向け、愕然とした。

男は、手で顔を覆うようにしてうずくまっていた。苦しそうに唸り声を上げているから、意識はありそうだ。だが、気になったのはそこではない。街路灯の光に照らされた彼の手は、真っ赤に染まっていた。よく見ると、男の近くの歩道も赤く鈍く輝いている。

誰かが通報したのか、通りの向こうに二人組の警察官の姿が見えた。

揺れる視界が気持ち悪く、航大はそっと目を閉じた。


男は鼻骨を骨折していた。転倒した際に、ガードレールに顔面を打ち付けたようだ。

警察からの事情聴取を受け、目撃者も多かったので、正当防衛であることは認められた。

しかし、航大に対する周囲の大人たちの反応は皆、同情的なものではなかった。両親も教師たちも、不機嫌そうな顔で似たような言葉を口にした。「先に相手が手を出してきたのだとしても、やり返すべきではなかった」と。

使い古された綺麗事ばかり口にする大人たちに、航大は憤るよりも呆れてしまった。彼らの立場からすれば、そう伝えなければならないのだろう。どんなことがあっても、暴力は容認されるべきではない、と。だが、そんなものは、安全な場所から物事の表面だけを振り返った結果論だ。想像は現実に及ばない。あのとき自分が感じた恐怖や痛みを、彼らは真に理解できない。不意に襲い掛かってきた脅威から自らの身を守ろうとしたことが、どうして批難されなければならないのか。あのまま素直に殴られることが正しかったなんて、到底納得できなかった。

事件から数日後、さらに追い打ちをかけるように、サッカー部の顧問に呼び出された。そして、正当防衛とはいえ相手に大怪我を負わせてしまったことで、県のサッカー協会からチームに何らかの処分が下される可能性があることを告げられた。

最早、理不尽を嘆く気力もなかった。これまで自分をつき動かしていた熱が、急速に冷めていく。抗議するのも馬鹿馬鹿しく思えるくらい、何もかもが嫌になった。

チームメイトへ迷惑を掛けたくなかった航大は、その日のうちに自主退部を選択し、スパイクを脱ぐことを決めた。

深い失望が、航大の心に影を落とした。後ろ向きな感情ばかりが膨れ上がり、何度もあの夜のことを思い出した。

あのときもっと早く帰っていたら。

喧嘩を止めようとしなかったら。

あんなことを口走らなければ。

そんなあり得たかもしれない過去を想像し、虚しくなった。

駿介から携帯に送られてきたトラブルに巻き込んでしまったことへの謝罪文には、碌に目も通さず『気にしなくていい』と返信した。彼に気を遣ったわけではなく、これ以上謝られては堪らないと思ったからだ。このころには、誰かに怒りをぶつける気力すら湧いてこなくなっていた。

楽しかったはずの学校生活が、色彩を失ったように一気に味気なくなった。教室の笑い声が耳障りに感じるようになり、友人たちと過ごす時間が苦痛になった。それでも学校をサボらず、上辺だけの人間関係を取り繕っていたのは、ひとりの時間が増えると、余計にアレコレと考え込んでしまいそうだったからだ。放課後になると逃げるように学校を去るが、家に帰りたくもなかったので、適当に自転車を走らせて無為に時間を潰した。

苦しかった。辛かった。叫びたかった。でも、どうすることもできなかった。

無味乾燥な日々を送っていると、いつの間にか春が訪れ、航大は二年生になった。だからといって鬱屈した日々にさしたる変化はなく、惰性で通学し、放課後になるとすぐ下校するという生活を繰り返した。

そんなある日の放課後。いつものように自転車を走らせていると、どこからか甘い柔らかな香りが漂ってきた。その香りに鼻腔をくすぐられると、曇天の隙間から陽光が射したように心が照らされた。力が抜け、全身を覆っていた閉塞感が、その瞬間だけ姿を消した。

いつか嗅いだ香りだなと記憶を辿り、思い出す。これは、春の匂いだ。

その言葉に引っ張られるように、一年前の記憶が掘り起こされた。突発的に出かけた、あてのないサイクリング。あのときは、楽しかった。

そして、転んだ怪我の手当てをしてもらったときのことを思い出し、無性にあのお婆さんに会いたくなった。自分でも戸惑うくらい、それは強い感情だった。

この辛い日々から脱け出すきっかけが欲しかった。楽しかった思い出をなぞることで、一時でも心の平穏を得られるのではないかと期待した。もちろん、そんな都合よく気持ちが変化する保証なんてない。ただ、とにかくもう一度あのお婆さんに会って、話がしたかった。

思い立って、即行動とはいかなかった。一年前の気力も行動力も、いまの航大にはなかった。数日悩み、ようやく行動に移すことを決めた。

航大は自転車に跨り、祈るような気持ちで地面を蹴って走り出した。

◇

事情を説明し終え、航大は小さく息を吐いた。辛い過去を振り返ることは苦しく、それを言葉にすることは、想像以上に心が摩耗した。密かに期待していた、気持ちが楽になるような効果もない。ただ、この痛みは必要なものだったようにも思えた。吐き出さなければ、いつか自分は壊れていたかもしれない。

「お婆さんに改めてちゃんとお礼を伝えたいという気持ちに嘘はありません。でも、本当は、俺自身が楽になりたくて、お婆さんの家を探していたんだと思います」

航大が言う。会いたい理由は自分にとっても曖昧だったが、声に出して説明することで、おぼろげだった輪郭を捉えることができた。

「辛いことから解放されたいと願うことは、自然な感情だ」

拓海が淡々と返す。大袈裟に憐みの色を浮かべないところが、ありがたかった。

「そうですね。そうなる確証があるわけではないですけど」

「大丈夫。君自身が望んでここまで来たんだ。頭では理解できていなくても、そうすることが自分のためになるときっとわかっているんだ」

そうなのだろうか、と航大は自問してみるが、答えは返ってこない。結局、実際に会ってみるまでわからないということだ。

拓海が航大と視線を合わせ、宣言する。

「安心していい。そのお婆さんの家は、絶対に俺が見つけ出す」

平坦な声ではあるが、どこか力強く、頼もしい響きがあった。彼なりに、元気づけようとしてくれているのだろう。

「ありがとうございます。その気持ちだけでも嬉しいです」

「任せてくれ。いざというときは、俺の知り合い全員に連絡して、ローラー作戦でもしよう。百人くらいで探し回れば、それらしい家のひとつや二つは見つかるだろう」

拓海が真面目な顔で提案するので、航大は目を丸くする。

「いや、あの、そんな大勢の人に協力してもらうのは、流石に心苦しいです」

航大が慌てて断ると、拓海は困ったように眉をひそめた。

「冗談のつもりだったんだが、伝わらなかったか」

「え？」

航大はきょとんとして目を瞬く。冗談？　このタイミングで？

拓海は溜め息を吐き、自分のミスを恥じるように首を左右に振る。

「慣れないことはするもんじゃないな。まだ気を張っているみたいだから、和ませようと思ったんだが。変に勘違いさせてしまって、申し訳ない」

「ええと、その、大丈夫です。本気にしてしまったのは、こっちなので」

「どこがわかりづらかった？　百人じゃなくて、一万人とか極端な数にした方がよかったか？」

ほとんど独り言のようにぶつぶつと呟きながら、拓海は真剣な顔で反省している。本当に真面目な人なのだろう。

ふっと息が洩れ、航大は自分の頰が緩んでいることに気付いた。

ほんの少し、口から吐き出した息の分だけ、心が軽くなった気がした。

拓海に案内された二軒目の家も、探していた家ではなかった。

そのまま闇雲に歩き回っても効率が悪いということで、休憩がてら近くにあったコンビニへと移動し、店先のベンチでこれからの方針を決めることにした。

「ほら」

買い物を済ませて店内から出てきた拓海が、航大に紙パックのお茶を差し出す。

「すみません。ありがとうございます」

二人でベンチに腰掛け、ストローをさしてお茶を一口飲む。少し苦いが、美味（おい）しかった。

「これからどうするか考えよう」

ストローを口から離し、拓海が言う。

「はい」

「一番効率的なのは、道行く人に訊ねてみることだろう。ただ、正直いまの情報だと少なすぎると思う。他人様の家の庭に咲いている花のことなんて、気にする人は多くない。良い香りがするからって、わざわざ塀の向こうを覗いたりはしないだろう」

「そうですね」

「手掛かりが必要だ。そのお婆さんの家の外観を、もっと詳しく知りたい。理想としては、家の前の道路を歩いただけで目に入るような特徴がいい。屋根の形、塀の素材、車の有無。そういうの、思い出せないか？」

「ええと」

俯いて、航大は一年前の記憶を辿る。正直に言って、お婆さんの家の外観は、ほとんど憶えていない。綺麗な庭と可愛らしい沈丁花が強く印象に残っているせいで、他の部分は霧がかかったように曖昧模糊（もこ）としている。

それでも懸命に、埋もれた記憶を掘り起こそうともがく。そうしないと、自分はずっと停滞したままだ。

「屋根の形は憶えていません。塀は、たぶんコンクリートだったと思います。車はなかったはずです。駐車場がなかったので」

「他にはないか？　思い出したことがあったら、とにかく何でも教えてくれ。役に立つかどうかは、後で考えればいい」

航大が頷くと、どこからか鳥の囀り（さえずり）が聞こえてきた。顔を上げてみると、向かいの家の木にシジュウカラがとまっていた。白黒模様の可愛らしい小鳥が、周囲を警戒するように忙しなく首を動かして、すぐに飛び立ってしまった。

そういえば、と航大は思い出す。

「さっきも言いましたけど、庭の隅に、二階の屋根まで届く背の高い木が一本生えていました」

その木もまた、家の前の道路から見える特徴には違いないと思い、念の為もう一度伝えた。しかし、そういった木が植えられている家はこの辺りでは珍しくないという話だったので、たいした情報にはならないだろう。

そう思っていたのだが、話を聞いた途端、拓海の表情が変わった。口元に手を当て、思案顔で地面に視線を落としている。

「お婆さんの家の庭に植えられていた木は、沈丁花以外は一本だけだったのか？」

静かな声で、拓海が確認する。

庭のことなら、家の外観よりもハッキリと思い出せる。小さいながらも手入れの行き届いた花壇と、塀の傍に植えられた沈丁花。それに、庭の隅に植えられた一本の青々とした木。

間違いない。沈丁花を除けば、木は一本だけだった。

「はい。一本だけでした」

さらに考えるような間を置いて、拓海が立ち上がる。

「移動しよう」

拓海が言い、航大はきょとんとして彼を見上げる。

「どこへ行くんですか？」

「新しい心当たりができたから、そこに案内する」

拓海が余りにもあっさりと言うので、航大は目を白黒させて混乱する。これもまた、下手くそな冗談なのだろうか。

「心当たりって、どういったものですか？」

戸惑いを隠せず、航大が訊ねる。

「俺の推測が正しければ、君が探しているお婆さんの家がわかった」

拓海の答えは、やはり簡潔だ。

依然として当惑を抱えたまま、航大は立ち上がる。拓海のことを信じられないわけではない。ただ、唐突な宣言は現実味がなく、驚きよりも疑念の方が先に立つ。

「どうして急にわかったんですか？」

「大きな手掛かりが見つかったからだ」

「それって、さっき話した、庭に植えられていた木のことですか？」

「そうだ。それが何の木かわかった」

「たったあれだけの質問で？」と航大は目を丸くする。

「確信があるとまでは言えない。でも、たぶん当たっていると思う」

「珍しい木なんですか?」

木の品種が判明したことで探している家が特定できたというのなら、それはかなり希少なものなのだろうと航大は考えた。

しかし、案に相違して拓海はかぶりを振った。

「いいや。庭木としてはかなりポピュラーだな。だけど、手掛かりとしては充分だ」

理屈がわからず、航大はますます頭がこんがらがる。お婆さんの家の庭木が一般的な品種と判明したことが、どうしてそれほど大きな意味を持つのだろうか。

歩きながら説明すると言って、拓海は先導するように歩き始めた。

自転車を押しながら、航大は拓海の隣に並ぶ。

「庭木の品種を推測できたのは、ひとつの矛盾に気付いたからだ」

「どんな矛盾ですか?」

「それを説明する前に、ひとつ確認させてくれ。ここに来る前に教えてもらった、君とお婆さんとの会話のことだ」

「わかりました」

「沈丁花や庭の木が雄株であることをお婆さんに伝えられたときのことを、もう一度聞かせてほしい」

それを確認することに何の意味があるのかはわからないが、航大は素直に応じた。

「お婆さんは、沈丁花を眺めながら、『あの子たちは、皆男の子なのよ』と言いました。それから庭の隅に植えられた木を指差して、『あの子も、皆男の子』と……」

説明して、航大も矛盾点に気付く。

「一本しか植えられていないのに、『皆』というのはおかしいですね」

妙な言い回しの方に気を取られて気付かなかったが、落ち着いて考えると確かにおかしい。沈丁花と合わせて皆という意味だったのだろうか。だが、それだと言い方がどこか引っ掛かる。その場合、『あの子も男の子なの』と言えばいいだけだ。わざわざ改めて頭に『皆』と付けることは、不自然とまでは言わないが、違和感がある。

不思議に思っている航大に、拓海がさらに訊ねる。

「念の為訊くが、そのお婆さんは、間違いなく沈丁花以外の庭木にも『皆』と言ったんだな?」

「それは間違いありません。印象的だったので、ハッキリと憶えています」

「それならよかった。前提が覆らずに済んだ」

遠くから聞こえる自動車の走行音が、次第に大きくなっていく。拓海は大通りの方へ向かっているようだ。

しっかりと前を向いて歩きながら、拓海が説明を再開する。

「お婆さんは一本しか植えられてない木に対し、『皆男の子』と言った。そのことに気付いて、ひとつの仮説を立ててみたんだ。お婆さんの言う『皆』とは、木そのものを指した言葉だったのではないか、と」

意味がわからず、航大は眉をひそめる。

「察しが悪くてすみません。つまり、どういうことですか?」

「お婆さんの家に植えられているものだけではなく、その木はどこに生えていても雄株ってことだ」

航大は目を白黒させる。

「そんな木があるんですか？」

「国内限定という条件付きだが、あるんだ。もしかしたら、沈丁花に関しても同じ意味でそう言ったのかもしれない。日本の沈丁花は、そのほとんどが雄株なんだ。雌株は滅多にない」

　初めて聞く話に、航大は驚く。雄株と雌株の割合なんて考えたこともないけれど、そういうものは自然と半々程度になるものと思っていた。

「それじゃあ庭に植えられていたのは、何という木なんですか？」

　特に勿体付けるようなこともせず、拓海が即答する。

「金木犀だ」

　金木犀。拓海から教えてもらった、沈丁花と同じ三大香木のひとつ。園芸に興味が薄い航大でも名前を知っていたほど、有名な品種だ。

「日本の金木犀は中国から輸入されたものなんだが、それらは全て雄株だったんだ。だから、増やすときは接ぎ木で増やすしかない」

「接ぎ木ってなんですか？」

「簡単に言うと、別々の木の切断面を接着することでクローンをつくるんだ。クローンだから、雄株から増やしたものは当然雄株になる。そういった理由で、日本の金木犀は全て雄株なんだ」

　拓海が教師のように滔々と説明する。声に熱はないが、端的でわかりやすい。

　住宅街を分断するように延びる広い道へと出て、横断歩道の前で立ち止まる。歩行者用信号は赤だ。目の前を、何台もの車が走り抜けていく。

　信号が変わるのを待ちながら、拓海はついでというように説明を付け足す。

「そのほとんどが雄株という条件なら、月桂樹という可能性もあった。ただ、そっちはとりあえず除外していい。四月になっても寒い日が続きがちなこの地域で、月桂樹を地植えで育てている家はそう多くない。そもそも、庭木としては月桂樹よりも金木犀の方が一般的なんだ。やっぱり金木犀と推測するのが妥当だろう」

なるほど、と航大は納得し、同時に、少ない情報から新たな手掛かりを導き出した拓海に感心した。話を聞いただけで、よく木の品種まで特定できるものだ。

しかし、気になることがひとつある。

「あの、ひとつ質問してもいいですか？」

拓海が横目で航大を窺い、首を縦に振る。

「金木犀って、庭木としては、かなりポピュラーなんですよね。それがどうして大きな手掛かりになったんですか」

そのことか、と拓海が視線を正面へ戻す。

「確かに、庭に金木犀を植えている家はそう珍しくない。だけど、二階の屋根まで届く大きさというなら話は別だ。庭木として植えられている金木犀の大半は、俺の身長より少し高いくらいのものが多いんだ。管理が大変になるから、大抵は大きくなりすぎないように剪定してしまう。少なくとも、この辺りでそれだけ大きい金木犀が植えられている家は、俺が知る限りで一軒しかない」

そういうことか。珍しいのは品種ではなく、その大きさだったのだ。だからこそ、探している家を特定する手掛かりとなった。

理解すると、航大の心臓が俄かに早鐘を打ち始めた。今度こそお婆さんの家に辿り着けるかもしれないという期待と興奮に加え、それに対する不安と緊張が血流にのって全身を巡る。

歩行者用信号が青に変わった。横断歩道を渡り、拓海はそのまま大通りを離れるように住宅地の中へと進んでいく。歩くにつれ、騒音が薄れていった。

「ほとんど用事がないから、こっちに来ることは滅多にないんだ」

道を確かめるように周囲を見回しながら、拓海が言う。

「ただ、この先に小さなクリニックがあって、体調を崩したときに世話になったことがある。目当ての家は、その道中にあるんだ。丁度金木犀の季節のことだったから、よく印象に残ってるよ。青空を背景にオレンジ色の花が賑やかに咲いていて、綺麗だった」

拓海はそう言って、迷いのない足取りで歩を進める。

しばらく直進し、道を右に逸れたところで航大はハッとする。目の前の風景に、見覚えがある気がした。

「この道、去年通ったような気がします」

「そうか」と拓海が短く相槌を打ち、道幅の狭い坂道を上っていく。

坂を上り切ると、道が二つに分かれていた。真っ直ぐに延びる道と、左に逸れる緩やかな下り坂。

その光景を見た瞬間、記憶の中の映像と完全に一致した。

「間違いありません！　この先です！」

一年前、沈丁花の香りに誘われるようにして、この坂道を下った。そして、あのお婆さんと出会ったのだ。

拓海が安堵したように吐息を洩らす。

「よかった。俺が案内しようとしていた家も、この先にある」

「ありがとうございます」

「どういたしまして」

拓海はカーブを描く坂道の先まで見通すように眺めてから、航大に向き直る。

「それじゃあ、俺はもう帰るよ。下っていけば着くから、もう道案内は必要ないだろ」

「はい。あの、今日は本当にありがとうございました」

航大は深く頭を下げて礼を言う。

「お礼は一度で充分だ」

穏やかな声でそう言うと、拓海は片手を上げて背を向けた。

振り返ることなく去っていく拓海の背中を見送り、航大は自転車を押して先を目指す。既にひとりなのだから自転車に跨ってもよかったのだが、緊張をほぐすための時間が欲しかった。

ようやく、ここまで来ることができた。出発前は走っているうちに記憶が蘇ってくるだろうと高をくくっていたのだが、考えが甘かった。憶えていたのは大通りまでの道のりだけで、その後は見事に道に迷ってしまった。

それでも、親切な人たちが力になってくれたおかげで、最終的には無事に辿り着くことができそうだ。航大は改めて、拓海と菊子に感謝する。二人に出会っていなかったら、諦めてしまっていたかもしれない。

一歩踏み出すごとに、不安はどんどん膨らんでいく。

お婆さんは家に居るだろうか。引っ越したりしていたらどうしよう。仮に会えたとして、向こうは自分のことを憶えてくれているだろうか。まずは何から話せばいいのか。今日、自分がここに来た理由を、どう説明しよう。急に訪ねても、相手に迷惑をかけるだけではないだろうか。

お婆さんに会って、一年前のお礼をしっかりと伝える。それだけのことで、自分にどんな変化が訪れるかはわからない。もしかしたら、何も変わらないかもしれない。何も変わらないことが、何よりも恐ろしい。立ち止まり、引き返したくなる。

それでも航大は、懸命に足を前に運んだ。『大丈夫』と自分に言い聞かせて、気持ちを落ち着かせようと深呼吸する。ここで逃げてしまったら、それこそずっと何も変わらないままだ。

沈丁花の香りがあの日の記憶を呼び起こしてくれたのは、それが自分にとって大切な思い出だったからだ。転び、怪我をして、携帯を壊し、母に叱られた。それでも、あの春休みの一日は、特別な経験として自分の中に刻まれている。細やかな冒険心が満たされた、劇的ではないが平凡でもない時間。もう一度、あんな一日と巡り合いたい。

坂道を下っていくと、僅かに隆起したアスファルトが目に入って、航大は顔を上げた。堂々とした金木犀の木が、気持ちよさそうに風に揺られていた。

この家だ。航大は自転車を道の脇に寄せ、スタンドを下ろす。

玄関前に立ち、庭の方を窺う。沈丁花は青々と葉を茂らせているが、花は咲いていない。拓海が言っていたように、開花期を過ぎてしまったのだろう。花壇の方は、可愛らしい花たちが元気よく空を見上げていた。手入れはしっかりとされているようだ。

緊張で喉が渇く。最初の一言くらい考えておかないと、言葉が出てきそうにない。

中々インターホンに手を伸ばせずにいると、不意に、庭に面した大きな窓が開いた。

一年前と変わらぬ様子のお婆さんが、ゆっくりとした動作でサンダルを履き、庭へと出てきた。花壇の花たちを愛おしそうに見回し、足元に置かれていたじょうろを手にして立ち上がろうとしたところで、彼女はこちらの存在に気付いた。

突然の再会に、航大は戸惑う。

まだ、何から話し始めるべきか決めていない。

お婆さんは航大を見詰め、ニッコリと笑った。

「お久し振りね」

航大は目を見開き、お婆さんを見詰め返す。

憶えていてくれた。一年も前に、ほんの僅かな時間を共にしただけの、自分のことを。

温かいものが頰を伝う。手で触れてみると、それは涙だった。何度拭っても、自分の意識とは無関係に、涙はとめどなく溢れてくる。それが流れれば流れるだけ、心の奥底に溜まった澱(おり)が溶けていった。

ああ、そうか、と航大は理解する。単純なことだったのだ。会いたいという気持ちに、小難しい理屈なんて関係なかった。自分はただ、優しい大人の存在に飢えていただけなのだ。それを求めて、ここまで来たのだ。

「お久し振りです」と航大は何とか声を絞り出して挨拶する。

涙はまだまだ止まりそうにない。

◇

全身で感じる風が心地良くて、航大はペダルを漕ぐ脚に力を入れる。

先週とは違い、空は雲ひとつない快晴だ。空気もぽかぽかと暖かく、絶好のサイクリング日和といえた。

ハンドルを切り、道を左に逸れる。そのまま道沿いに進むと、小さな公園が見えてきた。よかった。ちゃんと着きそうだ。

自らの記憶力を見直しながら、航大は公園の手前で左折する。すると、景色が途端に賑やかになった。洋風の家屋に、広々とした庭。太陽の下で元気に咲く花たちは、スポットライトを浴びる役者のように輝いている。

その風景は、一度目にしていても思わず息が洩れてしまうほど壮観だ。そしてやっぱり、お世話が大変そうだなという感想が頭に浮かぶ。

低い生垣の向こうに庭仕事をしている大きな背中を見つけ、航大は頬を緩める。

「こんにちはー」

呼び掛けるように挨拶すると、拓海がこちらを振り向いた。相変わらずの仏頂面で、門扉の方へ近付いてくる。

航大は自転車から降りて、門の前へと移動する。

「どうした？」

航大が訪ねてきたことに驚く様子も見せず、拓海が門を開きながら訊ねる。

「先週のことを、報告しに来たんです。あの後、無事にお婆さんと会うことができました。拓海さんのおかげです」

「それを伝えるために、わざわざ来たのか？」

言葉は素っ気ないが、呆れているわけでも疎ましく思っているわけでもなさそうだ。拓海と言葉を交わした時間は長くないが、彼が冷淡な人間ではないことを、航大はもうよくわかっている。

「わざわざというか、他にやることがなかったから来たって感じです」

航大は正直に打ち明ける。部活を辞めてしまった自分にとって、休日はただただ退屈な時間なのだ。これといった趣味もなく、友人たちと遊ぼうにも、仲の良い連中の大半は、それこそ部活動で忙しくしている。

「そうか。とにもかくにも、再会できたのなら何よりだ。ちゃんとお礼は伝えられたのか?」

「はい」

お婆さんと再会した航大は彼女に改めてお礼を伝え、それから少しだけ話もした。お婆さんは泣いている自分を心配してくれたが、涙の理由を訊ねるようなことはしなかった。

航大が庭に植えられている金木犀を指差して「この子は皆男の子なんですよね」と訊ねると、お婆さんは愉快そうに笑って頷いた。その後、彼女がいま育てている花たちのことを教えてもらった。嬉しそうに花たちを紹介する様子から、去年と変わらず愛情を込めて育てていることが窺えた。

「それで、胸のつかえは取れたのか?」

拓海が静かな声で訊ねる。

言葉を選ぶ間を置いて、航大は答える。

「ぼちぼちです」

力強く頷くことはできない。それでも、笑顔で返事をすることはできる。その変化を、いまは大切にしたい。

「そうか。悪くないな」

拓海が鷹揚に頷く。

彼の言う通りだ。悪くない。それくらいが丁度いい。

「どうしたの？　お客さん？」

拓海の背後から、聞き覚えのある声がした。

拓海の祖母の菊子が、航大を見て嬉しそうに表情を綻ばす。

「あら、あなた」

「航大です。先週はお世話になりました」

「ええ、ええ、もちろん憶えてるわよ。それで、今日はどうしたの？」

「サイクリングがてら、先週のお礼と報告をしようと思って来ました」

「あらあら、わざわざ来てくれるなんて律義な子ね。丁度よかった。いまお茶を淹れたところなの。さあ、入ってちょうだい」

「そんな、お構いなく」

恐縮する航大など意に介さず、菊子は杖をつきながら、上機嫌でウッドデッキの方へと戻っていく。

「時間があるなら、付き合ってやってくれ。うちの祖母ちゃんは、いつだって話し相手を探しているんだ」

困惑する航大に向かって、拓海が言う。

航大は庭の花壇に目を向ける。こんな綺麗な庭を眺めながらお茶ができるなんて、とても贅沢なことのように思えた。それに、折角のお誘いを断るのは失礼だろう。

「それじゃあ、お言葉に甘えさせていただきます」

「そうしてくれると、俺も助かる」

「助かる、とは？」

航大が訊ねると、拓海は露骨に眉をひそめた。

「言葉通りの意味さ。うちの祖母ちゃんは、お喋りが大好きなんだ。そんな祖母ちゃんの話し相手を、普段は誰がしていると思う？」

そういうことか、と航大は納得する。この家は、菊子と拓海の二人暮らしなのだそうだ。きっと普段から、長話に付き合わされているのだろう。

「ご苦労様です」と航大は思わず労(ねぎら)いの言葉を口にする。

わかってくれるかと言わんばかりに、拓海が航大と視線を合わせる。

「正直、そっちの方が花の世話よりも遥かに疲れるんだ」

げんなりした様子で、拓海が溜め息を吐く。

これほど感情を表に出す拓海を、航大は初めて見た。その様子がなんだか可笑(おか)しくて、自然と笑みがこぼれてしまう。

左右を花壇に挟まれたアプローチを歩く。花の香りよりも、土や葉の匂いが目立つ。ありふれた匂いのはずなのに、どこか懐かしい、新鮮な緑の匂いだ。ここにもまた、沈丁花とは違った春の匂いが溢れている。

空のように澄んだ青色の花が、来客を歓迎するように風で左右に揺れている。花壇の花たちが先週よりもずっと色鮮やかに見えるのは、天気が良いからという理由だけではないだろう。

今日という日もまた、特別な一日として思い出に残る。

そんな予感がした。

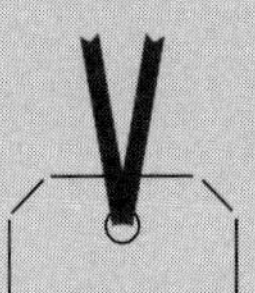

鉢植えの消失

◇

「それじゃあ、今日はこれまで。お疲れさん」

担任の須藤が締めの挨拶をするとクラスメイトたちが一斉に喋り始め、教室内は一気に騒々しくなる。待ちに待った週末の到来に、皆気分が弾んでいるようだ。部活動へと急ぐ者や、友人たちと明日の遊びの予定を相談する者、ホームルームの前にしていた会話の続きをする者など様々だ。

「いやあ、今日も疲れたな」

前の席の加地晴也が両腕を天井へと伸ばし、一仕事終えたような雰囲気を漂わせる。

そんな友人の様子に呆れながら、航大が指摘する。

「お前、今日の授業中ほとんど寝てただろ」

「机に突っ伏して寝るの、結構疲れるんだぜ。体が痛くなる」

「それなら、起きていればいい」

「そっちはもっと疲れるだろ」と晴也は悪気なく笑った。

航大が立ち上がると、それに合わせるように晴也も席を立った。

「もう帰るの?」

「ああ。晴也は部活だろ?」

晴也はバスケ部に所属していて、学業よりも部活動に情熱を注いでいるタイプだ。背はそれほど高くないが、得点感覚に優れているので、二年生にして部のエースとして活躍しているそうだ。

「イエス。下まで一緒に行こうぜ」

「いいよ」と航大が応じ、二人で廊下へと出た。

　中間試験を終えて、どこか気の抜けた空気が校内に流れる六月下旬。最近は、梅雨(つゆ)を追い越して夏がやって来たんじゃないかと思うほど暑い日が続いている。今日も、昼頃までは立っているだけで額に汗が滲(にじ)むくらい暑かったが、幸いなことに、時間が経つにつれて涼しい風が吹くようになり、いまは過ごしやすい気温になっている。

　二人並んで歩いていると、階段の手前で晴也が呼び止められた。

　如何(いか)にも体育会系といった溌溂(はつらつ)とした声の主は、先程まで教壇に立っていた須藤だ。目尻の下がった顔立ちは狸のようで愛嬌(あいきょう)があるが、どこか腹黒そうな印象も受ける。柔道部の顧問として部員たちと一緒に稽古(けいこ)に励(はげ)んでいるからか、体型は引き締まっている。

「お前、美化委員だったよな」と須藤。

「まあ、はい」

　話の先を警戒しながら、晴也が首肯する。

「そこの手洗い場の花が萎(しお)れていたから、水遣(みずや)りを頼む。あと、校内に飾られている他の花たちも萎れているだろうから、そっちにも水をあげてくれ」

「えー」と晴也が不満の声を上げる。

「校内の花の世話は、美化委員の仕事だろ」

「でも、今日は俺の当番じゃないっスよ。それに、俺これから部活っス」

「水遣りくらい、ちゃちゃっとできる」

「いやいやいや。校内に飾られている鉢植え、滅茶多いんスよ。そいつら全部に水遣りして回ったら、すげえ時間かかっちゃいます。部活に遅刻確定ですって」

「委員会の仕事なんだから、仕方がないだろ。とにかく、水遣り頼んだからな」

強引に話を断ち切って、須藤が階段を下りていく。

晴也はがっくりと項垂れ、試合に負けたときのように肩を落とす。

「あー、あのクソ狸、マジでウザい。普段はそんなこと言わないくせに、思い付きで指示しやがって」

「当番に連絡すればいいんじゃないのか?」

横で二人のやり取りを見守っていた航大が提案すると、晴也は力なく首を左右に振った。

「今日の当番が誰かなんて知らないし、そもそもつかまらない。皆、水遣り当番は面倒くさがるから」

「そうなのか」

「無視してえけど、バレたら来週狸がうるさそうだしなあ。いや、ワンチャン土日を挟むことで忘れてくれるかも」

「そんなチャンスはないだろ。間違いなく、説教が待ってるぞ」

「だよなあ」

晴也が、空を曇らせるくらい盛大に溜め息を吐いた。

「あーあ、辛い授業に耐えて、ようやく部活に行けると思ったのに」

「寝てただけだろ」

航大の突っ込みにも、晴也は反応を示さない。楽しみにしていた部活動の出鼻を挫かれ、相当気落ちしているようだ。

意気消沈する友人を見かねて、航大は救いの手を差し伸べることにした。

「よかったら、俺が代わりにやっておこうか？」

その一言を待っていたかのように、晴也が素早く航大と視線を合わせる。唇が、右端だけ吊り上がっていた。

「いいの？」

もしかしたら、自分はまんまと罠に嵌ったのかもしれない、と航大は少しだけ差し伸べた手を引っ込めたくなった。が、もちろんそんなことはしない。

「いいよ。どうせ暇だし」

以前までの航大は、放課後になれば晴也と同じように、部活動に熱を入れていた。しかし、昨年の暮れにトラブルに巻き込まれてサッカー部を退部してからは、放課後の時間を持て余すようになっていた。雑用のひとつや二つくらい、問題なく引き受けられる。

「やっぱり持つべきものは友達だな。コウみたいな優しい友人がいて、俺は誇らしいよ」

歯の浮くような言葉を軽快に並べながら、晴也が航大の肩を叩く。

「心にもない賛辞はいらねえよ。それより、手洗い場以外はどこに鉢植えが飾られているのか、教えてくれ」

航大が訊ねると、晴也は申し訳なさそうに頭を掻いた。

「ごめん。憶えてない」

「は？」

「実は、最初に当番になったとき以外、いつもサボってたんだ」

「お前なあ」

航大が呆れて眉をひそめると、晴也は唇を尖らせて弁明し始めた。

「だって、校内の水遣りってマジで時間かかるんだぜ。うちの学校、至る所に花が飾ってあるんだ。先代だか先々代だかの校長の発案で始めたらしいけど、限度ってもんを知らなかったのかね。世話する奴の苦労がわかってねえよ」

その愚痴は、普段からちゃんと世話をしている人間が口にするものだと思うが、指摘はしなかった。別に怠慢を責めたいわけではない。

「もういいから、憶えている範囲で、どこにあるのか教えてくれ」

ええと、と晴也が記憶を辿るように視線を上に向ける。

「図書室と被服室にはあったな。あとは視聴覚室と……。どこだったかな？　うーん、思い出せない。特別教室に多かったってことは憶えてるんだけどな」

「それはもう、全部見て回るしかないってことじゃないか」

「悪いけど、そうしてもらえるか？」

晴也が両手を合わせ、頭を下げて頼み込む。

航大は小さく息を吐き、不承不承引き受ける。

「わかったよ」

晴也が瞳を輝かせ、破顔する。

「ありがとう。心の底から感謝してる」

「おう、一生感謝しろよ」

「一生は無理だな。一週間が限界だ」

「さては、たいして感謝してねえな」

「冗談だよ。マジでありがたいって思ってるって」

「それならいい」

じょうろは一階の手洗い場にあるということなので、航大は晴也と一緒に階段を下りた。そのまま体育館へと向かう友人の背中を見送り、航大は廊下を進む。手洗い場の上側、棚のようになっている部分に円柱形の鉢植えが飾られていた。紫色の花が、持久走のトレーニングを走り終えたあとのように疲れ切った様子で、ぐったりと萎れている。昼前までの暑さがこたえたのだろう。耳を澄ませば、荒くなった息遣いが聞こえてきそうだ。

早く水をあげないと。

航大は、急いで鉢植えの隣に置かれていた濃紺色のじょうろを手にする。片手で持てるサイズのそれは細かい傷が目立ち、かなり年季が入っている。おそらく、ずっと昔からここで使われてきたのだろう。ベテラン選手のような貫禄がある。

蛇口を捻り、じょうろに水を入れる。小さなじょうろは、あっという間に満杯になった。

水はどのくらいあげるべきなのだろうかと悩んでいると、航大の頭の中に、仏頂面をした大柄な男の姿が浮かんできた。

園原拓海。今年の四月に知り合った、無愛想だが心根の優しい大学生だ。

四月の一件があってから、航大はちょくちょく園原宅を訪れるようになっていた。というのも、拓海の祖母である菊子に気に入られ、頻繁にお茶に誘ってもらっているからだ。お喋り好きの彼女にとって、しっかりと相槌を打ってくれる航大は、反応の薄い孫よりも話し甲斐があるらしい。

部活を辞めて以来、休日の時間を持て余していた航大からすれば、菊子からの誘いは本当にありがたいものだった。他人の話を聞くことは嫌いじゃないし、何より美味しいお菓子をご馳走してもらえる。断る理由が見つからない。

根元に水を注ぐように、航大はじょうろを傾ける。確か、拓海はこんなふうに水遣りをしていたはずだ。

じょうろの口から流れ出る細い糸のような水を、乾いた土がみるみるうちに吸収する。小川が流れるような音が涼しげだ。

「このくらいかな」

鉢底から水が流れ始めたあたりで、水遣りを止めた。花は依然として萎れているが、きっと今、大喜びで根っこから水分補給をしているはずだ。

航大はもう一度水汲みをして、手洗い場を離れた。各教室を回りながら、鉢植えを探さなくてはならない。晴也の言う通り、結構な時間が掛かりそうだ。

各階ごとに教室をチェックしながら、航大は水遣りをして回る。航大の通う高校では、授業のある日なら、教師の利用する準備室以外の特別教室は基本的に鍵が開けられている。そのおかげで、確認自体は楽だった。

物珍しい光景を友人たちに冷やかされるたびに軽口を返し、二年生のクラスがある校舎を済ませた。地学室と被服室、それと美術室に鉢植えが飾られていた。

美術部員の友人は、航大がじょうろを手にして教室に入ってきたことに驚いていた。どうやら、美化委員が校内の花の世話をしていることすら知らなかったらしい。それだけ、美化委員たちが当番をサボっているということだろう。普段は、美術部の部員たちが美術室の花の水遣りをしているようだ。

憤るほどの強い感情はない。だが、寂しくはあった。美化委員の面々は、もう少し花への思い遣りを持ってもらえないものだろうか。

以前までの自分なら、こんなことは考えもしなかっただろう。花を見て綺麗だなと思う気持ちはあっても、その世話がちゃんとされているかどうかなんて、気にも留めなかったはずだ。

こうなったのは、花と触れ合う機会が増えたからだろう。園原宅を訪れるたび、熱心に庭の手入れをする拓海を目にし、菊子から花に関する知識を教えてもらったりしているうちに、自然と植物に情のようなものを抱くようになっていた。

さらに校舎内を歩いて回る。鉢植えの花は、ニチニチソウ、ゼラニウム、インパチェンスなどが主だ。これらの花は園原宅でも植えられていて、遊びに行くたびに菊子から紹介されるので、航大も名前を憶えていた。丈夫で育てやすいから、園芸初心者にもオススメの品種なのだそうだ。

手洗い場に飾られていた鉢植えの中には、いくつか既に水遣りが済ませてあるものもあった。目に付いた誰かが、蛇口から直接水を与えてくれていたようだ。

作業量が減って助かるが、それでも全校舎を水遣りして回るには、それなりの時間が掛かった。じょうろが小さく、何度も水汲みをしなければいけないので、その手間で余計に時間を食うことになる。

生徒会室に飾られていた真っ赤なインパチェンスに水を遣って、航大は一息吐いた。

これで、残るは西棟だけだ。

西棟は、本校舎から少し離れた場所にある二階建ての建物だ。書道室や多目的教室などがあるが、ほとんど利用することがないので、足を踏み入れた回数は多くない。

コンクリートで舗装された渡り廊下を歩く。金属バットがボールを弾き返す快音が耳に届き、航大は反射的に校庭の方へと視線を向けた。校舎が邪魔をして野球部の様子は窺えないが、サッカー部の練習風景はよく見えた。ミニゲーム形式の練習をしている。ゴールキーパーが、ディフェンス陣に大声で怒鳴るように指示を出している。熱量の大きさが、遠くからでも感じ取れた。

寒々しい風が体の内側を吹き抜けた気がして、航大は自らの胸に手を当てる。部活を辞めてから胸の内に巣くっていた鬱屈は、もうそこにはない。しかし、代わりに大きな空洞が生まれてしまっている。苦しくはない。ただ、ぽっかりと開いた穴と向き合っていると、物寂しい気持ちになる。自分を突き動かしていたあの熱は、どこへいってしまったのだろう、と。友人たちと過ごしているときは気にならないが、ひとりになると、不意にそんなことを考えてしまうときがある。

気持ちが後ろ向きになりそうな予感を覚え、航大は頭を振って思考を中断する。視線を校庭から逸らし、西棟へと足を向けた。

手洗い場は、西棟の出入り口から入ってすぐのところにあった。窓から射す陽光を浴びて、ステンレス製のシンクがキラキラと輝いている。

そして、ここにもやはり鉢植えが飾られていた。

本当に至る所に飾ってあるのだな、と航大は苦笑する。

植えられていたのは、ヒマワリを小さくしたような黄色い花だった。花弁のひとつひとつがハッキリと独立していて、子供が描いた絵みたいにシンプルな形状をしている。見覚えのない花なので、名前はわからない。

早速水遣りをしようとするが、よく見ると土が既に湿っていた。

誰かがもう水をあげたのだろうか？　西棟なんて、ほとんど人が来なさそうなのに。

「隙あり！」

「痛っ！」

不意に後頭部を小突かれ、航大は振り返る。

視線の先で、右手を手刀の形にした女子生徒が悪戯っぽく笑っていた。一年生のころのクラスメイト、柴田凜だ。

「駄目だよ、コウ。戦場では油断が命取りなんだから」

「ここは戦場じゃない。学校だ」

「テスト期間とか殺伐としてるし、似たようなものでしょ」

凜がおどけて笑う。彼女はいつだって楽しそうにニコニコと笑っていて、天真爛漫という言葉がピッタリと似合う女の子だ。そこにいるだけでその場の空気を和ませるような、不思議な魅力が彼女にはある。

凜が航大の手にしているじょうろを一瞥する。

「コウって美化委員だったの？」

「いいや。美化委員の友達が部活で忙しいから、仕事を代わってやっているだけだ」

凜が意外そうに目を瞬く。

「本当に？」

「どうして疑うんだよ」

「別に疑ってるわけじゃないよ。ちょっと驚いただけ。ちなみに、そこのガザニアには、もう私が水をあげたよ」

「この花、ガザニアっていうのか」

「そう。うちのお母さんが、家で同じやつを育ててるんだ。色まで一緒」

航大はガザニアの花に目を向ける。時折吹くそよ風を全身で受けながら、気持ちよさそうに日光浴を楽しんでいる。

「こいつ、如何にも花らしい見た目をしてるな」

「そうだね。私はあんまり好きじゃないけど」

「どうして?」

凛は芝居っぽく肩を竦(すく)めてみせる。

「特に理由はありません。何となくだよ、何となく」

綺麗な花なのに、と航大は思うが、それを口に出したりはしない。好みなんて、人それぞれだ。

「ところで、凛はどうしてここにいるんだ?」

「部活だよ。二階の多目的教室で稽古してるの。もう来月には文化祭だからね」

凛は演劇部の部長だ。演劇部の部員数は多くなく、三年生はひとりもいないが、少数精鋭で頑張っていると彼女は胸を張る。

「多目的教室って、校内で最も抽象的な名前の教室だよな。いつ、どんなときに利用するのかわからない」

「確かに、多目的ってなんだよって思っちゃうよね」

凛が同意して笑う。

「稽古は毎日やってるのか?」

「基本的には毎日だね。本番が近いし、放課後はずっと忙しくしてるよ」

「暇そうに見えるけど」

「いまは休憩中だからいいの。適度に休まないと、良い芝居なんてできないんだから」

凛は首を傾(かし)げて寝たふりをしてみせる。

「今年はどんな劇をするんだ？」

航大が訊ねると、凜は目をパッチリと開け、顔の前で手を交差させてバツ印をつくった。

「それはトップシークレット。うっかり洩らしたら、組織に消されてしまいます」

「演劇部っておっかないんだな」

「そんなことないよ。アットホームな雰囲気で、初心者も大歓迎」

何故だろう、余計に恐ろしくなった。

航大は顔を上げ、天井を見詰める。

「多目的教室に、鉢植えってあった？」

凜がかぶりを振る。

「ないよ。というか、西棟の鉢植えは、このガザニアだけ」

「あ、そうなんだ。詳しいな」

「一年生のころから、ここで稽古をしてるからね。西棟のことならなんでも訊いてくれたまえ」

と凜が誇らしげに言う。

滅多に人が来ないから、飾る必要はないと判断されたのだろうか。何にしても、これで引き受けた仕事はしっかりと完了したということだ。

「教えてくれてありがとう。おかげで、余計な探索をしないで済んだ」

「どういたしまして。ねえ、来月の舞台、よかったら観に来てよ。絶対面白いから」

「いいよ。特に予定も決めてないし、観に行くよ」

「やったー、お客さん、ひとり確保。もしも約束を破ったら、コウの上履き、水浸しにするからね」

「陰湿すぎるだろ」

「じゃあ、画鋲を入れるくらいにしておく」

「酷くなってるぞ！」

「大丈夫。尖ってる方は、上に向かないようにするから」

「そういう問題じゃない！」

「まあまあ。ちゃんと観に来てくれれば、そんなことはしないから」

「観に行かなかったら、やるつもりなのかよ」

「さあ、どうだろね」

凜がニヤリとする。

「そんな恐ろしい勧誘をしてたら、却って客が離れていくぞ」

「貴重なご意見をありがとうございます。参考にさせていただきます」

「便利な言葉だな」

「返事に困ったときは、真似していいよ」

そう言って、凜はくるりと体を半回転した。

「それじゃあ、私はそろそろ稽古に戻るよ。またね、コウ」

「おう。稽古、頑張って」

「激励ありがとう」

太陽に負けないくらい明るい笑顔で手をひらひらと振って、凜が階段を上がっていく。

航大は西棟から本校舎へと渡り、じょうろを元あった手洗い場に戻しに行く。すると、最初に水遣りをした紫色の花が、息を吹き返したように頭を上げていた。

航大の頬が緩む。
元気になってよかった。

◇

前方を流れる雲を眺めながら、航大はのんびりと自転車のペダルを漕ぐ。連日晴れの予報が出ている週末の外出は、雨に怯えずにすむ安心感がある。だが、うだるような暑さのせいで快適とは程遠い。

今年の梅雨は本当に雨が少ない。何日もジメジメとした日が続くのは気が滅入るが、余りに晴天が続くとそれはそれで心配になってしまう。水不足や農作物への影響が、俄(にわ)かにニュースで取り上げられるようになってきている。適度に降ってくれればいいのにと思うが、そんな高校生の我儘(わがまま)が天に届くわけもない。

なるようにしかならないよなと思いながら、航大はハンドルを切って道を逸れる。今日もまた、航大は菊子からお茶のお誘いを受けていた。

古色蒼然(こしょくそうぜん)とした洋風の家屋が視界に入ってきた。そしてその手前の庭には、絵に描こうとすれば十二色の色鉛筆では足りないくらいの色とりどりな花たちが美しく咲いている。

自転車から降りて門扉(もんぴ)をくぐると、入り口近くに植えられている淡い紫色のガクアジサイと、深紅のモナルダが来訪を歓迎してくれた。

「お邪魔しまーす」

返事はない。左右を花壇に挟まれたアプローチを進むと、屈(かが)んだ姿勢で作業をしている拓海の大きな背中があった。

「拓海さん、こんにちは」

首だけ回すようにして拓海が振り向き、横目でこちらを確認する。もう何度も会っているのに、鋭い目付きで睨まれると、妙に緊張してしまう。実際は表情の変化が乏しいだけで怒っているわけではないと頭で理解していても、中々慣れることができない。

「おう。いらっしゃい」

拓海はのっそりと立ち上がり、首に掛けていたタオルで額の汗を拭く。服装はチェックの長袖シャツにダークグレーのジーンズという、庭仕事用の格好だ。上下とも着古されており、所々土が付いて汚れている。夏場でも長袖のシャツを着ているのは、枝や葉で肌が傷付かないようにするためだ。

花壇から出てきながら、拓海が言う。

「悪いな。何度も来てもらって」

「いいえ。こっちとしても、退屈な休日の予定が埋まって助かってます。むしろ、こんなに呼んでもらっていいのかなって感じです」

「気にしないでくれ。祖母ちゃんが、呼びたくて呼んでるんだから。どうも、若い子とお喋りできることが楽しくて仕方がないみたいでな。前に言っただろ。うちの祖母ちゃんは、いつだって話し相手を探してるんだ」

「言ってましたね」と航大は微笑む。

「去年までは、祖母ちゃんが仲良くしていた友達が近所に住んでいて、よく遊びに来ていたんだけどな。息子夫婦と一緒に暮らすとかで、引っ越してしまったんだ」

「そうだったんですか」

航大は、小学生のころに仲の良かったクラスメイトが転校してしまったときのことを思い出す。いつだって、別れは寂しいものだ。

「まあ、近所にはまだまだ知り合いがたくさんいるんだけどな。うちの祖母ちゃん、それなりに顔が広いから。ただ、毎日お茶に誘うわけにもいかないだろ。人それぞれ予定があるし」

「俺は、その欠員分の補充要員ってことですか」と冗談めかして、航大は笑う。

「気に障ったか?」

「そんなことないですよ。おかげで、美味しいお菓子やフルーツをご馳走してもらえているんですから。感謝、感謝です」

「それならよかった」

「ところで、菊子さんは?」

拓海が家屋の方に視線を向ける。ウッドデッキに面した大きな窓が開いていて、レースのカーテンが風でひらひらと揺れていた。

「祖母ちゃんなら、いま家の中で準備をしているはずだ。もう少し待っていてくれ」

「わかりました。それまで、何か手伝えることはありますか?」

そうだな、と拓海は周囲に視線を巡らせる。

「それじゃあ、向こうの鉢植えを日陰に移そうと思っていたところだったから、それを手伝ってもらえるか」

確かに、この炎天下で放っておいたら、先日の校内の花たちのように萎れて弱ってしまうだろう。

「了解です」

玄関横の軒下に、鉢植えがずらりと並んでいる。この家は、花壇以外にも緑が多い。拓海曰く、生前の祖父が賑やかなのを好んでこうなったらしいが、やりすぎではないかと思ってしまう。しかし、これだけたくさんの植物を育てていながら、拓海が庭の手入れを苦にしている様子は見たことがない。

「花の世話って、楽しいですか？」

鉢植えを持ち上げながら航大が訊ねると、拓海は仏頂面のまま小さく首を傾げた。

「何だ、その質問は？」

「深い意味はないんですけど、ちょっと気になったんです。拓海さんはもう慣れたって言ってましたけど、これだけたくさんの花たちを世話するのって、やっぱり大変じゃないですか。それでも毎日しっかりとお世話を続けられるのは、どこかで楽しんでいたりするのかなと思ったんです」

拓海が考え込むように口を噤んだまま、鉢植えを日陰へと運ぶ。

静寂が気まずい。もしかしたら、訊いてはいけないことだったのだろうか、と航大は不安になる。

「あの、すみません。変なこと訊いちゃって」

堪らず謝罪の言葉を口にした航大を、拓海は不思議そうに見詰める。

「どうして謝るんだ？」

「ええと、変な質問で困らせちゃったかなと思いまして」

「困ってはいない。ただ、自分でもよくわからなかったんだ。嫌々やっているわけじゃない。むしろ好んで世話をしている。だけど、楽しいという感覚とは少し違う気がするんだ。この感覚を、どう表現すればいいのか」

拓海が口を閉ざし、逡巡(しゅんじゅん)する。真面目な人だから、ちゃんと答えてくれようとしているのだろう。

鉢植えをさらにひとつ運んでから、拓海は回答を思い付いたように顔を上げた。

「そうだな。散歩をしているときの感覚に近いかもしれない」

「散歩、ですか？」

「そうだ。ドライブや旅行ではなく、散歩だ。それが一番近い」

「なるほど」と航大は首を傾げながら相槌を打つ。わかったような、わからないような。

気を取り直して、航大は作業を続ける。手にした鉢植えには、ピンク色のゼラニウムが植えられていた。高校で育てられていたものと一緒だ。だけど、この家のゼラニウムの方が高校で育てられているものよりも花付きが良く、綺麗に花を咲かせている気がした。暑さにめげず空を見上げる様子は、伸び伸びと育つ子供を思わせる。

拓海もゼラニウムの鉢植えを運ぶと、その場で花をいくつか千切るようにして摘(つ)んだ。

拓海の突然の行動に、航大は目を丸くする。

「それは何をしているんですか？」

「花がらを摘んでいるんだ」

手を動かしながら、拓海が答える。

「花がらっていうのは、咲き終わって枯れてしまった花のことだ。そのままにしておくと病気の原因になったりして生育に悪影響が出るから、こまめに摘まないといけない。そこのニチニチソウを見てみな」

言われた通り、航大は近くにあったニチニチソウへと目を向ける。すると、ニチニチソウの葉の上に、枯れ落ちた花がくっついていた。頭がポロリと外れてしまったように、形はそのままで落っこちてしまっている。

拓海は手を伸ばし、そっと葉に付着した花を回収した。

「こんなふうに葉にくっついていると、そこからカビが発生してしまうこともある。カビは他の花にも繁殖することがあるから、特に注意が必要だ」

「なるほど」と航大は納得して首を縦に振る。今度はよくわかった。

これだけ大事に世話をされているから、この家の花たちは健やかに育っているのだろう。

「あら、もう来てたの」

ウッドデッキに面した窓から菊子が顔を出す。手にしたお盆の上には切り分けられたスイカがのっている。

「こんにちは」

挨拶をしながら菊子に駆け寄り、航大はお盆を受け取った。彼女は脚が不自由だ。杖がなくてもある程度は歩けるらしいが、だからといって何もせずに立ち尽くしている気にはなれなかった。

「ありがとう。それじゃあ飲み物を持ってくるから、先に食べていて。冷たい方が美味しいから」

「はい」

航大はお盆をウッドデッキに設置されたテーブルの上に置く。席に着き、菊子が戻ってくるのを待つ。

「食べないのか?」

年季の入った木製の椅子に腰を下ろしながら、拓海が言う。

航大は苦笑を浮かべ、頬を掻く。

「いやあ、返事はしましたけど、先に食べるのはどうにも気が引けちゃって」

「気にしなくていい。むしろ、食べないでいる方がうるさく言われかねないぞ。祖母ちゃんは、美味しいスイカをご馳走したくて呼んだわけだからな」

拓海が冷静に指摘する。

そう言われると、美味しい状態で食べない方が失礼にあたる気がしてきた。航大は忠告に従い、みずみずしいスイカを一切れ手に取る。

「いただきます」と航大と拓海の声が揃う。

例年の感覚だとスイカを食べる時期としてはやや早い気がするが、これだけ暑い日が続くと、まさにいまが食べごろのように思えた。夏はやっぱり、スイカとアイスとかき氷が食べたくなる。

一口噛むと、一気にスイカの風味が口内に広がった。冷たい果汁が喉を通っていく感覚が心地良く、陽光を浴びて熱を持った身体が内側から冷やされる。

「甘くて美味しいですね」

「ああ」

航大が夢中になって二口目を齧り付くと同時に、拓海が礼儀正しく両手を合わせた。

「ごちそうさまでした」

「え、早っ!」

綺麗に食べつくされたスイカの残骸を見て、航大は仰天する。手品かなにかだろうかと疑ってしまうほどの早食いだ。

「俺は庭仕事に戻るけど、まあゆっくりしていってくれ」

そう言い残すと、拓海はそそくさと花壇の方へと行ってしまう。

「お待たせ。どう、美味しい？」

麦茶とガラスのコップを別のお盆にのせて、菊子が戻ってきた。

「はい。とっても」

「よかった。行きつけの八百屋さんから絶対に美味しいスイカだからって勧められて買ったんだけど、時期が早いし、本当かしらって疑っていたの。これで美味しくなかったら、文句を言いに行くところだったわ」

上機嫌に笑いながら、菊子が椅子に腰を下ろす。

「あら。タクったら、もう食べ終わっちゃったの」

「庭仕事がまだ残っていたみたいです」

菊子がムッとして唇を尖らせる。

「私とお喋りしたくなくて逃げたのね」

「いや、あの、そんなことはないと思いますよ」

航大が慌ててフォローすると、菊子はパッと表情を明るくした。

「冗談よ、冗談。こんなことでヘソを曲げたりしないわ」

航大はホッと胸を撫（な）で下ろす。

菊子が麦茶を一口飲み、庭仕事をしている拓海の様子を眺める。孫に向けられた眼差しはとても優しく、穏やかだ。

「タクはね、本当に優しい子なのよ」

とっておきの内緒話を披露するように、菊子が言う。

「はい。よく知ってます」

航大は笑顔で頷く。拓海は初対面の自分に、本当に親身になってくれた。彼の助けがあったから、自分はいまこうして笑っていられる。

菊子が微笑み、スイカを一口齧って続ける。

「あの子は、高校に進学するタイミングでこっちに来たの。どうして地元の高校ではなく、わざわざこっちに来たのだと思う?」

「通いたい高校がこっちにあったからではないんですか?」

菊子が小さくかぶりを振る。

「あの子はね、私を心配してこっちに来てくれたの。私と、この庭の花たちのために」

当時を懐かしむように、菊子が目を細める。

「タクが中学三年生のころ、うちの旦那が脳梗塞で亡くなったの。突然のことだったし、あの子はお祖父ちゃんっ子だったから、すごく悲しんでたわ。見ているこっちの胸が痛くなるくらい、ずっと落ち込んでいた。それはもう可哀想で、私、死んだ旦那に腹が立ったくらいよ。『あなたのせいで可愛い孫が悲しんでるじゃない』って」

最後の言葉を冗談っぽく付け足して、菊子が静かに笑う。家族との別れの思い出を笑顔で振り返れる彼女は、屈強な肉体の体育教師よりも遙かにたくましく見えた。

航大は麦茶の入ったコップを手に取る。氷の触れ合う涼しげな音が微かに鳴った。

「あの人が亡くなって、私はこの家で独りになったの。寂しくなかったと言えば嘘になるけど、ありがたいことに、近所のお友達が気にかけて頻繁に遊びに来てくれていたから、孤独を感じることはなかったわ。脚が悪くても、家事だって以前のようにこなしていた。でもね、ひとつだけ、どうしようもないことがあったの」

そう言って、菊子は広々とした庭に視線を移す。

その仕草だけで、航大は話の先を理解した。

「流石に私ひとりでは、こんなにたくさんの花の世話なんてできやしない。あの人が大切にしていたお庭だから、そのままにしていたかったけど、ちゃんと育てられないんじゃあ、そういうわけにもいかないなと思ったの」

そうだろうな、と航大は麦茶を飲みながら思う。たとえ脚が悪くなくても、これだけの広さの庭を管理するのは重労働だ。

「だから、少しずつ数を減らしていこうと考えてたの。けれど、そんなときにタクから電話が掛かってきて、『そっちの高校に通いたいから、祖母ちゃんの家から通わせてほしい』って言ってきたの。急な話で驚いたけど、私はもちろん了承したわ。大切な孫の頼みを断る理由なんてないもの。そしたらあの子、『もうひとつお願いがある』って言い出して」

「どんなお願いですか?」

「『庭の花は全部そのままにしておいて』って、そう言われたの。『世話は俺がするから、減らさないでほしい』って。私の考えを、あの子は見透かしていたのね」

感慨深げに話して、菊子は幸せそうに目尻に笑い皺をつくった。

航大はコップをテーブルに置き、色彩に溢れた花壇を眺める。拓海は以前、子供のころは、遊びに来るたび祖父の庭仕事を手伝っていたと話していた。彼にとってこの庭は、本当に大切な場所なのだろう。

「そんなふうに言われたら、お祖母ちゃんとして、頑張らないわけにはいかないなって思ったの。老骨に鞭打って、あの子が来るまでお庭の世話は全部私がしたわ。当然、少しも減らすことなくね」

「すごいですね」

素直な称賛の言葉が航大の口を衝いて出た。軽い調子で話しているが、高齢の身で脚を悪くしていながら膨大な量の庭仕事をこなすことは、相当骨の折れる作業だったはずだ。

褒められたことで気分を良くしたのか、菊子が笑顔のまま何度も頷く。

「まあね。大変だったけど、何かやるべきことがある方が、健康にはいいのよ。もう冬が近い時期だったから、世話をしないといけない花の数は、それほど多くなかったしね」

話しているうちに舌の回りがよくなってきたらしく、その後はしばらく、彼女の自慢話を一方的に聞かされる時間になった。ひとりでの庭仕事にどれだけ苦労し、またどうやってそれを乗り越えたのか、彼女は感情を込めて延々と語った。

存分に舌を振るい、菊子は満足げに一息つく。温くなったスイカを一口食べ、ようやく自分ばかりが喋っていたことに気付いたのか、航大に話を振った。

「そういえば、コウくん。学校はどう?」

祖母から孫へと繰り出される、定番の質問だ。自分はこの家の親戚の子だっただろうか、と航大は錯覚してしまいそうになる。

「まあまあです」

「あら、歯切れの悪い答えね」

菊子に探るような視線を向けられ、航大は苦笑する。

「何かあったわけではないですよ。高校は楽しいです。友達とふざけ合って、くだらない話ばかりしてます」

「それでも〝まあまあ〟なのね」

菊子は追及の手を止めない。好奇心と心配の割合は半々といったところだ。

隠す必要もないので、航大は正直に打ち明ける。

「そうですね。まあまあです。何というか、楽しいんですけど、どこか物足りないんですよね。部活を辞めて熱を向けるものがなくなったからなのか、同じような日常を繰り返すことに飽きてしまっているのか。自分でも理由はよくわかりません」

漫然と日々を過ごすことに、さして不満はない。代り映えしない日常でも、楽しいという気持ちは本物だ。ただ時折、誰かにせっつかれているような感覚に襲われることがある。その誰かは、むやみやたらと急き立てるくせに、何をすべきなのか教えてくれない。得体の知れない焦燥のようなものだけを一方的に残して、いつもどこかへと去っていくのだ。

話を聞き終え、菊子は物知り顔で頷く。

「わかるわ。学生のころって、自分の中のエネルギーを持て余し気味よね」

「そうなんですかね」

「やりたいことが見つかれば、そういう気持ちは自然と解消されるんじゃないかしら。勉強でもスポーツでも恋愛でも趣味でも、何でもいいのよ。とにかく自分がしたいことをするの。それを探すこと自体、とっても楽しいと思うわ」

確かに、探すという作業すらも楽しいと思えれば、前向きに取り組めるかもしれないな、と航大は思う。ただ、そんなにうまくいくだろうか、とも思った。

「コツは、少しでも気になったものには積極的に触れてみることね。人生は楽しんだ者勝ちなんだから」

軽やかにアドバイスを送って、菊子が笑う。

こんなときの回答はひとつしかない。

「参考にさせていただきます」

横断歩道の前で信号が青に変わるのを待ちながら、航大は欠伸(あくび)を嚙み殺す。顔を洗って歯を磨き、ガムまで嚙んできたのに眠気はまだ残っている。いま目を閉じてしまったら、自転車のハンドルにもたれたまま夢の世界に引き返してしまいそうだ。

周囲の学生たちも皆、似たような様子だ。週明けなのに休日気分からスイッチを切り換えられていないような、気の抜けた表情をしている。

「よう。眠そうだな」

肩を叩かれて振り向くと、晴也が爽やかな笑顔で立っていた。

「眠そうなんじゃない。眠いんだ」

挨拶を省略し、航大は応える。

「珍しいな。コウって朝弱かったっけ?」

「そんなことはないんだけど、夜更かししちゃってな」

言いながら、航大は昨夜のことを思い出す。

窓の向こうの宵闇で小さな虫たちが甲高い声を上げる中、航大は自室の椅子に座って天井を見上げながら考え事をしていた。実践するかどうかはさて置いて、菊子から貰ったアドバイスを参考に、やりたいことの候補くらいは頭の中で挙げておこうと思ったのだ。

ベッドで横になるまでの暇つぶし程度の気持ちで始めたことだったのだが、いざ考え始めてみると、時間はあっという間に過ぎ去っていった。ただし、それは快調に物事が進んだからではない。

情けないことに、どれだけ考えてみても、やりたいことの候補をひとつも思い付かなかったのだ。

まず思い付いたのは、学校外のクラブチームに加入して、サッカーを再開することだ。しかし、思い付いたものの、どうにも気が乗らなかった。不条理かつ不本意な理由で退部したときの感情が、まだ尾を引いているのかもしれない。努力が理不尽に打ち砕かれた経験が、再スタートのボタンを押すことを躊躇(ためら)わせた。

ならば、似たようなところで、フットサルを始めてみるのはどうかと考えてみたが、やはり、そちらも前向きにとらえることはできなかった。さらに、サッカー部は無理でも別の部に入部するとか、趣味を見つけるとか、そういった新しい道はどうだろうかとも考えてみた。だが、結果は同じだった。頭の中でいくつ案を思い浮かべてみても、どれも全くしっくりこない。野球、バスケ、バレー、テニス、映画鑑賞、読書、演劇。自分がそれらに取り組む未来を想像してみても、これっぽっちもワクワクしないのだ。振り上げた採用の印鑑を下ろせぬまま、夜の闇はどんどん濃くなっていった。

寝る前にせめてひとつは候補を見つけたいと意地になり、結果的に、睡眠時間を大幅に削ることになってしまった。しかも、結局成果はゼロだったのだから救いようがない。

もしかしたら、と航大は思う。自分が失くしたものは熱を向けられる何かではなく、熱そのものだったのではないだろうか。エネルギーを持て余しているのではなく、枯渇しかかっているから、焦燥感に駆られているのかもしれない。

歩行者用信号が青になり、航大は思考を中断する。寝惚(ねぼ)けた頭で難しいことを考えても、疲れるだけだ。自転車から降り、晴也と並んで歩き出す。

「そういえば、この前はありがとうな。水遣りの仕事、代わってくれて」

「ちゃんと感謝の気持ちを憶えていたか」

「一週間は忘れないって言っただろ」

「じゃあ、一週間毎日お礼を言ってくれ」

「毎日どころか毎秒言ってやるよ」

「それはうるさそうだから遠慮する」

頭に浮かんだ言葉をそのまま投げ合うような軽口の応酬は、覚醒しきっていない脳に優しい。

「俺の言った通り、校内の鉢植え、たくさんあって大変だっただろ」

航大は少し迷って、「それなりに」と言葉を濁した。確かに多いとは思ったが、園原宅の庭の様子が頭の片隅に浮かんだせいで、同意することが憚(はばか)られた。あれで水遣りが大変だなんて言ってしまったら、拓海と菊子に呆れられてしまいそうだ。

晴也は口元を緩めたまま、眉をひそめてみせる。

「それなりじゃないだろ。俺、面倒くさすぎて一回で嫌になったもん」

「その一回以来、全部サボっているんだったか」

「その通り。あんなの毎回真面目にやってたら、部活の練習時間がどれだけ削られるかわからねえよ」

悪びれずにそんなことを言う友人を見て、航大は表情を曇らせる。悪気がないことはわかっている。彼はただ、花たちに無関心なだけだ。

友人の気持ちも理解できるので、怒る気にはなれなかった。サッカー部に在籍していたころの自分だったら、彼と同じようなことをしていたかもしれない。練習に楽しさを見出すと、それ以外の時間を勿体(もったい)なく感じてしまうのだ。

「他の美化委員の人たちも、ほとんどサボってるのかな？」

航大の質問に、晴也はあっさりと首を縦に振った。

「もちろん」

やはりそうか、と航大は晴也に気付かれないように溜め息を吐く。美術部の友人は、水遣り当番が美化委員ということすら知らなかった。美化委員の多くが、晴也のように当番をサボってしまっているのだろう。

「そんなに適当で、顧問にバレて怒られたりしないのか？」

晴也が笑いながらかぶりを振る。

「怒られないよ。顧問が一番適当だもん」

「誰？」

「松尾(まつお)」

「ああ」と航大は短く声を洩らす。

現文の松尾は、容姿は冴えないが、一部の生徒たちから密かな人気を獲得している教師だ。年齢は五十手前らしいが頭部に白髪が目立ち、常に気怠そうな空気を身に纏っている。

覇気がなく、授業はいつもぼそぼそと呟くように話す。嫌々教えているという雰囲気を隠そうともしない。そういった態度は生徒から反感を買いそうなものだが、実は、それこそが彼の人気の秘密だ。年がら年中無気力な彼は、生徒が眠っていようがお喋りしていようが、全く注意しないのだ。口煩くない教師は、不真面目な生徒たちから支持されやすい。

「なるほど。松尾なら何も言ってこないだろうな」

「マジで何も言ってこないよ。超適当。委員会の最初の集まりでも、あいつ碌に喋らなかったし」

松尾の性格を考えると、彼が生徒たちの代わりに花の世話をしているということはないだろう。彼は、典型的な無気力人間だ。

「本当に、全くやる気のない委員会なんだな」

「やる気のある委員会の方が珍しいだろ」

「それはそうかも」

熱心に部活に打ち込んでいる友人たちは知っているが、委員会の活動に情熱を燃やしている友人は思い当たらない。もちろん、真面目に活動している生徒もちゃんといるのだろうけど。

校門をくぐり、航大が駐輪場へと足を向けると、晴也も付いてきた。

「そもそも、美化委員の仕事自体、ほぼ必要ないんだよ。水遣りなんて、気付いた奴がやってくれてるし」

晴也がぼやくように言う。

それは自らの怠慢を正当化するための言い訳でしかなかったのだろうけど、一部真実ではある。先週、航大は水遣りのために校内を回ったが、手洗い場の鉢植えは既に土が湿っていることが多かった。おそらく、誰かが手を洗うついでに花にも水をあげたのだろう。思い返してみると、凜も西棟のガザニアに水を遣っていた。美術室の花は美術部員たちが世話をしているようだし、自分が思っている以上に、花のことを気遣う人というのは多いのかもしれない。

駐輪場に自転車をとめ、二人で昇降口へと向かう。

上履きに履き替えた途端に予鈴が鳴り、航大と晴也は早足で教室へと急いだ。

失敗したな。

昼休みにひとり廊下を歩きながら、航大は後悔していた。食堂の自動販売機で新発売のメロンソーダを買ってみたのだが、甘すぎて美味しくない。冒険せず、素直にいつも買っているスポーツドリンクにすればよかった。

手の中のペットボトルの重みに辟易(へきえき)していると、手洗い場の前に立つ一年生の女の子が目に入った。

女の子は自らの手を洗い終えると、たまたま目に付いたといった様子で鉢植えに視線を向けた。今日も暑く、鉢植えの花は項垂れて落ち込んでいるように萎れてしまっている。彼女はついでにといわんばかりに鉢植えを手に取り、蛇口から直接水を注いであげてから、その場を立ち去った。

一連の光景を目にして、航大は胸の内が温かくなった。彼女にとっては何てことのない行動なのだろうけど、その何てことのない行動で救われる命がある。

気分よく二年生の教室がある校舎へ戻ろうとすると、前方から凜が歩いてきた。こちらに気付き、手を上げて挨拶する。

「やっほー。今日も暑いね」

「暑すぎて溶けそうだ」

「あ、そのメロンソーダ」

凜が航大の手にしているペットボトルを指差す。

「さっき買ったんだ。欲しいならやるよ」

「ううん。いらない。それ、メッチャ不味(まず)いって噂だから」

「知ってたか」

凜が追い払うように手を振る。

「押し付けようったってそうはいかないよ。ちゃんと自分で全部飲むんだね」

「これを全部飲んだら、具合が悪くなりそうだ」

「そんなに不味いの？」

「興味があるなら、飲んでみるか？」

凜は大きく首を左右に振る。

「生憎(あいにく)だけど、自虐趣味はないの」

「賢明な判断だと思うよ」

言いながら、航大はペットボトルに口をつけ、緑色の液体を喉へと流し込む。大匙(おおさじ)一杯の砂糖を口に含んだような甘さが口内に広がり、自然と眉間に皺が寄った。

「そういえば来月の文化祭、コウのクラスは何かお店とか出すの？」

甘味の暴力に苦しむ航大に、凜がマイペースに質問する。

用意するらしい」


「うちは休憩所をやるとか言っていた気がするな。机と椅子を並べて、ボードゲームをいくつか用意するらしい」

「ボードゲームか。楽しそうでいいね」

凜が無邪気な笑顔を見せる。

「正直なところ、手抜きっぽくはあるけどな。大半が部活の方の出店を優先したがっているから、クラスの方に関しては、皆消極的なんだ」

「気持ちはわかるよ。店番とかが多くなると、他の出店を見て回る時間がなくなっちゃうしね」

「凜のクラスは何かやるの？」

「うちは焼きそば屋だよ。祭りといったら焼きそばでしょ」

「いいね。食べに行きたい」

「是非行ってあげて。私は部活の方で忙しいから、そっちにはいないと思うけど」

「ああ、舞台があるんだったな。稽古は順調？」

軽い調子で訊ねると、凜の笑顔が微かに強張った。笑顔が崩れないように意識的に頰の筋肉に力を入れたような、そんな不自然さが見て取れた。

どうしたのだろうかと戸惑う航大の腕を凜が摑み、そのまま廊下の壁際へと引っ張る。すると後方から、それまで航大が立っていた位置を通過するように、猫背の男性教師が歩いていった。

美化委員の顧問、松尾だ。教師だというのに、歩きながら携帯を弄っている。凜に引っ張ってもらわなければ、衝突していたかもしれない。

こちらの存在など気にも留めない様子で去っていく松尾の背中を、凜が苦い顔で睨む。

「私、あの先生嫌い。適当だし、常識がない。教師が校内で歩きスマホなんて、考えられないよ」

珍しく強い口調で吐き捨てる凜に、航大は驚く。彼女が他人を責めている姿を見ること自体、初めてのことかもしれない。

「適当だからこそ、好きって人もいるみたいだけど」

「適当なだけならまだいいけど、あの人無責任なんだもん。どんなにやる気がなくても、教師として最低限のことは守らないと」

凜は尚も棘のある声で批難する。

これだけ嫌悪感を表に出すということは、過去に松尾と何かあったのだろうか、と航大は邪推してしまう。気になったが、あえて訊こうとは思わなかった。人を嫌いになった理由なんて聞いていて愉快なものではないし、話す方も億劫だろう。

凜が両手で自らの頰を挟み、強張った顔をほぐすように手を動かす。

「ごめん、ごめん。私の好き嫌いの話なんてどうでもいいね。折角の昼休みなんだし、楽しい話をしよう。ええと、さっきは何の話をしていたんだっけ」

「さっきまでなら、文化祭の話だな」

「ああ、そうだった、そうだった。稽古は順調かって訊かれたんだったね。もちろん、大変順調でございます。放課後は毎日猛稽古だよ」

いつもの明るい声で元気よく答える凜の様子は、先程まで教師への不満を洩らしていたのが幻だったのではないかと思わせるほど自然だった。瞬時に表に出す感情を切り換えられる能力は、まさに役者向きだな、と航大は思う。

「それはよかった。じゃあ、当日を楽しみにしてるな」

「期待して待っててよ」と凜が自信満々にウインクする。

凜との会話を終え、航大は教室へと戻る。メロンソーダを晴也にプレゼントすると、彼は喜んでそれを受け取ったが、一口飲んで返却してきた。最初に返品不可と約束を交わすべきだった。

午後の最初の授業は特別教室での授業だったので、航大と友人たちは教科書と筆記用具を手に教室を出た。

渡り廊下から三年生の教室がある校舎へと移り、手洗い場の前を通過しようとしたとき、航大は違和感を覚えて立ち止まった。見慣れた景色の中で、何かが欠けているような感覚に襲われたのだ。明らかに、足りないものがある。

それが何なのかは、すぐにわかった。

先週までそこにあったはずの鉢植えが、綺麗さっぱり消えてしまっていた。

「不思議なことってどんなこと？」

ティーカップを片手に、菊子が好奇心で瞳を輝かせる。

親戚から美味しいお菓子が届いたからと誘われ、航大は再び週末に園原宅を訪れていた。ナッツ入りのクッキーに舌鼓(したつづみ)を打ちながら、雑談の中で「最近学校で、ちょっと不思議なことが起きている」と話すと、菊子は興味津々といった様子で前のめりになった。

拓海は特に興味がないようで、紅茶を飲みながら庭を眺めている。

「そんな大したことではないんですよ」と航大は慌てて付け加える。

学校の怪談のようなものを期待されては堪らない。本当に些細なことなのだ。生徒の大多数は気にも留めないようなことだ。

菊子は目尻に穏やかな皺を浮かべたまま、先を促す。

「いいから。まずはどんな話なのか聞かせてみて」

わかりました、と航大は頷く。笑い話の類ではないが、ティータイムに添える話題として不適切ということはないだろう。

クッキーを食べて乾いた舌を紅茶で湿らせ、航大は話し始める。

「うちの学校の手洗い場から、鉢植えが少しずつ消えていってるんです」

関心がなさそうに庭を眺めていた拓海の視線が、航大へと向く。話の内容に、花が関わるとわかったからだろう。

「少しずつっていうのは、どういうこと?」

菊子が訊ねる。

「一日にひとつか二つずつのペースで減ってるってことです。最初に気が付いたのは、この前の月曜日のことでした」

そのときは、別段奇妙なこととは思わず、誰かがどこかに移したのだろうくらいにしか考えなかった。

しかし、その翌日、今度は航大の教室がある三階の手洗い場から鉢植えが消えた。さらにその次の日には、一階と二階の手洗い場からもなくなっていた。

流石に不審に思い、航大は再び三年生の校舎へと足を運んだ。思った通り、どの階の手洗い場にも鉢植えはなかった。まるで神隠しにでもあったかのように、受け皿ごと忽然と消えてしまっていた。

それらを確認し、航大は妙に落ち着かない気分になった。毎朝家の前を通っていた野良猫が、突然その姿を見せなくなったときの感覚に似ている。強い繋がりはなくても、どうしたのだろうかと心配になる。

「一年生の校舎にも確認に行きましたが、その時点では、まだ全部ありました。ただ、そっちの校舎も、それから二日間で二階と三階の鉢植えがなくなりました」

気になった航大は、廊下で美化委員の顧問である松尾を見かけた際に、彼を呼び止めて訊ねてみた。手洗い場の鉢植えは美化委員が移動させたのか、と。しかし、彼は億劫そうに、そんな話は知らないと答えた。

念の為、各校舎の手洗い場から鉢植えが消えていることを報告したが、松尾は煩わしそうに渋面をつくっただけだった。余計な仕事を増やさないでくれ、と濁った瞳が彼の本心を雄弁に語っていた。おざなりな返事だけ残して、彼はその場を後にした。あの様子だと、確認も捜索もする気はないだろう。

事情を聞き終え、菊子が口を開く。

「世話をしていた人たちが移動させたわけじゃないなら、誰かが持ち去ったってことよね」

「そう思います。まあ、実際のところ、美化委員はほとんど世話をしていなかったみたいですけど」

拓海が眉をひそめる。鋭い目付きが強調され、威圧感が増した。

「世話をしていないって、花たちは大丈夫なのか？」

「あ、それは、はい。大丈夫です。気付いた生徒が、水遣りとかはしているみたいなので」

言葉に詰まりながら、航大は返答する。拓海はただ心配して訊ねただけなのだろうけど、低い声と寒々とした視線のせいで、つい緊張してしまう。

安心したわけではないだろうが、拓海はそれ以上質問を重ねようとはしなかった。無言でクッキーに手を伸ばし、黙々と食べ始める。普段から仏頂面なので、機嫌の良し悪しは判然としない。

「でも、確かに妙な話ね。悪戯にしては意味がわからないし、どうして少しずつ持ち去っているのかしら」

菊子が頬に手を当てて、考え込む。

「一遍に運ぶのが面倒だからじゃないですか。そもそもの理由はわかりませんけど」

「理由ねえ。どんなことが考えられるかしら」

愉快そうに微笑を浮かべながら、菊子が航大と拓海の顔を見る。一緒にこの難解なクイズに挑戦しようとその目が訴えている。お茶のお供として、この話題を気に入ったようだ。

「考えてみたところで、答えを発表してくれる人はいないよ」

拓海が冷めた声で言う。彼はあまり乗り気ではないようだ。

「いいじゃない。それらしい答えが見つかれば納得できるでしょ。それで充分よ」

「それらしい答えが見つからなかったら、ずっとその話を続けるだろ」

硬い表情のまま、拓海がうんざりした様子で言う。

なるほど、と航大は苦笑する。自分が帰ってからも同じ話題を引き摺られることを、拓海は危惧しているのだ。

「しないわよ、そんなこと。この話は、お茶を飲んでいる間だけ」

「すぐにバレる嘘を吐かないでくれ。わからないって言ってるのに何度も同じ話題を振られるのは疲れるんだよ」

「はいはい、もういいから。皆で一緒に考えましょう」

強引に苦情を断ち切り、菊子が場の主導権を握る。

拓海は不服そうだが、それ以上抗議はしなかった。しても無駄だと知っているのだろう。諦観の滲んだ瞳で、ティーカップの底を覗き込んでいる。

持ち去る理由か、と航大も想像してみる。

とりあえずパッと思い付くのは、誰かが代用品として盗んだというパターンだ。家族が育てていた花を駄目にしてしまって、それを隠蔽するために、同じ品種の花を持ち去った。

考えてはみたものの、これはないなと即座に否定する。校内から消えた鉢植えは、現在八つだ。それだけの数の花を駄目にしたなら、少しずつ持ち去る余裕なんてないだろう。早急に対処しなければ、隠蔽する前に気付かれてしまうはずだ。

「ねえ、コウくん。なくなった花たちの品種はわかる?」

手掛かりを求めて、菊子が訊ねる。

「正確には憶えていませんが、ニチニチソウとゼラニウム、あとはインパチェンスがあったと思います」

「どれも有名どころだな。園芸初心者でも育てやすい、丈夫な花だ」と拓海。

「そうね。どこの花屋さんでも売っているし、わざわざ盗んでまで欲しがるような珍しい花じゃない」

当てが外れたというように、菊子が唇を尖らせる。

「盗みたくなるくらい珍しい花が、その辺の高校にあるわけがない」

拓海が冷静に指摘すると、菊子はムッとして眉根を寄せた。

「そんなのわからないじゃない。花好きの先生とか事務員さんが、校内を華やかにするために持ち込んでいたかもしれないでしょ」

「盗みたくなる可能性があるとしたら、花よりもむしろ鉢の方がありそうだ」

「どういうことですか？」

航大が訊ねると、拓海はティーカップをテーブルの上に置いた。

「高価な陶器が価値もわからず植木鉢として使用されていて、そのことに気付いた誰かが盗んだという仮定の方が、珍しい花よりもまだあり得そうな話だと思っただけさ。飽くまで譬え話だよ。現実的な推測ではない。そんなものが、いくつもあるわけがないしな」

航大は空を見上げるようにして、一週間前の記憶を辿る。断言はできないが、高価そうな見た目の植木鉢はなかった気がする。どれもその辺のホームセンターで売っていそうな代物だったはずだ。

「確かに、手洗い場の鉢は、どれも市販されているような物でした」

菊子が低い声で、うーんと唸る。

「わからないわねえ。そんなありふれた花たちを盗む理由なんて特になさそうだし、やっぱりただの悪戯なのかしら」

「悪戯にしては地味すぎる」と拓海。

「そうよねえ。思ったよりも難題ね、これは」

菊子が眉根を寄せて頭を悩ませる。

航大も、さらに頭を働かせてみる。盗難の線が薄いのならば、誰かがただ手洗い場から移動させただけということだろうか。盗むのではなく、移しただけ。そんなことをする理由が、何かあるだろうか。

考えて、ひとつだけ思い付いた。

「もしかしたら、飾りつけのために、どこかのクラスが持ち去ったのかもしれません」

菊子がきょとんとした顔で航大を見る。

「どういうこと?」

「うちの高校、再来週くらいに文化祭があるんですよ。出店をやるクラスの誰かが、室内の飾りつけとして、植木鉢を持っていったのかもしれません」

「なるほどね」

菊子が頷くが、表情は冴えなかった。中々いい線をついた推測だと思ったのだが、まだ疑問が残るようだ。

「どこか理屈の通らないところがありましたか?」

気になって、航大が確認する。

菊子は困ったように微笑む。

「そんなこともないいんだけど、ちょっと違和感があってね」

「どんなところですか?」

「文化祭は再来週なんでしょ? それなのに、もう鉢植えを移動させておくんだ、って思って。手洗い場に置いておいた方が、世話も楽なのに」

「それは、他のクラスに取られないように確保しておきたかったとかじゃないですか」

「だとしたら、一気に全部持っていくんじゃない?」

航大は返事に窮する。確かにその通りだ。自分の理屈だと、何日かにわけて持っていくのは筋が通らない。持ち去った人物にとって、鉢植えの回収は急ぎの用ではなかったのだ。

「でも、気になったところはそれくらいだし、コウくんの予想が一番正解に近い気がするわ。何回かにわけて持っていった理由はわからないけど、大方、試しに飾ってみたら物足りなかったから、段々と数を増やしていったとかそんなところじゃないかしら」

それならば確かに、一応の説明は付く。しかし、どこか釈然としない想いもあった。今週の月曜日から金曜日まで、五日間も続けて持ち去られた理由としては、どうにもしっくりこないのだ。

「拓海さんは、どう思います？」

眠るように両目を閉じていた拓海に水を向けると、彼は薄く目を開いて呟いた。

「わからない」

「そうですよね」と航大は苦笑を浮かべる。元々、答えが用意されていないクイズなのだ。

ただ、と拓海が静かに続ける。

「持ち去られた理由がなんであれ、しっかりと花たちが世話されていることを祈るよ」

航大は拓海の横顔を窺う。表情に変化はなかったが、瞳の奥に微かな憂いの色が見えた気がした。

◇

月曜日の空は、朝から刷毛で塗りたくったような薄い雲が広がっていた。雲を突き抜ける陽光にここ数日の勢いはなく、晴れとも曇りとも言い難い、なんとも微妙な空模様だ。怠けがちな梅雨がようやく重い腰を上げたのか、空気がジメジメとしている。もうじき雨が降りそうな気配だ。

　放課後の教室でひとり、航大はぼんやりと何も書かれていない黒板を見詰めながら思考を巡らせていた。

　今日もまた、校内から鉢植えがひとつ消えた。案の定、一年生の校舎の一階手洗い場に飾られていた鉢植えだ。これで、全ての校舎の手洗い場から持ち去られたということになる。

　やはり自分の推測は間違っていた、と航大はほとんど確信していた。誰かが文化祭のための飾りつけとして持ち去っているにしては、余りに不自然なペースでなくなっている。

　でも、一体誰が、何のためにこんなことをしているのだろう。どれだけ考えても、それらしい推測のひとつも思い付かない。

　答えを知りたいと思う理由は、単なる好奇心だけではない。純粋に、花たちのことが気掛かりだった。

　植物は生きている。そのことを日頃から意識している人が、世の中にどれだけいるだろう。航大自身、それを気にかけるようになったのは最近のことだ。理解はしていても、意識の外に置いてしまう人は少なくないのではないだろうか。

　植物は、動物のように声や身ぶりで空腹を伝えることができない。屋内で育てられているのなら、誰かが水を遣らなければならない。もしも鉢植えを持ち去った人物が、どれだけ花が萎れていても気にも留めないような人だったらと思うと、心がざわつく。それは、ペットの犬や猫に餌を与えないことと同じだ。

　拓海の瞳に滲んでいた不安げな色を思い出す。きっと彼も、あのとき似たようなことを考えていたのだろう。

そういえば、と航大の頭にふと疑問が浮かんだ。

持ち去られた鉢植えはどれも手洗い場のものだが、西棟のものは無事だろうか。あそこにも、ガザニアという名の黄色い花が飾られていたはずだ。

立ち上がり、教室を出る。幸か不幸か、放課後の時間は有り余っている。確認するために、直接西棟へと向かうことにした。

普段の放課後よりも、校舎に残っている生徒の数が多い。賑やかな声がそこかしこから響き渡り、誰もが文化祭の準備で忙しく動き回っている。

潑溂とした空気に浸っていると、誰かに胸の内側を小突かれたような感覚を覚えた。

まただ、と航大はうんざりする。この感覚はなんなのだろう。青春を謳歌（おうか）しようとしない自分を、自分自身がせっついているのだろうか。だとすれば、大きなお世話だ。

逃げるように、航大はその場を後にする。熱をなくしてしまった自分にとって、この空間は余りにも居心地が悪い。

西棟へと続く渡り廊下まで移動すると、校内の喧噪（けんそう）は随分と小さくなった。

西棟に足を踏み入れると、天井越しによく通る声が聞こえてきた。朗々と語りかけるような口調は、日常的によく耳にする話し方とは異なるものだ。どうやら、演劇部が稽古をしているらしい。

手で耳を塞ぐようにして、航大は聞こえてくる声から意識を逸らす。舞台は本番で楽しみたい。ネタバレは御免だ。

手洗い場に目を向けると、ガザニアの鉢植えがそこにはあった。

ここは無事だったか、と航大は一先（ひとま）ず安堵の息を洩らす。そして、どうしてここだけ無事だったのだろうかと考える。鉢植えを持ち去っている人物が、ここに飾られていることを知らなかったのか、単に必要なかったのか。それとも、明日以降取りに来るつもりなのか。どれもあり得そうで、特定できない。

思案しながらガザニアを眺め、航大は小首を傾げる。どことなく、前回目にしたときと印象が違う。以前よりも、花弁が立っている気がするのだ。気のせいだろうか。

天井から、また大きな声が響いてきた。ここにいると、否が応でもセリフが耳に届いてしまう。西棟の鉢植えが持ち去られていなかったことは確認できたし、場所を移した方がよさそうだ。

航大は本校舎へと戻り、そのまま各教室の中を覗いて歩くことにした。持ち去られた花たちを見つけられるかもしれないし、特別教室に飾られている鉢植えの安否も確認したかった。

地学室に化学室、生徒会室の中も覗いてみたが、どこも鉢植えは無事だった。やはり、なくなっているのは本校舎内の手洗い場だけなのだろうか。

視聴覚室に足を向けると、廊下に晴也が立っていた。白い大きめのシーツを頭から被り、友人たちとふざけ合っている。

「晴也」

名前を呼ぶと、彼がシーツを被ったまま近付いてくる。

「コウ、どうこれ？　お化けっぽい？」

「まあ、暗闇で見たらそれっぽいんじゃないか」

「そうか。じゃあこれも採用だな」

「バスケ部は、今年もお化け屋敷か」

運動部が文化祭で出す店は、ほぼ毎年決まっている。例えばサッカー部なら、伝統的にかき氷屋を出店している。別の案を考えるのが面倒なのだろう。

「そうだよ。もう文化祭まで授業で視聴覚室を利用する予定がないみたいだから、昨日から準備を始めたんだ」

「昨日は日曜日だろ」

「練習を終えてから準備に取り掛かったんだよ。時間がそんなになかったから、窓ガラスを段ボールで覆うくらいしかできなかったけどな」

「練習後とは元気だな」

晴也が苦笑を浮かべ、周囲の部員に聞こえないように声を落とす。

「正直に言うと、俺はもっと練習がしたいんだ。でも、皆楽しそうだし、水を差すわけにはいかないだろ」

航大には、彼の気持ちがよくわかった。部活動において、熱量の差というものは危うい存在だ。放置しておくと、組織が瓦解しかねない。特にチームスポーツでは、細心の注意を払う必要がある。我を通すだけでは反感を買ってしまうが、見て見ぬ振りをしているだけでは解決しない。皆を引っ張るのか、それとも皆に合わせるのか。そのバランスが難しい。

「チームワークを育む時間と思うしかないな」

「練習しながら育むのが理想なんだけどな」

晴也は被っていたシーツを脱ぎ、手で丸めた。

航大は前のドアから室内を窺う。バスケ部員たちが、ガムテープを片手に段ボールで通路の作製を進めていた。窓ガラスを覆う段ボールと暗幕が、外からの光を完璧に遮断している。長机や椅子はなく、教卓の上に飾られていたはずの鉢植えも見当たらない。ここにはピンクのゼラニウムがあったはずだ。

「鉢植えはどこにやったんだ？」

「鉢植え？　たぶん、隣の準備室にしまってあるよ。先生に許可をもらって、長机とか椅子とか、使わないものは全部そこに押し込んである」

確認するために準備室のドアを開け、航大は言葉を失う。狭い室内を埋め尽くすように、畳まれた長机と椅子が天井近くの高さまで積み上げられていた。反対側の窓はほとんど視認できず、まさに無理矢理押し込んだといった様相だ。

目に見える範囲を見回してみるが、どこにもゼラニウムの姿はない。

「見当たらないぞ」

「そう言われてもなあ」と晴也は困ったように眉をひそめる。「準備室に移動させたのはついさっきのことだから、そこにないってことは、最初からなかったんじゃないか？」

まさかと思い、航大が訊ねる。

「昨日からなかったのか？」

「鉢植えのこと？　さあ、どうだったかな」

「他の部員で憶えている奴がいないか、確認してみてくれないか」

「別にいいけど、どうして鉢植えなんか探してるんだ？」

「ちょっと気になることがあるんだ」

晴也は怪訝(けげん)な顔で、視聴覚室へと入っていった。少しして、戻ってくる。

「昨日はあったみたいだ。でも、自分が準備室に運んだって奴はいなかった」

「そうか」

状況から考えて、今回の一件も、手洗い場の鉢植えを持ち去っている誰かの仕業(しわざ)である可能性が高いだろう。だが、依然として誰が何のためにそんなことをしているのか、見当もつかない。

「ありがとう。準備の邪魔をして悪かったな」

「全く、いい迷惑だ」

晴也が冗談めかして笑い、作業へと戻っていった。

航大はその場を後にして、他の教室も順番に見て回った。しかし、残りの鉢植えは全て無事だった。なくなっているのは、本校舎の手洗い場と視聴覚室のものだけだ。

結局、持ち去られた花たちを見つけることはできなかった。まだまだ探してない場所もあるので断言はできないが、既に校外へと持ち去られた可能性も充分にある。

校庭の方も捜索してみようかと思い、窓の外に目を向けると、いつの間にか不穏な鉛色の雲が空を覆っていた。夜の闇とは別種の薄闇が辺りを包んでいて、いつ大粒の雨が降ってきても不思議ではない。

予定変更。今日はもう、さっさと帰った方がよさそうだ。

航大は教室に戻り、鞄を回収した。文化祭の準備で忙しくしている他所(よそ)のクラスとは違い、教室にはお喋りに夢中になっている数人しかいなかった。

階段を下りていくと、目の前の廊下を凜が横切った。声を掛けようとして、躊躇(ちゅうちょ)する。彼女の横顔が、梅雨空のように重く沈んでいたからだ。どんよりとした空気を身に纏った彼女は、こちらに気付くことなく視界の外へと消え去った。

何かあったのだろうか。

追いかけていいものだろうかと悩んでいると、少しして、見知った顔がやって来た。

「お、コウじゃん。久し振り」

同学年の安積壮太が、にこやかに挨拶する。尖った耳と高い鼻が特徴的な彼は、凜と同じ演劇部に所属している。社交的な性格で顔が広く、同じクラスになったことがない航大も、いつの間にか仲良くなっていた。本人曰く、他人の懐に入るのが得意技らしい。

「久し振り。もう帰るところ？」

「そうだよ。一度荷物を取りに教室に戻るけどね。そっちも帰るところみたいだけど、文化祭の準備でもしてた？」

「いいや。うちのクラスは休憩所をやるだけだから、準備は前日でも間に合うんだ」

「何だ、味気ない。準備を含めて楽しんでこその文化祭なのに」

壮太がつまらなそうに両手を上げる。

「皆、部活の方の出店を優先したいんだよ。壮太だって、さっきまで演劇部の稽古をしていたんだろ？」

「よくわかったね」

「凜から聞いたんだ。放課後は毎日稽古で忙しいって」

「なるほどね。当日、時間が空いていたら舞台を観に来てよ。面白さは保証するから」

「そのつもりだよ。もう凜に誘われている」

壮太が感心したように目を細める。

「流石はうちの部長様。観客の確保もバッチリってわけだ」

「ところで、稽古は順調なのか？」

壮太は迷うことなく首肯する。

「もちろん。良い雰囲気で稽古ができてるよ」

「何のトラブルもなし？」

航大の脳裏に映るのは、先刻目にした凛の沈んだ顔だ。あれは、何か悩みを抱えている人の顔だった。一時期、鏡の前で似たような顔をうんざりするほど見た。思い出すだけで、胸の内を削られるような鈍い痛みが蘇る。

航大の心配などどこ吹く風で、壮太は手を大きく左右に振る。

「ないない、トラブルなんて。万事順調だよ」

「そうか」

杞憂か、あるいは部活外の問題か。どちらにせよ、心配だ。解消されない悩みを抱え続ける苦しみを、航大は嫌というほど知っている。その息苦しさと倦怠感は、やがて日々の活力を奪い始める。

壮太と別れ、昇降口で靴を履き替え外に出ると、冷たいものが頬を叩いた。空を見上げると、灰色の雲を背景に、雨粒がいくつも線をつくっている。

降り出した雨は俄かに勢いを増し、蛇口を全開にしたシャワーのような激しさで地面に打ち付ける。

航大は慌てて校舎の方に引き返すが、屋根の下に到着したころにはもうびしょ濡れになっていた。

校庭で練習に励んでいた運動部の悲鳴が、雨音に混じって微かに聞こえた。

◇

駅に到着し、航大は折りたたみ傘を閉じる。

これまで溜め込んできた鬱憤(うっぷん)を晴らすかのように降り出した大雨は、まるで衰(おとろ)える気配がない。突然の雨降りから不意打ちを受けたのは航大だけではなかったらしく、駅構内には、濡れた服に困り顔の通行人が多数いた。

通路を進み、券売機を目指す。水を吸ったスニーカーが重い。靴下まで浸水しているせいで、一歩足を踏み出すごとに不快な感触を覚える。水分を含んだ粘着質な足音が、カエルの鳴き声みたいに響く。

前方の通路脇に彫像を見つけ、航大は小さく首を傾げる。

こんなところに彫像なんてあっただろうか?

目を凝らして確認すると、それは彫像ではなく、ベンチに腰掛ける人だった。手にした文庫本に視線を落とし、微動だにしていなかったので、遠目からだと作り物めいて見えた。さらに近付くと、相手は航大のよく知る人物だった。

「拓海さん」

拓海が本から顔を上げる。変化の乏しい硬い表情は、やはり彫像と大差ないように思えた。

「よう。学校帰りか?」

「はい。拓海さんは?」

「俺も大学からの帰りだ。何というか、びしょ濡れだな」

航大の頭からつま先まで視線を巡らせ、拓海が言う。

「油断してました。まさかこんな大雨になるとは」

拓海が足元に置いていたリュックサックの中からタオルを引き抜き、航大へと差し出す。

「使えよ。多少はマシになるだろ」

航大は両手でタオルを受け取る。

「ありがとうございます。洗って返しますね」

「いいよ、そんなの」

拓海が手を出して待っているので、航大は体を一通り拭き終えてから、もう一度感謝を伝えてタオルを返却した。

「いまは、読書をしていたんですか？」

「それ以外にどう見える？」

「ええと、パントマイムとか」

小学生のとき、修学旅行先で人形になりきっている大道芸人を見たことがある。

「パントマイム？」

「ああ、いえ、何でもないです。何の本を読んでいたんですか？」

「SFの短編集だ。バスの時間まで暇だからな」

「SFとか好きなんですか？」

意外に思い訊ねると、拓海はゆっくりと首を左右に振った。

「特段好きなわけではない。読書自体は昔から好きだけどな。この本は、祖父ちゃんの部屋にあったから、勝手に借りているだけだ」

「読書が趣味なんですね」

「ガーデニング以外の趣味があって驚いたか？」

内心を完璧に読み取られ、航大は乾いた笑い声を上げる。

拓海が本を閉じ、じっと航大の顔を見る。

「ところで、この間の話なんだが、例の鉢植えが紛失している件は、その後なにかあったか？」

やはり気になるのだろう。静かな声の中に、陰りが感じ取れた。

航大は眉をひそめて頷く。

「はい。今日もまた、手洗い場と視聴覚室の鉢植えが持ち去られていました」

「視聴覚室？　手洗い場以外は初めてか？」

「そうです。昨日まではあったみたいなので、持ち去られたタイミングは、今日でほぼ間違いないと思います」

「どうして昨日までは無事だったとわかるんだ？」

航大は、バスケ部の面々が昨日から視聴覚室でお化け屋敷の準備に取り掛かっていたことと、彼らから聞いた証言を伝えた。

すると、『お化け屋敷』という単語を聞いた瞬間、拓海の目がぴくりと動いた。

「準備っていうのは、どういうことをしていたんだ？」

「段ボールと暗幕で部屋を暗くして、客の通る通路を作製していました」

なるほど、と呟き、拓海は思案するように視線を落とす。

初めて彼と出会った日、話を聞いただけで庭木の種類を特定したときと似た雰囲気を感じる。

おそらく彼は、新しい道筋を発見したのだ。いまは、目の前に現れた道がちゃんと目的地まで続いているかどうか、検証しているのだろう。

「以前、校内の花たちの世話は決められた係ではなく、気付いた生徒たちがしていると言っていたな」

「はい。本来担当している美化委員がサボり気味なので、そうなってます」

「廊下の手洗い場に置かれていた鉢植えたちも、そうだったのか？」

「そうみたいです。萎れていると気付いた人が、休み時間とか昼休みに水をあげるといった感じでした」

「最近も？」

質問の意図がわからないまま、航大は首肯する。先週の昼休み、一年生の女の子が手を洗ったついでといった様子で鉢植えに水遣りをする現場を目撃した。

「他の教室に飾られている花たちは？　そっちは手洗い場の花たちほど目につかないだろうし、ついでに水を遣るということもなさそうだが」

「美術室の花は美術部が水遣りをしているみたいですが、他の教室はわかりません」

答えてから、航大が思い出して付け足す。

「あ、でも、たぶん誰かがちゃんと世話をしてくれています」

「どうしてそう言える？」

「丁度今日、各教室の鉢植えの無事を確認するために見て回ったんですけど、花がらが放置されているような状態にはなっていませんでした」

拓海から教わった知識だ。花がらを放置していると、病気の原因になったりする。

そして、校内ではニチニチソウが育てられている。ニチニチソウは咲き終わった花が、そのままポロリと外れ落ちる。葉にくっ付いたり土の上に落ちていれば、当然目に付いたはずだ。それらが見当たらなかったということは、気付いた人が取り除いてくれていたということだろう。

「そうか」

考えがまとまったのか、拓海が短く息を吐いて顔を上げる。

「何か思い付きましたか？」

航大の声に、自然と熱が入った。拓海は以前、少ないヒントから、自分が探していた人物の家を見つけ出してくれた。思考の速さと鋭さは、疑いようのないものを持っている。今回も答えを教えてくれるのではないかと期待せずにはいられない。

航大とは対照的に、拓海は落ち着いた声で応じる。

「そうだな。思い付いたことはある」

「教えてもらえませんか？　正直、気になってモヤモヤしているんです」

腕時計で時刻を確認してから、拓海が口を開く。

「そんなに心配しなくていい。持ち去られた花たちは、きっと大事にされているはずだ」

穏やかな口調で語る拓海の口元が、航大には微かに綻（ほころ）んでいるように見えた。

「どうしてそう思うんですか？」

「おそらく、鉢植えを持ち去った人物の目的は花たちの保護だ」

「保護？」

予想外の言葉に、航大は目を丸くする。

「花がらがちゃんと摘まれていたというのなら、日頃から花たちの世話をしている人がいたということだ。誰かは知らないが、十中八九、その人物が移動させたんだろう」

「そもそもの質問で申し訳ないんですけど、うちの学校の花たち、保護が必要な状態だったんですか?」

暑さで萎れている様子なら目にしたことがあるが、水遣りをすれば回復していた。

拓海がハッキリと首を縦に振る。

「全てではないだろうが、そうだ。そしてそれこそが、持ち去られた鉢植えたちの共通点だ。それらが育てられていた環境は、花にとってよくない。例えば、視聴覚室はお化け屋敷にするために、窓を段ボールと暗幕で覆ったんだろ。日光が遮られて、風通しも悪くなる。明らかに、花の生育において劣悪な環境だ」

言われてみれば、確かにそうだ。なくなったという事実にばかり目を向けていて、気付けなかった。鉢植えが持ち去られたタイミングも合致している。

だが、まだわからないことがある。

「手洗い場の方も、環境としては悪かったんですか? 陽当たりも風通しも、問題なさそうですけど」

そうだろうな、と拓海はあっさりと認める。

「学校の廊下なんだ。見なくてもわかるよ。陽当たりは悪くないし、風通しに関しては抜群だろう。だけどな、環境っていうのは自然だけじゃないんだ」

「どういうことですか?」

「それを説明する前に、ひとついいか? もうすぐバスの時間だから、いまのうちに頼んでおきたいことがあるんだ」

航大は迷いなく答える。

「俺にできることなら、もちろん引き受けます」

「ありがとう。頼みというのは、この推測が本当に当たっているのか、コウに確かめてきてほしいんだ。それが確認できれば、心の底から安心できるだろ」

「それはそうですけど、どうやって確かめるんですか？」

「直接本人に確認すればいい」

拓海が事も無げに言い、航大は目を丸くする。

「本人って、花の世話をしている人物に目星がついているんですか？」

「そうじゃない。ただ、その人物と会えそうな時間ならわかる。予報だと、いま降っている雨は夜のうちに止んで、明日からまた暑くなるらしいからな」

バスの時間を気にして、もう一度腕時計に視線を落としてから、拓海が訊ねる。

「早起きは得意か？」

六時半に家を出ると、既に空気がじんわりと熱を持っていた。昨日あれだけヒステリックに雨粒を降り注いでいた分厚い雲は消え去り、空は青一色に染まっている。予報通り、今日は暑くなりそうだ。
航大は自転車に跨り、高校を目指す。
早起きなんて、部活動に励んでいたころの朝練以来だ。鳥の囀りが、いつもよりよく聞こえる。
普段は駅へと向かう人たちの足音が忙しなく響く歩道も、いまは片手で数えられるほどの歩行者しかいない。世の中が、まだ完全に目を覚ましきっていない。夜とはまた違った静けさが心地良い。

自転車の車輪が回る音を耳にしながら、航大は昨日の拓海との会話を思い出す。

校内の花たちを誰かが世話しているという彼の推測は、おそらく正鵠を射ている。大半の美化委員が当番を放棄していることを考えると、気付いた生徒が水遣りをするという大雑把な形態では、校内に飾られている花たち全てをカバーしきれないだろう。利用頻度の少ない特別教室に飾られている鉢植えに至っては、その存在すらほとんど知られていないはずだ。

どれだけ丈夫な品種だろうと、何週間も室内に放置されれば枯れてしまう。しかし、航大が水遣りをして回ったときは、萎れている花はあっても、枯れている花はひとつもなかった。誰かが定期的に世話をしていることは、ほぼ確実だ。教師か生徒か事務員か。誰かはわからないが、拓海の助言に従えば、その人物と会える可能性は高い。

高校に到着したのは、開門時間の七時を少し過ぎたころだった。広々とした駐輪場に自転車をとめ、校舎へと向かう。

手洗い場のじょうろがまだそこにあることを確認して、階段を上る。教室のドアを開く音が、透明な静寂を破る。当然、一番乗りだ。誰もいない教室を眺めていると、まどろみの中にいるような気分になる。壁掛け時計の秒針が時を刻む音が、妙に頭に響いた。

鞄を机の上に置いてから、再び一階へと戻る。暫く待機するつもりだったのだが、目当ての人物は既にそこにいた。

制服姿の女子生徒が、手洗い場でじょうろに水を汲んでいる。遠目からでも、誰かわかった。少し驚いたが、納得もした。確かに彼女は、『気にかける側』の人間だ。

挨拶を返しながら、凛は右手で蛇口を閉じた。

「おはよう。どうしたの？　こんなに朝早く」

航大が挨拶すると、彼女は珍しいものでも見るような目を向けてきた。

「おはよう」


水遣りをして回る凛に同行しながら、航大は彼女に事情を説明した。

話を聞き終えると、彼女は愉快そうに声を上げて笑った。

「なるほど、そういうことね。ごめんね。変に心配させちゃったみたいで。まさか鉢植えを移動させただけで、そんな誘拐事件みたいに考える人が現れるとは思ってもみなかったよ」

航大は苦笑を浮かべ、かぶりを振る。

「そこまで大袈裟に考えていたわけじゃない。ただ、持ち去られた先でちゃんと世話がされているか、気になっただけだ」

「その点は心配無用。多目的教室で、しっかりとお世話してますよ」

どうりで見つからなかったわけだ、と航大は納得する。舞台のネタバレが恐くて、多目的教室には足を向けようとも思わなかった。

「凛は美化委員じゃないんだよな」

「違うよ。私は立派な保健委員です」

「それなのに、どうして花の世話をしているんだ？」

不満そうに鼻を鳴らして、凛が答える。

「美化委員の方々が、全く自分の仕事をしてくれないからです」

おどけるような話し方ではあったが、声のトーンに隠しきれない苛立ちが滲んでいた。

「それについては、クラスの友達から聞いたよ。皆サボっているらしいな」

「そうだよ。去年からずっとそんな感じ。だから、仕方なく私が世話をしているの」

「去年からなのか」

凜が苦虫を噛み潰したような顔で唇を尖らせる。

「去年からというか、たぶん、松尾が顧問になってからずっとそんな感じなんだと思う。去年の秋ごろだったかな。校内の水遣りがちゃんとされていないことに気付いて報告したんだけど、あの先生、適当にあしらうだけでまともに話を聞こうともしてくれなかった」

話を聞き、航大は鉢植えが紛失している件について松尾に報告したときのことを思い出した。煩わしそうに対応する彼は、生徒との会話そのものが苦痛とでも言いたげな気配を漂わせていた。

凜が松尾を嫌っている理由がわかった。きっと彼女も、似たような対応をされたのだろう。彼の不誠実なあの態度は、教師という人種への期待感が極めて薄くなっている航大ですら不愉快に思ったほどだ。

朝陽を反射させて銀色に輝く廊下を進みながら、航大が訊ねる。

「鉢植えを移動させた理由は、やっぱり花のためか？」

凜が感心したように口笛を鳴らす。

「鋭いね」

「俺が気付いたわけじゃない。知り合いの知恵を借りたんだ」

昨日、真相に近付いた興奮など微塵も感じさせぬ声で、拓海は淡々と説明してくれた。

窓を段ボールと暗幕で覆われた視聴覚室とは異なり、陽当たりも風通しも良い手洗い場の環境が、どうして花たちにとって問題なのか。その理由は、一言で言えば手軽だったからだ。あるいは、目に付きやすかったからとも言える。空気のように目で見ることができないそれが、花の命を蝕(むしば)んでいた。

環境とは、自然だけではない。そこで日々を過ごしている生物の存在も含まれる。

花を傷付けていたのは、人の優しさだ。善意は時として刃や毒となる。これは、そういう類の話だ。

航大が短く息を吐く。

「俺、知らなかったよ。水遣りで花が傷付くことがあるなんて」

水の遣りすぎは花によくない。それくらいのことは、航大も知っていた。しかし、今回の原因はそこではない。

水遣りには、他にも注意すべき点がある。気温だ。暑さの厳しい日中に水遣りをすると、土中の水分が蒸発して、根を傷めてしまうらしいのだ。それ故に、夏場は気温の落ち着いている朝夕に水遣りをすることがガーデニングでは基本となっている。今年は空梅雨で、夏を先取りしたような暑い日が続いていた。そんな酷暑の日中に注がれる水は、花たちにとって決して恵みではなかった。

今日もまた、暑い一日となる予報だ。だからこそ、拓海は早朝の学校に行けば花の世話をしている人物に会えるはずだと推測したのだ。

凜が同情的な目で航大を見る。

「知らないものは仕方ないよ。それに、コウが水遣り当番を代わってあげた日はもう涼しくなっていたから、問題なかったはずだよ」

「それは幸いだけど、色々と考えてしまうな」

手洗い場に飾られていた鉢植えは、特別教室に飾られているそれらより、人の目と手が届きやすかった。人の優しさの分だけ、花たちは苦しんだということになる。何とも皮肉な話だ。

「土が乾いてたり、花が萎れていることに気付いて水をあげることは、本来いいことだよ。ただ、間の悪い時期もあるってだけ。知らなくたって、全く責められることじゃない」

優しく弁護するような口調で凜が言う。

彼女は優しい。鉢植えをこっそりと持ち去ったのは、誰かの善意を否定したくなかったからだろう。間違いを指摘することができなかったから、一時的に保護することにしたのだ。

一年生の校舎の水遣りを終え、二年生の校舎へと移る。登校してくる生徒の数が増え始めるのは八時以降なので、まだ人影はほとんどない。

「質問があるんだが」

「はい、どうぞ航大君」

教師の口振りを真似して、凜が先を促す。

「鉢植えを一日ごとに少しずつ移動させたのは、どういう理由なんだ?」

そのことに関しては、拓海もわかっていないようだった。

手洗い場でじょうろに水を補充しながら、凜が答える。

「単純に時間がなかったからだよ。毎朝水遣りを終えるころには、朝のホームルームが始まりそうな時間になっているんだもん。一日にひとつか二つずつしか運べないよ」

「そういうことか」

聞いてみればシンプルな理由だった。むしろ、シンプルな事情ほど推測しづらいものなのかもしれない。

確かに、校内に飾られた鉢植えの数は多い。それに加え、じょうろのサイズが小さいために水汲みの回数が多くなるせいで、作業時間は長くなりがちだ。

「休み時間は友達と過ごしたいし、放課後は部活の稽古で忙しかったからね。毎朝、ちょっとずつ運ぶことにしていたんだ」

水を汲み終え、凜と航大は地学室へと足を踏み入れる。窓際に飾られた薄ピンクのニチニチソウが、花弁を広げて待っていた。

「水遣りは、毎日朝と夕方にやっているのか?」

じょうろを傾けて水を注ぎながら、凜は首を左右に振る。

「多目的教室に移した分は、そう。でも、他の特別教室の花たちは基本的に朝だけ。放課後は部活で忙しいから」

後ろめたそうに、凜が答える。彼女に非なんてどこにもないのに。

潤った土を確認して教室から出ていく凜の数歩後ろから、航大は彼女の背中を眺める。背筋をピンと伸ばして真っ直ぐに歩く彼女は、太陽を見上げるひまわりのように堂々としている。そこに迷いや鬱屈した陰はない。いつもの天真爛漫な彼女がいるだけだ。

ただ、それは飽くまでも目の届く範囲の話だ。花は綺麗でも、地中の根っこが傷んでいるかどうかなんて、傍(はた)から見ただけでは確認しようがない。

昨日目にした凜の沈んだ表情を思い出す。吐き出せない何かを抱えている人の顔。それがどれだけ苦しいことか、航大は身をもって知っている。

凜に気付かれないように、航大は深呼吸する。善意は時として刃や毒となる。何もしないことが正解ということだって、世の中にはある。だけど、今回ばかりは『何もしない』という選択肢を選ぶことはできない。

「なあ、凜」

「ん？」

振り向いた彼女は、曇りのない笑顔を浮かべている。

航大は凜の目をじっと見ながら、単刀直入に訊ねる。

「最近、部で何かあったんじゃないか？」

不意を突いた質問に、凜の瞳が微かに揺れ、頰がピクリと動いた。

先週の昼休みに、バッタリ出くわしたときと同じだ。あのときも、航大が舞台の稽古の進捗を訊ねると、彼女は笑顔を崩さぬように頰に力を入れた。当時は視界に苦手な教師が入ってきたからだと解釈していたが、思い返してみるとそれはおかしい。あのとき松尾は、歩きスマホをしていた。相手はこちらに気付いてもいなかったのだから、表情を取り繕う必要なんてなかったはずだ。

凜は口元に微笑を浮かべたまま、困ったように眉をひそめてみせる。

「何、その質問？　別になんにもないよ」

彼女の口調はとても自然で、本心なのか演技なのか、航大には判断がつかない。だから、思いのままを口にするしかない。

「俺の勘違いならそれでいいんだ。ただ、ゴールが見えないような悩みを自分ひとりで抱え続けているのだとしたら、それは止めた方がいい。そういうのは、自然と消えてなくなるなんてことはない。むしろ、どんどん大きくなるものだ」

「それで、『俺に何でも打ち明けてみろ』って言いたいの?」

凜が軽い調子で言う。茶化しているわけではなく、空気が重くなることを嫌っているように思えた。

航大は静かに首を左右に振る。

「話すのは俺じゃなくてもいい。とにかく『ひとりで抱え続けるのは危険だぞ』って、お節介な忠告がしたかったんだ。俺も経験があるが、あれは相当苦しい」

サッカー部を辞めてから、毎日後悔に襲われた。四方を壁に囲まれたような閉塞感と孤独感。息が詰まり、げんなりした。拓海に話を聞いてもらわなかったら、いまもあの鬱々とした日々を過ごすことになっていたかもしれない。想像しただけで、背筋が寒くなる。

凜の口元から笑みが消える。逡巡するように視線を落として、彼女は前へと向き直った。

航大に背中を向けたまま、凜が訊ねる。

「話せば楽になるものなの?」

「どうかな。それは人によるとしか言えない」

航大は素直に答える。自分の場合は、打ち明けて楽になったりはしなかった。ただ、吐き出さなければ、打ち克つことはできなかったと思う。あれは、必要な痛みだった。

凜は言葉を返すことなく、水遣りの作業を続けた。二年生の校舎を終え、三年生の校舎へと向かう。

無言で水遣りをして回る彼女の後を、航大は付いて歩く。既に聞きたいことは聞き、伝えたいことは伝えた。立ち去ることもできたが、そうはしなかった。何となく、彼女は迷っているように思えたからだ。打ち明けるべきか否か、彼女の頭の中で議論が交わされている気がした。

三年生の校舎も済ませ、最後に西棟へと向かう。廊下を歩く生徒の数が増えている。

西棟に到着すると、銀色のシンクの上で、ガザニアが黄色い花弁を元気いっぱいに大きく広げていた。

「あれ？」と航大が反射的に呟く。

「どうかしたの？」

「いや、この花、昨日見たときと見た目が違うと思って」

昨日は勘違いだろうと思ったが、やはり花弁の開きが変化している。いまの状態は初めて目にしたときと同じで、昨日は花弁が立っていた。

航大の疑問は、凜が即座に解消してくれた。

「それはたぶん、昨日の天気のせいだよ。ガザニアは日光が当たると花を開いて、陽が沈むと花を閉じる習性があるの。昨日は太陽がほとんど顔を出さずに薄暗かったから、花弁が閉じかけていたんだと思う」

「詳しいな。……って、そうか。同じ花を家で育てているんだっけ」

「お母さんがね。私もたまに世話をするけど」

言いながら、凜はシンクへと近付く。蛇口を捻り、じょうろに水を汲みながら、ガザニアの花を見下ろす。

「私がこの花を嫌いって言ったこと、憶えてる？」

「そういえば、そんなこと言ってたな」

ガザニアへ向けられた凜の視線は冷たく、刺々しかった。

「この花を見ていると、自分の嫌なところを見せつけられているようで、ウンザリするんだ」

「……綺麗な花に見えるけど」

凛が溜め息を吐きながらかぶりを振る。

「見た目の話じゃないよ。太陽が出ているときだけ明るく花を開いて、夜には花を閉じている。そういうところが嫌いなの。人前でだけ必死に明るく振る舞う自分の二面性を見ているようで、苛々(いらいら)する」

唐突な告白に目を丸くする航大を尻目に、凛がさらに続ける。

「私、本当はあんなに明るい性格じゃないんだ。むしろその逆。陰気で、内向的で、物事をネガティブな方向にばかり考えちゃう。それが本当の私。学校での私は、皆の前で元気な女の子を精一杯演じているだけ」

そう打ち明けられても、簡単に信じることはできなかった。航大にとって、凛のイメージは学校一の明朗快活な女の子だ。持ち前の明るさでいつも周りの人間を元気付けてきた彼女が実は演じられていたものだったなんて、すぐさま受け止めることなどできない。ただ、嘘をついているわけではないことは、彼女の目を見ればわかった。

凛が蛇口を閉める。水道の音が止むと、静寂が際立った。

「うまくいってないの」

凛がポツリと呟く。

「何が?」と航大が短く先を促す。

「今度の劇の稽古。順調なんて言ってたけど、本当は全然なんだ。嘘ついてごめんね」

「そうなのか?　壮太も順調と言っていたけど」

航大の言葉を聞き、凛が口元を歪(ゆが)める。

「それが問題なの」

どういうことか、と航大は首を傾げる。

これまで我慢していた分を吐き出すように、凜は大きく溜め息を吐いた。

「正直、劇の完成度は低い。でも、他の部員の皆はいまの出来でもう満足しちゃってる。それが私の悩み」

「ああ」と航大は声を洩らす。ようやく、彼女の悩みが理解できた。

熱量の差。運動部でもしばしば起こる問題だ。演劇だって、チームスポーツに似た性質を持っているのだろう。個々人の理想や目標にギャップがあれば、自然と歪みが生まれてしまう。

「そのこと、部員同士で話し合ったりとかは？」

「してない。というか、できない。いま、部内の雰囲気はすごく良いから、それを壊すのが恐い」

諦観の滲んだ口調で、凜が答える。部員たちの目線の低さを嘆いているわけではなく、うまく皆を引っ張っていけない自分の不甲斐なさを恥じているかのようだった。

航大は、じっと凜の横顔を見詰める。苦しそうというより、迷子みたいに心細そうな顔をしている。このまま文化祭当日を迎えれば、演劇部の部員たちは満足するだろう。しかし、それは凜の目指すゴールとは程遠い。彼女の心が満たされることはない。理想と現実とのギャップに加え、部長としての責任感が彼女を蝕んでいる。舞台の成功の線引きをどこにすべきか、決めかねているのだ。

凜がもう一度溜め息を吐いて、続ける。

「人から嫌われることが恐いから、仲間外れにされないように周りに合わせて笑って、空気を読まない言葉を口にしないように、いつも神経を張り巡らせている。その結果、部長なのに部員に演技の要求ひとつできない。他人の目ばかり気にして、ひとりで勝手に思い悩んでいる。滑稽だよね。私はそんな薄っぺらな人間なんだよ」

凜の言葉は、何度も読み上げられたセリフのように淀みなかった。声に出さずとも、ずっと抱え続けてきた想いだったのだろう。胸の奥底に溜め込んでいた自らへの不満が、堰を切ったように溢れ出している。

困り果てる友人の横顔を眺めていると、腹の底から強い感情が湧き上がってきた。彼女の助けになりたい、問題解決のための力になりたいという気持ちが全身を巡り、体が熱を持ち始める。自分の中にある目に見えない何かが、アクセルが踏み込まれるのを待つ車のように振動している。

突然の衝動に航大は驚くが、戸惑いはなかった。懐かしい。自分はこの感覚を知っている。サッカー部を辞める前、悩むことが嫌いだった自分は、いつだって思いのままに行動していた。

「薄っぺらじゃないだろ」

余計な一言はさらに彼女を傷付けることになるかもしれないと知りながら、航大は反論した。指摘せずにはいられなかった。

凜が航大に視線を向ける。彼女は痛みに耐えるように眉根を寄せていた。濃い黒色の双眸が、慰めの言葉などいらないと拒絶している。

自分が刃物を手にしているような気分になり、航大は息を呑む。これから口にしようとしている言葉は、果たして本当に彼女のためになるのだろうかと不安になる。口を閉ざし、沈黙に身を委ねたくなった。

腰に手を置き、大きく息を吐く。サッカーをしていたころ、PKを蹴る前に必ずやっていたルーティンだ。肺の中の空気と一緒に、不安と弱気を体外へと追いやる。緊張がほぐれ、心が落ち着いた。

　一度口から出た言葉をなかったことにはできない。勢いに任せて、航大は続ける。

「誰に頼まれたわけでもないのに早起きして学校の花を世話しているような人間が、薄っぺらなわけがない」

「そんなの、たいしたことじゃないよ」

　謙遜（けんそん）ではなく、本心からそう思っているのだろう。凛の声には、突き放すような刺々しさがあった。

　怯まずに、航大は言葉を重ねる。

「俺が同じことをしていたら？」

「え？」

「俺や他の誰かが凛と同じことをしていても、たいしたことじゃないと思う？　それくらい普通のことだ、って」

「それは……」

　凛は言葉に詰まり、困ったように眉をひそめた。沈黙が、彼女の答えを雄弁に語っている。他人に優しく、自分に厳しい。それは立派な心持ちだが、それ故に自らの美点を素直に受け入れられないことは、彼女の明確な欠点だ。屋根より高いハードルを見上げて嘆息するなんて、それこそ滑稽だ。

　プランターに植えられた花の姿が頭に浮かんだ。一見すると美しいその花も、よく観察してみれば、咲き終わり、枯れた花をいくつもその身に付けたままにしている。重苦しく、辛そうだ。

いまの自分に、彼女の悩みを解決する力はない。しかし、彼女が抱えている不要なものを取り除くことくらいなら、自分にもできるのではないか、と航大は思う。花がらを摘むように、不当に彼女の心を重くしているものたちを、ひとつひとつ取り払う。それも、彼女の力になるということではないだろうか。

「誰だって人から嫌われることは恐いよ。俺もそうだ。いまだって、自分の行動は凜にとって迷惑なんじゃないかって不安になってる」

「そんな。迷惑なんかじゃないよ」

両手を大きく左右に振り、慌てた様子で凜が否定する。その大袈裟な仕草が余りにいつも通りで、航大は少し緊張がほぐれた。

普段の明朗快活な姿を、凜は本当の自分ではないと言った。でも、咄嗟に顔を出した彼女の一面は、航大のよく知る彼女だった。やはりその顔も、彼女を形づくる一部なのだ。たとえ演じていたものであっても、偽りではない。そのことにホッとした。

肩の力が抜ける。重く考えることなんてないのではないかと思えてきた。普段通り、軽口のキャッチボールをするみたいに、思い付きを口にすればいい。それくらい気楽な方が、相手だって変に緊張しないで受け止められる。

「なあ、無責任な提案をしてもいいかな」

凜が怪訝な顔で航大を見る。

「無責任な言葉なら、あんまり聞きたくないんだけど」

「それなら止めとくよ」

航大があっさりと引き下がると、凜はムッとして唇を尖らせた。

「そんなふうに言われると、却って気になっちゃうでしょ」

「それじゃあ、聞いてみる？」

微かに逡巡するような間を置いてから、凜が首を縦に振る。

「聞くだけ聞いてあげる」

航大は頷き、天井を見上げるようにして口を開く。

「今日の部活、休みにしたら」

期待外れの提案に失望したように、凜の表情が曇った。

「それは無理。ただでさえ稽古がうまくいってないのに、もう本番はすぐそこなんだよ。休んでる余裕なんてないって」

「でも、いまの状態で稽古したって意味がないんじゃないか？　部員は現状に満足していて、凜はそこに注文をつけられないでいるんだろ。それじゃあ改善のしようがない」

淡々とした口調で航大が指摘すると、凜は口を閉ざして俯いた。彼女自身、そのことは痛いほど理解しているのだろう。

「休めば改善するってものでもないと思うけどさ、俺の知り合いの役者さんが言ってたんだよ。『適度に休まないと、良い芝居なんてできない』って」

凜が口を開くが、言葉を発するよりも先に、何かに気付いて固まった。眉をひそめて、航大を睨む。

「それ、私が言った言葉でしょ」

航大が笑みを深める。

「正解。よく気付いたな」

以前この場所で、彼女が言っていた言葉だ。雑談の中の軽口のひとつだが、間違っているということもないだろう。休息は大事だ。陽が出ていないときにガザニアが花を閉じるのは、もちろん裏表があるからなんて理由ではない。それはきっと、余計なエネルギーを使わないようにするためだ。美しく咲き続けるために、体を休める必要性を知っているからだ。

「気付くよ、それくらい。私を馬鹿だと思ってるの？」

「まさか。天才だと思ってるよ」

「馬鹿にしてるでしょ」

「多少ね」

「そこは嘘でも否定しなさいよ」

凛はムッとして眉根を寄せるが、くだらないやり取りに呆れたように、唇の端は微かに吊り上がっていた。雑談に興じているときの、いつもの調子だ。

彼女はじょうろをシンクの上に置き、思案するように腕を組む。

「休みねえ。休んだところでアレコレ考えちゃいそうだけど」

「アレコレ考えればいいさ。そして、今日で結論を出せばいい。このまま本番を迎えるのか、部の皆にもっと良いものを目指そうと提案するのか。結局のところ、問題はそこだろ」

凛は眉を八の字にする。

「それを決められないから、困ってるんだけど」

「だから、決めるためにもう一度、よく考えるんだよ。大丈夫。どんな結論を出そうと、部員の皆は受け入れてくれるって」

無根拠で無責任な言葉だな、と航大は自分でも思う。ただ、根拠はなくても、自信があった。

皆が凛を慕うのは、彼女の優しさに惹かれたからだ。その優しさは、決して演じられたものではない。人知れず自主的に校内の花の世話をするような女の子が、演技の要求をするくらいのことで、嫌われるわけがない。

「あんた、壮太くらいしかうちの部員に知り合いいないでしょ」と凛が唇を尖らせる。

「それじゃあ部員のことをよく知っている凛に訊くけど、演劇部の皆さんは、部長にもっと上を目指そうと言われて、碌に話も聞かずに不満を口にするような連中なのか?」

「そんな人はいない、けど……」

凛は答えるが、尚も不安そうだった。一度浮かんだ悪い想像は、簡単には振り払えないのだろう。

航大は大袈裟なまでに背中を反らし、自分の胸をドンと叩いてみせる。

「大丈夫。どうしても決められないんだったら、俺が決めてやるから」

「何でコウが決めるのよ」と凛が冷めた声で言う。

「だって、自分じゃ決められないんだろ? どうせ決められないのなら、俺が決めたっていいじゃないか」

いいわけないでしょ、と凛が呆れ顔でかぶりを振り、両手を上げて伸びをする。太陽から活力をもらうように、窓から射す陽光を全身で浴びる。

「あーあ。何か、あんたとアホな会話をしていたら、色々と悩んでいた自分が馬鹿馬鹿しく思えてきちゃった」

やや芝居がかったその口調は、航大へというより、自分自身を叱咤(しった)しているように感じられた。

「もう悩む必要はないぞ。俺に任せておけ」

「無責任男を頼るつもりはありません」

凜はキッパリと言い放ち、挑むように航大を指差して不敵に笑った。

「あんたに決められるくらいなら、自分で決める」

航大は笑顔で肩を竦める。

「できるといいな」

「おかげ様で、意地でも自分で決めてやろうって気になったよ」

爽やかな笑顔を浮かべて、凜は悪戯っぽく舌を出す。軽やかに宣言したその声に、陰りの色はもうなかった。

話に区切りをつけるように、予鈴が鳴った。あと五分で、朝のホームルームが始まる。

「さて、残りの水遣りをしに行きますか。早くしないと遅刻しちゃう」

凜がじょうろを手にして二階の多目的教室へと足を運び、航大はその後に続いた。

室内に足を踏み入れると、窓際にいくつもの鉢植えが並んでいた。どの花も快適そうに花弁を広げていて、元気そうだ。

凜の言葉を疑っていたわけではないが、直接自分の目で元気な姿を確認したことで、航大は心の底から安堵した。その感情が思いの外大きかったことに、少し驚く。

ふと思い付いたことがあり、航大は自分自身に問いかけてみる。悪くないアイデアではないか、と。少なくとも、一歩を踏み出す価値はある。

「なあ」

航大が声を掛けると、凜は水遣りをしながら振り返った。

「提案というか、頼みがあるんだ」

「どんなこと？」

窓際に並ぶ花たちを眺めながら、航大は口を開く。

「校内の水遣り、明日から俺にも手伝わせてもらえないか？」

善意や使命感といった大仰なものではない。もっとシンプルな理由だ。何かを育てるということがどういうことなのか、ただ知りたかった。

それは、部活を辞めてから初めて見つけた『やりたいこと』だった。

そんなことか、と凜は笑って親指を立てる。

「もちろん、大歓迎だよ」

航大は笑顔を返し、胸の内側へと意識を向ける。

微かではあるが、ロウソクに灯った火のような熱が、確かにそこにあった。

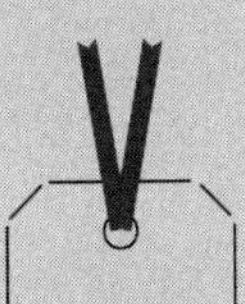

呪われた花壇

◇

背中のランドセルを揺らしながら、小谷陸は駆け足で家路を急いでいた。

先週、小谷家に新しい家族が増えた。澄んだ黒い瞳と丸まった尻尾の可愛らしい、生後五ヵ月の柴犬だ。名前はチコという。親戚から譲ってもらったチコは、初日こそ慣れない環境に警戒していたようだが、能天気なのか神経が図太いのか、翌日からは我が物顔で小谷家の中を歩き回っていた。

新たな家族の一員を、陸はこれでもかというほど可愛がった。一緒に遊んだり、散歩をしたり、フンの後始末もすすんでやった。念願だったペットが我が家にやって来て、気分はすっかり有頂天になっていた。

一年前に友人宅の飼い犬と戯れてから、陸はすっかり犬の魅力の虜となっていた。それ以来、犬を飼いたいと訴え続けていたが、両親の反応は芳しくなかった。

両親は陸に、生き物を飼うことの難しさを滔々と説いた。犬の世話やしつけはとても大変で、小学一年生の陸ひとりでは無理なのだ、と。

そんなことはない、自分がひとりで全部世話をすると主張しても、聞き入れてはもらえなかった。何度懇願しようとも、答えは決まって「ノー」だ。それでも、陸は諦めなかった。クリスマスや誕生日になれば『犬が欲しい』とリクエストし、犬のぬいぐるみと画面の中の犬を可愛がれるゲームをプレゼントされた。それはそれで嬉しかったが、満足はできなかった。また、風邪をひいて寝込んだときも、心配した母親に何か欲しいものはあるかと訊ねられて、迷わず『犬』と答えた。母親は呆れていた。

どんなに断られようと心が折れなかったのは、陸が独りではなかったからだ。いつだって、祖父が陸の味方をしてくれた。

祖父は優しく、常に笑顔を絶やさない人だった。顔の皺は温和な人柄を刻んだ年輪のようで、近くにいるだけで安心感を与えてくれる。祖父の大きな手の平で頭を撫でられるのが、陸はたまらなく好きだった。

祖父は陸を溺愛し、陸も祖父のことが大好きだった。

陸が両親に犬を飼いたいと頼み込んでいるとき、祖父はいつも横から『世話なら私も手伝うから、飼ってもいいんじゃないか』と言ってくれた。強く意見してくれるというわけではなかったが、その一言が陸を勇気づけてくれた。

そして遂に、陸が責任を持って世話をすることを条件に、両親は犬を飼うことを許可してくれた。

一年越しで願いが叶い、陸は飛び跳ねて喜んだ。

陸は両親に感謝して、それから祖父にも感謝した。祖父がいなければ、両親はまだ小さな自分に犬を飼う許可をくれなかっただろう。祖父が世話を手伝うと言ってくれたから、両親は渋々ながら認めてくれたのだ。

ペットショップに行くのを楽しみにしていたが、今年になって生まれた子犬を親戚の家から譲ってもらうということで、既に話がついていた。

本音を言えば、飼う犬は自分で選びたかったのだが、ここで不満を洩らせば両親が犬を飼う許可を取り下げてしまうのではないかと不安になり、我慢した。

それに、いざやって来たのがとても可愛らしい柴犬だったので、胸中の小さな不満はあっさりと雲散霧消してしまった。真っ直ぐな目でこちらを見詰めながら無邪気に尻尾を振るチコのことを、陸は一目で気に入った。

それから一週間、家にいる間はずっとチコの傍にいた。

自宅が近付いてきて、陸はさらに足を速める。今日もまた、チコの散歩に出かけるのだ。チコは散歩が大好きだから、きっと首を長くして待っているに違いない。

今日はどこに向かおうか考えつつ、アスファルトで舗装された道を進む。

我が家が見えてきた。チコが吠えている。陸は弾む足取りで、玄関前へと駆ける。

インターホンに手を伸ばしたところで、庭の方から物音がすることに気付いた。何かを踏み固めるような音だ。チコの声もする。父親は会社だし、母親もパートでいないはずだから、祖父が庭先で何か作業でもしているのだろうか。

何となく不穏な気配を感じて、陸は足音を殺して玄関前から移動し、こっそりと庭を覗き込んだ。

そこで目にした光景を、陸は忘れることができない。

◇

被服室に飾られた薄紅色のゼラニウムに水を遣りながら、航大は窓の外へと視線を向ける。真っ白い校舎の外壁が、夕焼け色に染まっていた。

つい先日まで全国的に残暑が厳しいと騒がれていたが、ここ数日で随分と涼しくなった。肌に触れる空気の感触は、もうすっかり秋の気候だ。

航大はじょうろを水平に戻し、鉢植えの土が充分に湿っていることを確かめてから教室を後にした。


季節が変わっても、相変わらず美化委員の面々は水遣り当番をサボっている。校内の花たちの世話は、もっぱら航大と凛が交替で引き受けているのが現状だ。凛は無責任な美化委員たちに立腹しているようだが、航大はというと、さして不満はなかった。持て余していた放課後の時間を費やすこととしてはそれなりに有意義だし、最近は自分が世話をしている花たちが綺麗な花を咲かせている姿を見ると、誇らしさを覚えるようになっていた。そういった感覚は新鮮で、愉快なものだ。


廊下を進み、図書室のドアを開ける。利用者はなく、閑古鳥が鳴いている。

貸出カウンターで椅子に座りながら本を読んでいた図書委員が顔を上げ、航大に気付く。

「よう、お疲れ」

小谷陸が片手を上げて挨拶する。綺麗な七三分けの髪型が如何にも優等生然とした雰囲気を演出しているが、実際は新作ゲームの発売日に学校をサボる程度に不真面目だ。航大とは一年生のころのクラスメイトで、漫画やゲームの趣味が合うので仲良くしていた。

「お疲れ。相変わらず暇そうだな」

挨拶を返しながら、航大はドアを閉める。室内には自分たちしかいないのに、図書室の空気に引っ張られて、つい小声になってしまう。

「そっちは最近忙しそうだ」

陸が航大の手にしているじょうろを一瞥する。

「忙しいってほどじゃない。ただ、それなりに充実してるよ」

花の世話をし始めて以来、あの妙な焦燥感に襲われることはほとんどなくなった。

「前から気になってたんだが、何でまた、急に校内の花の世話なんてし始めたんだ？」

「美化委員が水遣り当番をサボってるからだよ」

「それは知ってる。前に、凜から聞いたからな。でも、凜はともかく、お前はそういうタイプじゃないだろ」

「そういうタイプって、どういうタイプだよ？」

「知り合いに頼まれたならまだしも、見ず知らずの他人の仕事を率先して代わってやるような殊勝な性格じゃないってことさ」

陸のハッキリとした物言いに、航大は苦笑してしまう。

「見くびるなよ。俺はこの学校一の善人だぞ」

「それはないな。一番は俺だ」

「下から数えればな」

「善人にしては、言葉に毒があるな」

「事実を口にしただけだよ」

陸が呆れたように鼻を鳴らす。

「それで、実際のところはどうしてなのか、教えてくれないのか？」

「深い理由なんてないって。暇だったし、やってみたかったから。それだけだ」

航大は正直に答える。自分の中の熱に従った。それが全てだ。

納得したのか会話に飽きたのか、陸は短く相槌（あいづち）を打って本へと視線を落とした。

鉢植えの土が乾いているのを確認して、航大は窓際に飾られたベゴニアの花に水を遣る。小振りな白い花たちが身を寄せ合うようにして咲いていて、可愛らしい。折角綺麗に咲いているのに、見てもらう機会が少ないのは勿体(もったい)ないな、と思う。

「コウって、花に詳しかったりする？」

不意に、背後から質問が飛んできた。振り返ると、陸が頬杖をつくようにしてこちらを見ていた。

航大は肩を竦(すく)めてみせる。

「詳しくはないな。有名な花なら、名前が少しわかるくらいだ」

「そうか」

陸が残念そうに表情を曇らせる。

不思議に思い、航大は作業を中断して彼の元へと歩み寄った。

「花のことで、何か知りたいことでもあるのか？」

「まあ、ちょっとな」

「どんなことか、訊いてみてもいいか？」

僅(わず)かな間を置いてから、陸が口を開く。

「花壇の花が弱る原因って、どんなものが考えられると思う？」

「花が弱る原因？　暑さとか水の遣りすぎとか、そういうことか？」

陸が首を縦に振る。

「そういうの、他にどんなことが考えられる？」

「他に、か。うーん、害虫とか？」

「それ以外にも、思い付くものがあったら言ってみてくれ」

「そう言われてもなあ」

思案してみるが、これといったものを思い付かない。

考えながら視線を彷徨わせていると、ふと陸の手元にある本が目に入った。それは、園芸の入門書だった。どうやら、質問をする前から自分で調べていたらしい。

「ちなみに、どうしてそんなことが知りたいんだ？」

航大が訊ねると、陸は背凭れに身を預けるようにして天井を見上げた。陽光が雲かなにかに遮られたのか、室内が薄暗くなる。

「ここ数年、母さんが家の花壇で育てている花たちの元気がないんだ。その原因が知りたくて調べているんだが、どうにもそれらしいものが見つからなくてな」

そう説明する陸の声には、霧の中を延々と歩き回ったような疲労感が滲んでいた。おそらく、既に原因を究明するために随分と時間を費やしたのだろう。それだけ真剣だということだ。

「丁度この後、園芸に詳しい知り合いと会う約束があるから、ついでにその件について訊いてきてやるよ」

航大の提案に、陸が表情を柔らかくする。

「ああ、それはありがたい」

「じゃあ、何かそれらしい理由を教えてもらったら連絡するな」

「わかった。待ってるよ」

陸は大きく首を縦に振った。

友人の必死さが少し気になったが、航大がそのことを訊ねるより先にドアが開き、二人組の女子生徒が入ってきた。二人は仲良く並んで歩きながら、手前の本棚の前へと移動した。久方ぶりの利用者だ。

陸が口を閉ざし、目だけで「会話はここまで」と伝える。私語厳禁。図書室の鉄の掟だ。

航大は無言で頷き、水遣りの作業に戻った。

自転車を快調に走らせて、航大は駅へと向かう。空は夕陽と夕闇が混じり合い、不気味な藍色に染まっていた。欠けた月が、陽が沈み切るのを今か今かと待っている。

風が冷たくなってきたなと思いつつ、ハンドルを切る。曲がった先の歩行者用信号が赤だったので、ブレーキを掛けた。

地面に足を着け、信号が青に変わるのを待つ。何の気なしに視線を足元へと落とすと、道の端に背の高い黄色い花が咲いていた。名前はわからないが、この時期になるとそこら中で目にする円錐状の花だ。コンクリートの隙間から伸びるその様は、たくましさよりも圧倒的な生への執念のようなものが伝わってきて、畏敬の念を抱きそうになる。もしもこの先、人類が滅ぶことがあっても、彼らは生き延びるのではないだろうかと予感させる図太さだ。

横断歩道を渡り、駅前に到着する。自転車から降りて歩くと、すぐ先にあるベンチに拓海の姿があった。街灯の下で読書をするその姿は、相変わらず彫像然としている。大柄な体格のおかげで、遠目からでもよく目立っていた。

「拓海さん」

航大が声を掛けると、拓海が顔を上げ、栞を挟んで本を閉じた。チラリと見えたその栞には、黄色とピンクの小振りな花が描かれていた。可愛らしさが不似合いに思えたが、彼らしい柄だな、とも思った。細やかな持ち物から、彼の花への愛情が見て取れる。

「お待たせしてしまってすみません」

「気にしなくていい。たいして待っていない」

事務的な口調で応えながら、拓海はビニール袋を差し出す。中には、光沢のある赤いリンゴが五つ入っている。

「昨日連絡した通り、農家をやってる祖母ちゃんの友達が、うちに大量のリンゴを送ってきてな。とてもじゃないが二人では食べきれないから、受け取ってくれると非常に助かる」

「喜んで頂戴します」

航大は笑顔で袋を受け取る。リンゴは好物のひとつだ。五つくらいなら、三日もあれば飽きずにひとりで食べきれる。

「ありがとう」と拓海が頭を下げる。

「感謝するのはこっちの方ですよ。普段から美味しいものをご馳走になっているのに、こんなものまで貰ってしまって」

「気にすることはない。どちらもこっちの都合だ。何なら、また近いうちに祖母ちゃんからお茶の誘いがあると思うぞ。この前、新しいお茶菓子を注文していたからな」

「それは楽しみです」

「面倒なときは断ってもいいいんだぞ」

航大は大きく首を左右に振る。

「面倒だなんてとんでもないです。いつも楽しんでます」

菊子(きくこ)や拓海との会話は、友人たちとの雑談とはまた違った楽しさがある。話をしているうちに、自分の世界が広がっていくかのような感覚があるのだ。それはきっと、二人が自分の知らないことを色々と教えてくれるからだ。

最初のころは暇つぶしがてらという気持ちもあったが、いまは違う。最近は、純粋に園原(そのはら)宅で過ごす時間が大切なものになっている。あの場所は居心地がいい。美しい庭に、美味しいお菓子と楽しいお喋り。これほどの贅沢は他にない。

「仲の良い友達は皆部活が忙しくて、中々(なかなか)遊びに行けないんですよ。だから、正直助かってます。休日を息苦しい自宅でひとり過ごすよりも、遙かに有意義です」

拓海がピクリと眉を動かす。

「自宅にいると、息苦しいのか？」

平坦な声は感情に乏(とぼ)しいが、こちらを心配するような気配が感じられた。

心配させるような軽口を叩いてしまったことを後悔しながら、航大は答える。

「息苦しいって表現は大袈裟(おおげさ)でしたけど、快適な空間とは程遠いですね。親との会話は最低限しかありませんし」

昨年、暴力事件に巻き込まれてしまってから、航大と両親の間には大きな溝ができてしまった。航大は綺麗事を並べ立てるだけの両親へ不信感を募らせ、両親はそんな息子との接し方に悩むようになった。言葉を交わすたびに、互いに距離感を測りかねるような気まずい空気が流れるのが現状だ。

色んな人たちの支えもあって、航大はあの事件から立ち直ることができた。しかし、それで両親への不満が解消されたわけではない。どうしても、消化しきれない想いはある。

ただ、そのことに関して憂いはない。こちらから歩み寄る気はないが、強く拒絶する気もないというのが、航大の素直な気持ちだ。なるようになればいい。無理に修復しようとするのは、却って気持ちが悪い。時間に委ねれば、いずれどこかに収まるだろう。

部活帰りと思しき学生の一団が、笑い声を上げながら航大の後ろを通り過ぎる。電車が駅に到着したらしい。駅の出入り口から人が溢れてくる。

俄かに駅前が騒々しくなるが、その喧噪の合間を縫うように、拓海の声が航大の耳朶を揺らした。

「親とコミュニケーションを取ることにストレスを感じるのなら、無理をすることはない。距離を置くといい。親子だって、他人とそう変わらないんだ。好きでもないのに相手をする必要はない」

相変わらず拓海の口調は淡々としているが、その声はいつもより冷たく、硬かった。感情が表に出てしまわないように、意識して心を凍らせているかのようだ。落ち着いた声なのに、航大は背筋が寒くなった。

「ええと、無理はしていないので、大丈夫です」

恐る恐る、航大は言葉を返す。

「そうか。それならいいんだ」と応じる拓海は、もういつもの調子だ。

いまのは何だったのだろうか、と航大は不思議に思う。自分の気のせいだろうか。拓海は普段から感情が読み取りづらいから、その可能性も充分に考えられる。ただ、家族を大切にしているイメージのある拓海からの助言にしては、少々冷淡な言葉だったようにも思える。

「どうかしたか？」

違和感の正体を突き止めようと思案していた航大を、拓海が怪訝（けげん）そうな目で見る。

「いや、あの、何でもないです」

航大は作り笑いを浮かべて誤魔化す。底の見えない大穴を、深く覗き込むのが恐かった。

拓海はそれ以上質問を繰り返すことはなく、ベンチ脇に置いていたリュックサックを背負った。

「じゃあ、俺はそろそろ行くよ。リンゴ、貰ってくれてありがとうな」

航大も別れの言葉を口にしようとしたところで、思い出す。

「ちょっと待ってください」

「どうした？」

「バスの時間って、もうすぐですか？」

拓海が腕時計で時刻を確認する。

「すぐではないな。まだ余裕はある」

「それなら、また拓海さんの知恵を貸してもらいたいことがあるんですけど、いいですか？」

「貸せるほど立派なものではないが、とりあえず聞かせてみてくれ」

航大は友人が花壇の花の生育について悩んでいることを説明し、その理由を知りたがっていることを伝えた。

説明を聞き終えた拓海は、表情を変えることなく、僅かに首を傾（かし）げた。

「漠然とした質問だな。育てている花の種類くらいはわからないのか？」

「すみません。聞いてないです」

「花の元気がない理由なんて、いくつも思い付くぞ」

「教えてください。全部暗記して、友達に伝えますんで」

拓海は無言で航大を見据え、「そうか、じゃあ」と息を吸う。

「まず考えられるのが、病気や害虫による被害だ。それと、花壇の環境だな。陽当たりが悪いのは駄目だし、逆に直射日光を嫌う品種もいる。雑草に栄養を奪われることもあるから、草取りはこまめに行わないといけない。花壇の土も重要だ。固い粘土質の土や砂利の多い場所はガーデニングには向いていない。水はけがよくないといけないし、通気性が悪ければ根腐れを起こして生育が悪くなる。あとは育て方だな。水や肥料のやりすぎは却って花を弱らせるし、少なすぎるのも当然問題だ。これらも品種に合わせて調整しなければいけない。乾燥しているのが好きな花もいれば、湿った土が好きな花もいる。そもそも、苗を植え付ける時期が合わないと、しっかりと根を張れなくなることがある。そうなると栄養が花に行き渡らず、開花しないなんてことにもなりかねない。他には、苗と苗の間が狭いと、お互いの生長を妨げてしまうことがあるから注意が必要だ。あとは、そうだな。まさかとは思うが、その花壇で育てている花が、丁度この時期に咲き終わる品種っていうのも考えられる。今頃の季節は、多くの花がシーズンを終える頃だからな。それと知らずに育てて、ただの咲き終わりを弱っていると勘違いしているってパターンも、もしかしてだが考えられる」

滔々と語って、「どうだ、憶えられそうか」と拓海が確認する。

航大は不敵に笑い、携帯端末のメモアプリを起動する。

「メモしますんで、もう一度お願いします」

深々と下げた頭に、拓海の冷たい視線が突き刺さった。

◇

バスケットボールの弾む音が体育館に木霊（こだま）する。

「こっちだ！」

ディフェンスのマークを外した航大が声を上げると、晴也（はるや）が絶妙なタイミングでパスを通した。走りながらボールをキャッチし、そのままレイアップシュートを放つ。が、ボールはリングに弾かれ、ゴールとはならなかった。

「おーい、決めろよー。最高のお膳立てだっただろ」

晴也が両腕を広げ、笑顔で文句を言う。

「わりい。次こそ決める」

最近、昼休みにクラスメイトたちとバスケをすることが日課になっている。体を動かすことは、やはり楽しい。参加者のほとんどが運動部に所属しているため、経験者は少なくても、それなりに様になっている。

汚名返上のジャンプシュートが綺麗にネットに吸い込まれたところで、航大は体育館の端に陸がいることに気付いた。

「俺ちょっと休憩するから、誰か代わりに入っていいよ」

今日は参加人数が多い。コート脇で交替待ちをしている友人たちにそう言って、航大は陸の元へと駆け寄る。

「退場処分にでもなったのか？」

コートを離れて近付いてきた航大を見て、陸が言う。

「そんなわけないだろ。常にフェアプレイが俺の信条だ」

「それじゃあ、戦力外通告か」

「もう一度シュートを外していたら、そうなっていたかもな。陸も体を動かしに来たのか?」

陸が首を左右に振る。

「当番だから、体育日誌を取りに来ただけだ」

体育当番は、体育の授業が始まる前に体育教官室に日誌を取りに行かなければならない決まりになっている。授業が始まるタイミングで先生が渡してくれれば良い気がするのだが、そんな優しさは見せてもらえない。ちなみに体育教官室は、先生たちがよくコーヒーを飲んでいるので、意外といい匂いがする。

額の汗を拭って、航大は本題を口にする。

「ところで昨日の話なんだが、どうだった? それらしいものはあったか?」

昨日、拓海から教えてもらった花が弱る原因をメモした画像は、既に携帯端末で陸に送っていた。『ありがとう』というお礼のメッセージはあったが、果たしてあれが原因究明の助けとなったかどうかはわかっていない。

陸が気まずそうに眉根を寄せる。

「わざわざ訊いてきてもらったのに申し訳ないけど、正直、どれも当てはまりそうにない」

「訊くことはついでだったから、申し訳なく思う必要はないよ。ただ、そうか。それは残念だったな」

「まあ、仕方ないさ。また地道に調べるよ」

陸の笑顔は力なく、一目で無理に浮かべているものとわかった。同じことの繰り返しに、うんざりしているようだ。

「どうしてそんなに原因が知りたいんだ？　自分が育てているわけじゃないんだろ？」

我慢できずに、航大が訊ねる。困っている母親のために、ということなら心の和む話だが、陸の様子からしてそうではなさそうだ。言葉の端々から、調べざるを得ないから調べている、という雰囲気が感じられる。何か、彼にとって深刻な理由があるのではないだろうか。

陸が頭をガシガシと掻く。

「個人的な事情だよ。他人に話したら、鼻で笑われるような理由だ」

「笑わないから、聞かせてみてくれないか？　事情によっては、力になれそうなら力になりたい」

「気持ちはありがたいが、難しいと思う。花が弱っている原因を解明する以外に、解決する方法はないんだ。コウが除霊でもできるっていうなら、話は別だけどな」

「除霊？」

予想外の言葉に頓狂な声を上げて目を白黒させる航大を見て、陸が薄く笑みを浮かべる。

「まあ、そういうオカルト的な話が絡んでいるってことさ。くだらないだろ」

航大は困り顔で首を傾げる。

「詳細がわからないから、くだらないかどうかなんて俺には判断できないよ。ただ、原因究明が唯一の解決策なら、一緒に調べるくらいの手助けはできる。もちろん、陸が望むのならだけど」

「優しいな」

「自己満足のためだよ。人助けって、気持ちがいいだろ」

航大が冗談めかして笑うと、陸もそれにつられるように微笑(ほほえ)んだ。

「それじゃあ、お言葉に甘えさせてもらおうかな。他に花が弱る理由が見つかったら、教えてくれ。調べるのは、暇があったらでいいから」

「悲しいことに、時間は有り余っているんだ」

「俺にとっては好都合だな」

片手を上げて体育教官室へと向かおうとした陸が、数歩進んで立ち止まった。振り返り、航大を見る。

「厚意で手伝ってもらうのに、事情を説明しないっていうのは筋が通らないよな」

「そんなことはないだろ。手伝いを申し出たのはこっちからだ。話したくないなら、話す必要はない」

「話したくないってこともないんだよな。むしろ、誰かに聞いてもらって否定してほしいくらいだ。『そんなわけないだろ』って」

背後から歓声が響く。誰かがスリーポイントシュートを決めたらしい。

素早くリスタートした相手チームのカウンターが不発に終わる様子を見守ってから、陸が続ける。

「まあ、いま話そうとすると時間がかかるから、興味があったら放課後に図書室に来てくれよ。俺、今日も貸し出し当番だからさ」

「図書室は、話をする場所としては不向きじゃないか?」

「大丈夫。どうせ誰も来ないから」

「昨日は来たぞ」

「あれはレアケースだ。二日も続いたら、宝くじを買うべきだな」

リングに嫌われたボールが、航大の足元へと弾んでくる。それを拾い、投げ返そうとしたら汗だくになった友人と目が合った。彼は疲れ切った顔で両の人差し指をくるくると回し、交替を求めるサインを出している。

「じゃあ、また後で」と陸に言い、航大はボールと共にコートの中へと戻った。


放課後になり、航大は真っ直ぐに図書室へと向かう。陸が話を聞いてもらいたがっていたから、というのは建前で、実際は好奇心に抗(あらが)いきれなかっただけだ。オカルトチックな要素が絡んだ事情とはどういったものなのか、気になって仕方がなかった。

怪談噺の類は好きではないが、目を閉じて耳を塞ぐほど苦手でも、臆病でもない。

図書室のドアの取っ手に手を掛けると、想像よりもひんやりとしていた。その冷たさに不吉な予感を覚えながら、ドアを開く。

陸の言っていた通り、室内にいるのは彼ひとりだった。彼は受付カウンターの中ではなく、読書スペースの椅子に腰を下ろしている。

「随分と早いな」

「気になって気になって、仕方がなかったんだ」

航大は素直に白状して、陸の向かいの席に座る。ドアの方をチラリと窺(うかが)うが、利用者が訪れそうな気配はない。

「それで、どういう事情なんだ？」

航大が訊ねると、陸は短く息を吐き、ゆっくりと話し始める。

「花壇の花が弱っている原因を知りたいのは、そうしないと恐いからなんだ」

声量は大きくないが、図書室の森閑とした空気の中では、明け方の鳥の囀りのように際立って聞こえた。

「うちの家族は、俺と両親と祖父ちゃんの四人暮らしだったんだが、両親が共働きだったから、小さいころは祖父ちゃんがよく俺の面倒を見てくれていたんだ。祖父ちゃんは優しくて、いつも笑顔で一緒に遊んでくれた。キャッチボールをしたり、自転車に乗る練習に付き合ってくれたり、水族館や動物園に連れていってもらったりもした。怒った顔なんて見たこともない。そんな祖父ちゃんのことが、俺は大好きだったんだ」

祖父の話をする陸の表情は穏やかで、きっとすごく可愛がられていたのだろうな、と航大は思う。

「身内の欲目を抜きにしても、祖父ちゃんは立派な人だったと思う。何か困っている人がいたら助けになろうと声を掛けるし、地域の清掃みたいに人が面倒くさがることを進んで引き受けるような人だった。常に笑顔を絶やさない、昔話とかに出てくる善いお爺さんそのままみたいな人だったんだ。子供のころの俺は、そんな優しい祖父ちゃんのことを誇りに思っていた」

でも、と陸はそこで言葉を切り、表情を暗くした。

「小二のころ、自宅の庭で信じられない光景を目にしたんだ。衝撃的で、未だに脳裏に焼き付いている。きっと、一生忘れることはできないだろうな」

「何があったんだ？」

適度な相槌があった方が話しやすいだろうと思い、航大が訊ねる。

「学校から帰宅したとき、玄関先で庭の方から奇妙な音がすることに気付いたんだ。何かを乱暴に蹴りつけるような音だった。俺は何だか恐くなって、家の角からこっそりと庭を覗き込んだ。そして、見てしまったんだ」

無意識に息を呑み、航大は自分が緊張していることに気付いた。

陸が覚悟を決めるように一度深く目を閉じ、舌で唇を湿らせ、続ける。

「祖父ちゃんが、母さんが大切に育てていた花壇を踏み荒らしていた。見たこともない恐ろしい顔で、地面を踏み固めるように、力一杯花壇の花を踏み潰していたんだ。眉間に皺を寄せて、何度も何度も」

その場面を想像して、航大はぞっとする。どんな事情があったか知らないが、明らかに普通ではない。

「お祖父さんは、どうしてそんなことを？」

「わからない。俺はその後、恐くてその場を離れてしまったんだ。近所の公園へと逃げて、ずっと母さんが帰ってくるのを待っていた。遊具で遊ぶ気分でもないし、ひとりじゃ恐くて帰れなかったから」

「まあ、そうだよな」

そんな光景を目の当たりにして、ひとりで家に戻る勇気は中々湧いてこないだろう。

「そして、帰宅してきた母さんと一緒に、家へと戻った。祖父ちゃんは、もういつもの様子だったよ。踏み散らかした花は、既にゴミ袋に捨てられて処分されていた。祖父ちゃんは母さんに、『物置の整理をしていて、誤って踏んでしまった』と嘘を吐いたみたいだ。折角育てた花を台無しにされて母さんは怒っていたけど、祖父ちゃんの言葉を疑うようなことはなかった。だけど、俺は確かに見たんだ。祖父ちゃんは、自分の意志で花壇を踏み荒らしていた」

何とも不気味な話だ。温厚な人間の内に潜む闇を垣間見たようで、寒気がする。

ハッとして、航大が訊ねる。

「もしかして、陸はそのお祖父さんが花壇の花を弱らせるような細工をしていると疑っているのか？」

陸は「イエス」とも「ノー」ともつかない曖昧な返事をする。

「祖父ちゃんは、四年前に死んだ。その前の年に、重い病気が見つかって」

航大は渋面をつくり、軽はずみな発言を恥じる。

「ごめん。早とちりしてしまった」

陸は苦々しい顔で首を左右に振った。

「それが、あながち間違いでもないんだ」

「どういうことだ？」

「祖父ちゃんが死んだのは四年前で、花壇の花の元気がなくなり始めたのは、まさにその年からなんだ」

まさか、と航大は唖然とする。

「花の元気がない原因を、お祖父さんの呪いかなにかと疑っているのか？」

陸は自嘲気味な笑みを浮かべ、肩を竦める。

「馬鹿馬鹿しいだろ？」

返事に窮して、航大は口を噤む。困惑が頭の中を支配して、言葉が出てこない。

陸が小さく嘆息する。

「最初は何とも思っていなかったんだ。母さんが『今年の花はいつもより元気がない』と言っていても、そういうこともあるだろうくらいにしか思わなかった。ただ、翌年も同じことが起きて、祖父ちゃんの一件を思い出したんだ。思い出して、恐くなった。まさかとは思ったんだが、弱っているのは、まさに祖父ちゃんが踏み荒らしていた花壇の花たちだった。しかも、毎年異変があるのはその花壇の花たちだけなんだ。周りの鉢植えで育てられている花たちは元気に育っている。薄気味悪いと思わないか？」

航大の顔が強張る。確かに薄気味悪い話だ。オカルトチックな現象と信じたわけではないが、偶然の重なりにしても血の気が引く。

弱々しい笑みを浮かべたまま、陸は続ける。

「呪いなんてものを、本気で信じているわけじゃない。ただ、最初に言った通り、恐いんだ。この一件が頭にチラつくたび、子供のころ目にした、祖父ちゃんの恐ろしい顔を思い出してしまう。それが嫌なんだ」

疲れ切った顔で、陸が軽く俯く。彼にとって、子供時代に目にしてしまったその光景は、ある種トラウマのようなものなのだろう。何度もそんな記憶と向かい合うことには、強いストレスを感じるはずだ。

彼がその花壇の花が弱っている原因を知りたがる理由が、ようやくわかった。呪いなどないと証明するためだ。そうしないと、心が落ち着かないのだろう。

「今年も、その花壇の花たちだけが弱っているのか？」

航大が確認すると、陸は首を縦に振った。

「母さんの話だと、相変わらず、花付きが悪いみたいだ」

「俺が訊いてきた花が弱る原因の中にそれらしいものがなかったということは、それらは既に陸が調べて検証していたってことでいいんだよな」

「ああ。母さんはそれなりにガーデニング歴が長いし、これまではちゃんと綺麗な花を咲かせてきていたから、環境が悪かったり、水や肥料の遣りすぎなんてこともないと思う。もちろん、害虫や病気にも気を配っている」

では、自分がすべきことは、他の可能性を探ることだ。行動の指針を見定め、航大は席を立つ。

「一先ず、俺にできる範囲で色々と調べてみるよ」

「悪いな。助かるよ」

「気にすんなって。こちらこそ、事情を話してくれてありがとうな。おかげで野次馬根性が満足させられたよ」

「それはなによりだ」と陸が苦笑する。

航大は廊下に出て、昇降口へと向かう。他人に悩みを打ち明けることは、簡単なことではない。陸は自分を信じて、事情を話してくれたのだ。信頼には応えたい。とにかく、できる限りのことをしよう。

頭の中で、先程聞かせてもらった話を反芻する。

常に笑顔を絶やさなかった優しい祖父が、ある日恐ろしい顔で庭の花壇を踏み荒らしていた。

そして、その祖父が亡くなってから、花壇の花たちから元気がなくなるようになった。

考えれば考えるほど、奇妙で不気味な話だ。

陸の祖父は、どうして花壇を踏み荒らしたりしたのだろう？

どうして花壇の花だけが弱るのだろう？

どれだけ疑問を繰り返してみても、仮説のひとつも見つけることはできなかった。

難敵の気配を感じながら、航大は昇降口で靴を履き替えた。

シオンが咲いている。中央は黄色く、その周囲に薄紫色の舌状花が並んでいる。下の方の葉が大きく、硬い毛のようなものが生えていた。触れてみると、ザラザラとした感触があった。

園原宅のウッドデッキの脇に並ぶ鉢植えは、そのほとんどにシオンが植えられている。どれも背が高く、航大の腰の位置まで伸びている。密集して咲く花たちは賑やかだが、茎が細く、その佇まいは儚げだ。

拓海はその鉢植えの隅でこっそりと間借りしようとしていた雑草を、容赦なく引き抜いている。

拓海の背中に向かって、航大は訊ねる。

「シオンがたくさん植えられていますけど、これは拓海さんのお祖父さんが好きだったからですか？」

拓海は手を止めることなく、口を開く。

「さあな。単純に気に入ったからたくさん植えたのか、無計画に株分けしていたら増えてしまったのか、理由はわからない。大雑把な人だったから後者な気もするが、前者でも違和感はない」

祖父の話をするとき、拓海はいつもより楽しそうに見える。表情や声音が変化するわけではないが、陽の光を浴びる花が普段よりも活き活きとして見えるように、彼の身に纏っている空気がどこか柔らかくなる気がするのだ。

「お待たせー。準備できたわよ」

ウッドデッキに面した大きな窓から菊子が顔を出す。行きつけの理髪店で髪を黒く染めてもらったらしく、より若々しくなっている。

航大が駆け寄り、お盆を受け取った。お皿の上に楕円(だえん)形のクッキーが並び、白地に青い線で波のような模様が描かれたティーカップから、湯気と共に上品な甘い香りが漂ってくる。園原宅に招待されるようになるまで碌(ろく)に紅茶を飲んだ記憶がないのに、何故だか懐かしさを覚える香りだった。

お盆をそっとテーブルの上にのせると、拓海が庭仕事を中断して席についた。のんびりとした所作でティーカップに顔を近付け、呟く。

「ローズティーか」

菊子がニッコリと笑う。

「正解。鼻が良いわね」

薔薇(ばら)の香りか。どうりで馴染みがあったわけだ、と航大は納得する。

着席し、菊子のローズティーに関する思い出話に耳を傾けながら、庭を眺める。夏場は真っ赤なモナルダが目立っていたが、いまはそのほとんどが枯れてしまい、代わりにピンク色のダリアが豪華な大輪の花を咲かせている。庭の手前にはフロックスやパンジー、マリーゴールドの一団が、好き勝手に絵の具で染められたパレットのように色彩豊かに並んでいる。

色で溢れているのに野暮ったくなく、雑然としているのに見栄えが良い。いつ見ても、この庭は不思議なバランスで成り立っている。まるで、愛情深く育ててもらったお礼に、花たちが意識して調和しようとしているかのようだ。

こんな美しい庭の花たちが、誰かに悪意を持って踏み荒らされてしまったら。そんな恐ろしい光景を想像して、航大は眉根を寄せた。

ここ数日、暇さえあれば花壇の花が弱る原因を調べているが、成果は芳しくない。近所の図書館で園芸本に目を通したり、インターネットでガーデニングをテーマとしている個人ブログを覗いてみたりしたが、拓海から教えてもらった以上の知識を得ることはできなかった。

調べものに行き詰まると、必ずと言っていいほど、陸から聞いた祖父の一件を思い出してしまった。そちらは調査の核ではないと理解していながら、お祖父さんはどうしてそんなことをしたのだろうかという疑問が、頭にこびりついて離れなくなるのだ。

「コウくん。どうかしたの？」

菊子に名前を呼ばれ、航大はハッとして顔を上げる。

「祖母ちゃんの話が長いから、気絶したんだろ」

拓海が抑揚（よくよう）のない声で指摘する。

「あら、そんなことないわよ。ねえ、コウくん」

菊子が笑顔で同意を求める。笑っているのに、圧力を感じるのはなぜだろう。

「すみません。考え事をしていました」

「何か悩みでもあるの？」

「そういうわけではないんですけど……」

はぐらかし、ローズティーを一口飲む。香りと比べると、味の主張は控えめだった。ほのかな甘みが舌の上に残る。飲みやすく、好みの味だ。

航大はお茶菓子のクッキーに手を伸ばしながら、ふと思い付き、口を開く。

「あの、ガーデニングで、何か必要があって花を踏むことってありますか？」

可能性が極めて低いことはわかっているが、一縷の望みにかけて、航大は訊ねた。もしも陸の祖父が花壇の花を踏み荒らしたことに真っ当な理由があるのなら、花が弱っている原因を解明できなくても、友人の悩みを解消できるかもしれない。それに、そうであってほしいという願いもあった。

菊子はきょとんとした顔で目を瞬く。

「必要があってって、例えばどういうこと？」

「ええと、例えば花が病気になったり、害虫が繁殖したりして、それが周りの花に広がらないように踏み潰して処分することはありませんか？」

考えを口にしながら、航大は俄かに興奮を覚える。案外、この推測は悪くないのではないだろうか。適当に振ったバットがボールをとらえ、思いがけず会心の当たりとなったかもしれない。

しかし、菊子は頰に手を当てて小首を傾げた。

「うーん、そういうことはないんじゃないかしら」

意見を求めるように、菊子が拓海に視線を向ける。

拓海はティーカップをテーブルに置き、説明を引き取った。

「ないな。病気になったり害虫がついたりした花を処分することはあるが、わざわざ花を踏み潰す必要はない。問題の花と、状況によってはその周囲の花を抜いて、周りに薬を散布すれば充分だ」

航大はがっくりと肩を落とす。やはり素人のスイングでは、偶然でもバックスクリーンまでは運べない。

「これって、どういう意図の質問だったの？」

好奇心を全開にして、菊子が瞳を輝かせる。お喋り好きな彼女は、興味深そうな話題の収集に余念がない。

「学校の花壇でも荒らされたか？」

拓海が鋭く切り込む。

「あ、いや、学校の花壇ではありません」

「それじゃあ、どこの花壇が荒らされたの？」

聞き逃すことなく、菊子が質問を重ねる。

どうすべきか、と航大は迷う。知り合いの中で花に関する知識が最も豊富なのは、間違いなく拓海と菊子だ。そこに疑いの余地はない。二人の知恵を拝借したいところだが、勝手に友人の悩みを話してしまっていいものだろうか。

花壇を踏み荒らされた件だけ隠せればよかったが、もう遅い。軽率な質問をしてしまったものだ。

「心配しなくても大丈夫よ。私、口は鉄のように堅いから」

菊子は口元を手で覆って、うふふ、と笑う。

反応に困り、航大が拓海に目を向けると、彼は呆れたように肩を竦めた。

「まあ、高温で熱された鉄くらいの堅さはあるだろうな」

「大丈夫ですか、それ。溶けたりしてませんか？」

「あら、二人とも、失礼しちゃうわ」と菊子がむくれる。

「すみません」

「謝るなら、聞かせてくれる？」

菊子が両目を爛々と輝かせて、笑顔で迫る。普段なら拓海が諫めそうなものだが、彼はクッキーを口に運ぶことで忙しいようだ。意識はこちらに向けているようだから、彼も、どんな事情か気になっているのかもしれない。

これはもう逃げられそうもないな、と航大は観念する。優先すべきは、花壇の花が弱っている原因を解明することだ。その糸口すら発見できていない現状では、二人の知識は喉から手が出るほど欲しい。

陸には後日謝罪することにして、航大は二人に事の仔細を説明した。オカルトチックな内容の部分は伏せようかと迷ったが、結局そのまま伝えることにした。その方が、友人の苦悩を理解してもらえると判断したからだ。

「何だか、恐い話ねえ」

事情を聴き終えた菊子が、顔をしかめて身震いする。

拓海は無言で視線を地面に落としている。早くも、花が弱る原因として他に思い当たるものを探してくれているのかもしれない。

「花の元気がなくなっている原因ね。タクはどんなことを教えたの?」と菊子が訊ねる。

沈思黙考している拓海の代わりに、航大が携帯端末にメモしていた文を読み上げた。

病気や害虫、花壇の環境に加え、育て方にも言及している。改めて声に出してみても、基本的な注意点は網羅されているように思える。これ以外の理由などあるのだろうか。

菊子は難問を前にしたように表情を険しくする。

「いま話したこと以外となると、中々パッと思い付かないわね」

「俺も色々と調べてみたんですけど、中々それらしいものが見つからなくて」

「野菜だったら、相性の悪い組み合わせってものがあるみたいだけどね」

「相性の悪い組み合わせなんてあるんですか？」

「確か、トマトとじゃがいもは一緒に栽培しない方がいいんじゃなかったかしら。トマトに虫がつきやすくなって、育ちが悪くなるとかなんとか」

植えられているものの組み合わせとは、新しい着眼点だ。もしかしたら、正答への道筋となるかもしれない。航大は勇んで質問する。

「花でも、そういうことってあるんでしょうか？」

「確か、ランタナは他の花と一緒に育てない方がよかったんじゃないかしら。そういう繁殖力が強い品種と一緒に育てると、他の花たちの栄養が取られちゃうようなことはあるみたいね。特にミントなんかはすごくて、ちょっと植えただけでたちまち庭を占領しちゃうらしいわ。ただ、その場合は一目でわかるだろうから、育てている人が気付かないってことは考えにくいでしょうね」

それもそうだ、と航大は勢いを落とす。数年前までは、花壇の花は元気よく育っていたのだ。視覚的にわかりやすいミントでなくとも、新しい品種を育て始めたことで花たちが弱りだすようなことがあったら、真っ先に調べるだろう。

「コウ、頼みがある」と拓海が不意に沈黙を破った。

「何でしょうか？」

「時間のある日で構わないから、その友人の家に行って、庭の様子を写真に撮ってきてくれないか」

「写真だったら、連絡すればすぐに送ってもらえると思いますよ。いま、あいつが家にいるかどうかはわかりませんけど」

「それでもいいが、できれば、コウに庭の様子を見てきてほしいんだ。その方が、細かい部分を確認するとき、スムーズにできるだろ」

真っ直ぐに航大を見据えて、拓海が言う。声は静かだが、絶対に原因を究明してみせるという熱のようなものを感じた。

「そういうことなら、わかりました」

勢いに押されるように、航大は了承した。

「ありがとう。本当は俺が直接行ければ手っ取り早いんだが、面識がないし、最近は大学の方もちょっと忙しくてな」

「こっちが知恵を貸してもらうわけですから、気にしないでください」

「もし写真を見てもわからないようだったら、少し先になるだろうが、俺が都合をつけて足を運ぶから、そのときは間に立ってくれ」

航大はきょとんとする。拓海は優しく、情に厚い人間だ。他人の悩みにも、本心から寄り添うことができる。そのことは重々承知しているが、今回はより親身になっている気がする。何としても問題を解決しようという強い意志が、彼からひしひしと伝わってくるのだ。長い付き合いとは言えないが、その変化に気付けるくらいには顔を合わせているつもりだ。

なぜだろうかと考え、思い至る。

もしかしたら、拓海は陸に感情移入しているのではないだろうか。拓海もお祖父ちゃんっ子だったから、大切な人を疑うことがどれだけ辛いことか、痛いほど理解できてしまうのかもしれない。だからこそ、大好きな祖父を疑わざるを得なくなっている陸のことを、憐れに思ったのではないか。

拓海の視線は、既に庭へと向けられている。

ぼんやりとした瞳は、大切な人とこの庭で過ごした時間を懐かしむように揺れていた。

小さな雲が空で群れを成している。ひつじ雲かうろこ雲か、航大には判然としない。ただ、その秋らしさに、季節が巡っていることを実感した。

隣を歩く陸は、空ではなく前を見詰めていた。十字路に出くわすたび、左右から車が飛び出してこないか警戒している。道幅の狭い住宅街なので、油断すると危険なのだそうだ。

「家までもうちょっと歩くぞ」

週明けの月曜日。陸に事の顚末(てんまつ)を説明して家を訪ねたいと提案すると、彼は二つ返事で了承してくれた。今日でもいいということだったので、航大はお言葉に甘えて、放課後に陸の家へと一緒に向かうことにした。こういうことは、早い方がいい。

陸が住んでいる地域は高校からそう遠くなかったが、航大にとってはほとんど馴染みのない土地だった。過去に他校との練習試合のため、一、二回足を運んだことがあるくらいだ。

「悪かったな。お祖父さんの件、勝手に他人に話してしまって」

航大が謝罪すると、陸は笑顔で手をひらひらと左右に振った。

「そんなこと、全然気にしなくていいって。その代わり、ガーデニングの達人が知恵を貸してくれるんだろ?」

「うん。期待していいと思う」

「それなら全く問題なしだ」

さらに少し歩くと、小さなスポーツショップが見えてきた。如何にも地元に根付いた個人経営の店といった風情で、年季の入った看板は文字が掠(かす)れ、既にその役割を放棄してしまっている。

「ここ、地元の子供たちの人気スポットなんだぜ」

店名不明のスポーツショップを指差して、陸が言う。

「ここが？」と航大は疑念に満ちた声で聞き返す。スポーツショップなんて、そんな頻繁に立ち寄るような場所ではなさそうなものだ。

そんな航大の内心を読み取ったように、陸が口元を緩める。

「レジの横で売ってるアイスが美味しくて、近所の子供たちは皆ここに買いに来るんだよ」

「スポーツショップなのに、アイスが人気なのか」

「それくらい美味しいんだよ。食べてみるか？」

「気にはなるけど、またの機会にするよ」

「本当に美味しいのに、勿体ない」

「陸もよく食べてたのか？」

「もちろん。甘いものの食べすぎは親に禁止されてたんだけど、祖父ちゃんにこっそり買ってもらって食べてたよ」

微笑ましいエピソードに、航大も頰を緩める。

「親にバレたりしなかったのか？」

「一回危ないときがあったな。溶けたアイスを、思いっきりシャツにこぼしちまったんだ。チョコのアイスだったから、汚れがものすごく目立ってさ。しかも、そんな日に限って、母さんは休みで家にいた」

「どうやって誤魔化したんだ？」

「すぐそこにある河原まで、祖父ちゃんが連れていってくれたんだ。その日は暑かったから、服を着たまま川遊びをした。服はさらに汚れたけど、おかげでアイスの汚れは目立たなくなってさ。何とか誤魔化せたんだ」

「ずる賢い祖父ちゃんだな」

「そういうところも好きだったんだ」と陸は快活に笑う。

思い出話を聞いている間に、陸の家へと到着した。瓦屋根の、中々立派な日本家屋だ。

隣の土地は空き地となっている。碌に管理がされていないらしく、好き放題に雑草が繁茂している。道端でもよく見かける背の高い円錐状の黄色い花が、この土地の所有者は自分たちだと主張するように大量に咲いている。

航大の視線に気付いた陸が口を開く。

「そこ、昔からずっと空き地なんだ。子供のころはよく遊び場にしてたけど、いつの間にか雑草だらけになっていた」

緑の草と黄色い花のコントラストは目に優しく、長閑な雰囲気を漂わせている。もしかしたら、管理をしていないのではなく、更地よりも見栄えがいいからそのままにしているのかもしれない。

「いた！」

突然、草むらから大きな声が上がり、航大は驚いて体を震わせた。

「どこ？　どこ？」と草むらから二つの黒い頭が現れる。

目印のように虫取り網が掲げられ、二つの黒い頭はそっちの方へと向かっていく。

「近所の小学生たちだよ。よく遊びに来るんだ。バッタかカマキリでも捕まえているんだろ」

自宅の門扉を開きながら、陸が説明する。

航大はひょこひょこと上下する虫取り網を見詰める。昆虫採集を楽しむ小学生を見るのは、何だか久し振りな気がした。

陸に案内され、花壇へと向かう。玄関から向かって右に移動するとそこが庭で、空き地との区切りになっている木製の塀に接するように花壇があり、その奥に青い屋根の物置小屋がある。

花壇の様子を見に来た航大だったが、思いがけない存在が視界に入り、そちらに視線が引き寄せられた。

「チコ、ただいま」

そう言いながら陸が物置に近付くと、隣にある犬小屋の前で佇んでいた凛々しい顔の柴犬が、嬉しそうに尻尾を振りながら元気よく吠えた。

航大が目をキラキラと輝かせる。

「犬がいるのか」

「言ってなかったか？　チコっていうんだ。柴犬の雄で、今年で九歳だ」

「可愛いな」

チコは黒真珠のような瞳で航大を見上げると、初対面の人間に挨拶するように「ワンっ！」と吠えた。

「こんにちは。はじめまして」

航大も挨拶を返して、チコに近付く。

初対面の人間相手にもチコは全く警戒心を示すことなく、足元にすり寄って甘えてきた。航大の脚に頭をこすりつけるようにしてから、首を動かして顔を見上げ、はしゃぐように何度か吠えた。

「悪いな。こいつ、人が来ると、嬉しくなって吠えるんだ」

「平気だよ。ところで、撫でてもいいかな？」

「もちろん」

航大が手を差し出すと、チコは抵抗することなく頭を撫でさせてくれた。舌を出して、気持ちよさそうに目を細めている。

その表情が余りに愛くるしくて、航大は完全にチコに心を奪われてしまう。幸せとは、この瞬間を指す言葉に違いない。

「コウって、犬が好きだったんだな」

意外そうな顔で、陸が言う。

「大好きだ。本当は家でも飼いたかったんだが、親が許可してくれなくてさ」

陸がくすりと笑う。

「俺も最初は両親に反対されたよ。でも、一年間ずっと頼み続けて、俺が責任を持って世話をするっていう条件で、ようやく許可してくれたんだ」

「一年か。よく挫けなかったな」

「孤独な闘いではなかったからな。両親との交渉のとき、祖父ちゃんが世話を手伝うって約束してくれたんだ。そうやって祖父ちゃんが横から助け船を出してくれたから、両親も許してくれたんだと思う」

「俺は孤独に闘って、遂には心が折れてしまったよ」

航大はもう一度、チコの頭を撫でる。柔らかな体毛の感触が心地良い。

「本当に可愛いな。家に連れて帰りたい」

「連れて帰られるのは困るけど、よかったら、後でチコの昔の写真でも見るか？」

「見る！」

あれ？　俺、何しに来たんだっけ？

数瞬の後、航大は本来の目的を思い出して正気に戻った。そうだった。可愛らしい柴犬を愛でに来たわけではなかった。

気を取り直して、花壇の観察を始める。

焦げ茶色の木製の塀に接するようにアーチ形の柵で枠取りされた花壇には、コスモスやマリーゴールドといった航大にも馴染みのある一般的な園芸品種が植えられていた。花壇の幅は二メートルに満たないほどで、決して大きくはない。

花壇の土に触れてみる。程よく柔らかく、問題があるようには思えなかった。

拓海に頼まれた通り、携帯端末のカメラ機能で花壇の様子を撮影する。

一目見ただけだと、花壇の花たちは普通に咲いているように思えた。しかし、注意深く観察してみると、どの花も俯きがちというか、疲れ切っているように見える。園原宅の花たちとは明らかに違う。向こうの花たちは自信すら感じさせるほど誇らしげに咲いているのに、こちらはくたびれた様子で、咲いている花の数も多くない。それほど大きくない花壇ですら、物寂しく感じさせられるほどだ。

「今年は肥料を与える回数を少し増やしたらしくて、これでも去年よりは元気がある方なんだ」

陸が花壇を見下ろしながら説明する。

航大は頷き、続いて花壇の横に並べられた鉢植えに目を向けた。こちらはどれも綺麗に花を咲かせている。見比べると、花壇の花たちの花付きの悪さがさらに際立ってしまう。

外にある水道の傍には、散水ホースのリールと白いじょうろが置かれ、その隣に園芸用土の袋が積み上げられていた。

その園芸用土のメーカーが写るように撮影してから、陸に許可をもらって物置の中を覗く。しまわれていた肥料と園芸用薬品を確認し、それらも成分表が写るように撮影した。

液体肥料のボトルを元の位置に戻そうとしたところで、倉庫に落ちている空の袋が目に入った。手に取って裏返してみると、マリーゴールドの写真が大きく印刷されていた。

「ああ、それ、花の種が入っていた袋だよ」と陸が横から説明してくれた。

「種から育てているんだな」

「昔からな。俺も小さいころ、花壇に種を蒔くのを手伝ったよ。その方が、愛着が湧くらしい」

袋の裏面には種の植え方が記載されていたので、念の為、それも写真に収めた。

最後に個人的な理由でチコの写真を撮って、作業を終える。

「こんなところかな。何かわかったら連絡するよ」

「ありがとう」

感謝を口にして、陸はじっと花壇を眺める。表情は冴えず、陰りがある。悲しい色を宿す瞳には、あの日の幻影が映っているのかもしれない。この花壇が目に入るたび、祖父の奇行を思い出してしまうのだろう。

花壇の花が弱っている原因を見つけ出せても、彼の辛い記憶を全て取り払えるわけではない。

そう思うと、航大は切なくなった。仕方のないことだと頭では理解しているが、自らの力不足を痛感させられる。

できる範囲のことをしようと自らに言い聞かせ、航大は背筋を伸ばす。拓海に頼り切らずに、自分でも他の可能性を模索してみよう。それは自己満足の類なのかもしれないが、マイナスになるようなことはないはずだ。

陸が花壇から航大へと視線を移し、気持ちを切り替えるように口の端を吊り上げた。

「それじゃあ、お楽しみのチコの写真を見に行くか」

航大も陸に合わせて笑顔を浮かべ、明るい声を出す。

「よし、行こう。チコくん、また後でね」

チコに手を振ると、「ワンっ！」と元気よく返事をしてくれた。

玄関の方へと回り、陸が鍵を開ける。

「ただいまー。と言っても、この時間はまだ誰もいないんだけどな」

「お邪魔しまーす」

陸に案内され、航大は二階にある彼の自室へと通された。清潔感のある、綺麗な部屋だった。本棚はしっかりと整頓され、学習机の上に教科書や参考書が出しっぱなしになっていることもない。

自分の部屋とは大違いだな、と航大は思う。

「ちょっと暑いな」

そう呟き、陸が窓を開ける。そよ風と共に、子供たちの賑やかな声も入ってきた。

「下からアルバムと飲み物を持ってくるから、適当にくつろいでいてくれ。本棚の漫画、好きに読んでいていいから」

一息でそう言って、陸は階下へと降りていった。

航大が本棚の前へと移動する。読んだことのない漫画が多い。適当に一冊手に取ってみて、パラパラと捲(めく)る。ゾンビが木登りに挑戦していた。

「見つけたー」

透き通るような子供の声に誘われ、航大は窓際へと近付く。

窓から顔を出すと、隣の空き地がよく見えた。雑草だらけの空き地を上から見ると、茎や葉の部分が見づらいので、ほとんど黄色の花の部分しか見えない。風が吹くたび、波打つように花たちが揺れる。昆虫採集に励(はげ)んでいる小学生の男の子たちの黒い頭も確認できた。彼らは昆虫を捜すために中腰で歩き回っているので、生い茂る雑草の中に体が隠れてしまっている。黄色い海の中から突き出た虫取り網は、まるで潜水艦の潜望鏡のようだ。

二階からは、庭の花壇の様子も窺えた。何の気なしに携帯端末を取り出し、写真を撮影する。庭全体が写るから、何かの役に立つかもしれない。

階段を勢いよく上ってくる音がする。陸が大量のアルバムを脇に挟みながら、飲み物をのせたお盆を器用に運んで戻ってきた。

「お待たせ。それじゃあ、小さかった頃のチコの姿を心行くまで堪能してくれ」

陸がテーブルの上に大量のアルバムを置くと、ドンっと鈍い音が響いた。相当な量だ。とてもではないが、帰るまでに全部見切れそうにない。

航大は早速一番上のアルバムを手に取り、表紙を捲る。最初の写真を目にして、ハッとした。そこに写っていたのは、まだ子犬のチコを抱く幼少期の陸と、朗らかな笑みを浮かべる高齢の男性だった。

この人が、陸のお祖父さん。陸の言っていた通り、優しそうな顔をしている。近くにいるだけで心を落ち着かせてくれるような、安穏とした空気を纏っていることが、写真からでも伝わってきた。

こんな優しそうな人が、どうして花壇の花を踏み荒らしたりしたのだろう。

声に出さずに訊ねてみたが、答えが返ってくることはなかった。

写真の中のお祖父さんは、温かな眼差しをじっと孫に向けている。

◇

自宅の最寄り駅前にあるファミレスで鶏の唐揚げを口に運びながら、航大は拓海のことを待っていた。既に夕食は済ませていたが、十代の肉体は貪欲にエネルギーの供給を求めている。唐揚げを食べ終えたらデザートを注文すべきだろうか、と脳内で議論が白熱しているが、その辺は財布と要相談だ。

陸の家で花壇の様子を確認してきたことを携帯で拓海に報告すると、その日の内に会うことになったのだった。大学からの帰りということで、向こうから出向いてもらうことになり、わかりやすく駅前のファミレスを待ち合わせ場所として指定した。

拓海を待っている間、航大はまた自分なりに花壇の花が弱る原因を調べてみていた。

もしかしたら、使用している肥料や園芸薬品に問題があるのではないかと疑い、インターネットで通販サイトを覗いてみたりもした。しかし、購入者によるレビューは軒並み高評価で、それらを使用したことで特別なトラブルが起きたケースはなさそうだった。

さらに、陸の家で育てられていた花に限定して育ちが悪くなる原因を探ってみたが、こちらも目新しい情報を得ることはできなかった。

余りの手応えのなさに、航大は天井を見上げて嘆息する。まだ調べ始めて日が浅い自分だけならまだしも、陸はもう随分と前から原因を究明しようとしているのに、未だに手掛かりすら摑めないでいる。それは、流石におかしいのではないだろうか。

そう考えると、不自然に思えてきた。これだけ調べても全く成果が得られないのは、そもそもの前提条件が間違っているのではないだろうか、と疑いたくなる。

いや、もしかしたら、本当に間違っているのかもしれない。

ふと浮かんだ疑念に、航大の思考は加速する。

花壇の花の元気がないのは、育て方や環境の問題ではないのではないか。例えば、誰かが人為的に花を弱らせようとしているとは考えられないか。何者かが、花壇の花たちに細工をしているのだ。

第三者による悪意。

これまで考えもしなかったが、充分にあり得る話なのではないだろうか。

航大は姿勢を正し、真剣に熟考し始める。

花を弱らせる方法は簡単だ。園芸における禁止事項を実践すればいい。水や肥料を過剰に与えれば、植物の根は傷む。

だが、どうだろう。花壇に過剰に水を撒けば、当然土壌は湿る。雨も降っていないのに土が湿っていたら、陸の母親が不審に思うはずだ。肥料にしても、必要以上に与えられていたのなら、日頃から花の世話をしていれば、異変に気付く機会は多そうなものだ。そうなると、水や肥料ではなく、もっと直接的なものかもしれない。

そう考え、航大が閃く。

除草剤だ。除草剤を撒けばいい。

散布されているのが少量ならば、たとえ陸の母親が毎日欠かさず花壇の世話をしていても、気が付くのは至難の業だ。本来は不要な植物を枯らすための農薬なのだ。少量でも、植物の生育を阻害することはできるだろう。

真相に近付いている気がして、航大は俄かに興奮する。

そうだ。陸の両親は共働きだと言っていたではないか。陸が高校に通っている間、あの家は完全に留守だ。庭に忍び込んで作業をするのは、困難なことではない。

ん？　留守？

張り切って思考を巡らせていた航大だったが、重大な事実を思い出して悄然(しょうぜん)とする。

留守ではない。チコがいる。それも、まさに庭先に。彼が番犬として優秀かどうかは不明だが、いつ吠えられるかもわからない犬を前にして犯人が犯行に及ぶとは、心理的に考えにくい。

チコと顔見知りの人間ならどうだろうか。チコに慣れている人物なら、犯行は可能なのではないか。

想像してみて、すぐさま無理だと結論付ける。

先程、チコは帰宅した陸に対して、元気よく吠えながら尻尾を振っていた。人懐っこい彼は、誰かが来ると嬉しくなって吠える癖があるのだと陸が言っていた。顔見知りだろうと、吠えられるリスクは変わらないということだ。

花壇は塀に接するように配置されていたわけだから、隣の空き地から散布することも可能だろう。ただ、空き地は開けているので、道路や周囲の家から丸見えだ。背の高い雑草が繁茂しているとはいえ、小柄な小学生ならともかく、大人が隠れて行動するのは難しいだろう。

それに、花壇の花が弱っているのはここ数年のことだから、そういったことが行われていたとしたら、一度や二度では足りないはずだ。目撃されるリスクを抱えながら、何度もそんな犯行を繰り返すことは、現実的ではないように思える。

航大は観念して、これまでの推論を頭の片隅へと追いやる。良い線いってると思ったのだが、犯人第三者説は駄目みたいだ。

小さく息を吐き、最後のひとつとなった唐揚げを見下ろす。デザートを注文するべきか否か。決断の刻が迫っていた。

店内に来客を告げる軽やかなメロディーが響く。出入り口の方を窺うと、拓海が周囲をキョロキョロと見回していた。

航大が手を振り、それに気付いた拓海が近付いてくる。

「お疲れ様です」

「遅くにわざわざ悪いな」と謝りながら、拓海が向かいの席に腰を下ろす。

「謝るのはこっちですよ。大学帰りにわざわざすみません。何か注文しますか?」

「そうだな。何か軽く腹に入れたい」

「ここの唐揚げ、美味しいですよ」

「じゃあそれにしよう」

店員に注文を済ませてから、拓海は航大へと向き直る。

「それじゃあ、写真を見せてもらえるか」

「はい」

航大は携帯端末のカメラロールを開き、拓海に手渡す。

「コウの印象としては、どうだった？」

画面を確認しながら、拓海が訊ねる。

「陸が言っていた通り、花壇の花たちの元気はなかったです。咲いてはいるんですが、どれもくたびれているというか。周りにあった鉢植えの花たちは綺麗に咲いていたので、余計に異質に思えました」

「なるほど。確かに弱々しいな」

「陸の話だと、今年は肥料を与える回数を増やしたらしくて、それでも例年よりはマシらしいです」

「花壇の大きさはどれくらいだった？」

「横幅は二メートルに満たないほどで、そんなに大きくなかったです」

「陽当たりは？」

「薄暗さは感じなかったので、悪くなかったと思います」

写真ではわかりづらいことを質問しながら、拓海は真剣な面持ちで画面と向き合っている。頭の中では既にいくつもの仮説が浮かび、その都度それが現実的なものかどうか、検証をしているのだろう。

次第に質問の回数が減り、二人の間に沈黙が降りた。途中で店員が鶏の唐揚げを運んできてくれたが、拓海はそれに気付かず画面を凝視し続けている。

その集中力には感心するが、この場合、冷める前に料理が来たことをしらせるべきだろうか、と航大は悩む。思索の邪魔をしてはいけない気もするし、教えずに冷ましてしまうのも配慮に欠ける気がする。

航大が結論を出せずに葛藤していると、拓海が「おっと」と小さく声を洩らした。

これ幸いとばかりに、航大が訊ねる。

「どうしました？」

「悪いな。関係ない写真まで見てしまった」

拓海の手元を見ると、そこには画面一杯のチコの姿があった。

「気にしないでください。その子、チコくんっていうんですよ。可愛いですよね」

「柴犬か」と拓海が何やら考え込むような顔付きになる。

「あの、唐揚げ、もう来てますよ」

再び拓海が黙考し始める前に、航大が告げる。

拓海は「ああ」と呟きながら、唐揚げを箸でひとつつまんで口に運んだ。

「犬小屋があるってことは、普段から庭で飼っているんだな」

「そうみたいです」

「それなら、何者かが庭に忍び込んで、花壇に悪戯（いたずら）をしている可能性は低そうか」

拓海も航大と同じようなことを考えていたらしい。

「自分もその可能性は検討しましたが、難しいと思います。チコくんは、来客があると嬉しくなって吠える癖があるみたいなんです」

拓海が小さく顎を引き、画面を指でスライドさせて最後の一枚を表示する。二階から庭の様子を撮影した一枚だ。角度が悪く、隣の空き地も写ってしまっているが、庭の全体像を俯瞰で確認することができる。花壇とその周囲の位置関係を把握するには、最もわかりやすい写真となっている。

「さっき、種の植え方が書かれた袋が写っていたが、花壇の花たちは種から育てているのか？」

「そうです」

「花壇に直播き（じかま）で？」

「直播きって、花壇に直接蒔くってことですよね。はい、昔からそうみたいです」

陸の言葉を思い出しながら、航大は頷く。

拓海は表情を変えぬまま、最後の写真をじっと眺める。しばらくそうしてから、画面の一点を指差した。

「この黒い点はなんだ？」

航大は覗き込むようにして、拓海の指差す先を確認する。隣の空き地にある、黒子（ほくろ）のような黒い点。

「それは男の子の頭です。近所の小学生が虫取りをしていたんですよ」

「なるほど。何かと思ったよ」

納得したように拓海が頷く。

「陸の話によると、この子たちは結構頻繁に遊びに来てるらしいです。虫取りって、俺はほとんどしたことないんですけど、やってみると何だかんだ楽しいですよね」

「宝探しみたいな面白さはあるな」

同意を示して、拓海は携帯を航大に返却する。

「それで、何かわかりましたか?」

「ああ。原因がわかったよ」

拓海が事も無げに言い、航大はぽかんと口を開ける。

いま、拓海は何と言った? わかった? 原因が?

「えっと、ちょっと待ってください。それってどういうことですか? 手掛かりを見つけたとかではなく、もう花壇の花が弱っている原因がハッキリとわかったってことですか?」

「そういうことだ」

拓海が認めても、航大にはまだ信じられない。あれだけ調べても手掛かりのひとつすら見つけられなかったのに、この短時間であっさりと原因を突き止めたというのか。

「写真を見ただけでわかったんですか?」

鶏の唐揚げに箸を伸ばしながら、拓海が淡々と答える。

「そりゃあわかるさ。写真に犯人が写っているんだから」

「ええっ!」と航大は思わず大声を出して驚いてしまう。店員が、不審そうな目でこちらを見る。

航大は手で口を覆い、声のトーンを落として訊ねる。

「ど、どの写真ですか?」

その前に、と拓海は手の平を向けて制する。

「説明なら後でゆっくりしてやるから、ちょっと俺の質問に答えてくれないか」

航大が頷くと、拓海はいくつか質問を重ね、それから「確認してほしいことがある」と言った。

その確認に何の意味があるのかわからず、航大は奇妙に思いながらも了承した。

◇

拓海から頼まれた確認は、翌日にあっさりと済んだ。

陸から教えてもらった内容を拓海に携帯電話で伝えると、『昨日頼んだ通りに』という返事が来た。

航大は『了解しました』と短く返し、再び陸の元へと向かった。

「花壇の花が弱る原因を見つけたらしく、知り合いから会って話がしたいと連絡が来た」と陸に伝えると、彼は大いに歓び、「いつでも会える。早ければ早いほどいい」と興奮気味に捲し立てた。その後、拓海の予定を確認し、今日の放課後に待ち合わせということで話がついた。

自分の役目を果たした航大は、その日一日をどこか上の空で過ごした。新しく生まれた疑問が、気になって仕方がなかったのだ。

陸の家の花壇の花が弱っている原因については、昨日の内に拓海から教えてもらった。それは驚きの理由だったが、なるほど調べても気付けぬわけだと納得もした。そう。既に答えは見つけていたのだ。自分も陸も、ただそれに気付くことができなかった。

不思議だったのは、拓海が『まだ陸には理由を話さぬように』と言ってきたことだ。そうしておけば、自分が会う口実にできるからということだったが、そもそもどうして拓海が陸に会いたがるのかが、航大にはわからなかった。

自分の手柄だと主張したいとか、そんな恩着せがましい理由ではないだろう。航大が知る中で、拓海はそういった感情から最も遠い男だ。

結局、その日の授業内容が半分も頭に入らぬまま、放課後を迎えた。昇降口で陸と合流し、待ち合わせ場所である駅前のファストフード店へと向かう。陸はバス通学なので、航大は自転車を手で押しながら並んで歩く。

「まさか本当に原因を解明してくれるとは思ってなかったよ。すげえ嬉しい。マジでありがとう」

陸が上機嫌に言う。彼は先程から何度も同じような言葉を繰り返している。長らく自分を苦しめてきた憂いがひとつ晴れることが、それだけ嬉しいのだろう。

「俺はほとんど何もしてないよ。礼なら拓海さんに言ってあげてくれ」

「そんなことないって。そもそもコウが協力するって言ってくれなかったら、その拓海さんって人から知恵を貸してもらうこともできなかったんだ。そうだ。お礼に今度、美味(うま)いアイスを奢(おご)ってやるよ」

「昨日紹介してくれた、例のアイスか？」

「おう。あそこのアイス、世界一美味いぞ」

「世界一のアイスがスポーツショップにあるとは誰も思わないだろうな」と航大は苦笑する。

雑談に興じながら歩いていると、あっという間に駅前に到着した。駐輪場に自転車をとめたタイミングで、携帯端末が振動した。通知を確認すると、拓海から『先に着いたから二階の席で待っている』というメッセージが届いていた。

『了解しました。こっちも間もなく到着します』とメッセージを返し、航大は自転車をロックした。

時間帯が関係しているのか、ファストフード店はそれほど混雑していなかった。航大と陸は炭酸飲料水を購入して、幅の狭い階段を上る。二階も客の姿はまばらで、話し声よりも店内ＢＧＭの方が喧しい。

航大は周囲を見回し、ボックス席でひとり文庫本に視線を落としている拓海の姿を見つけた。机の上には、コーヒーカップがひとつだけだ。

「いたよ」

「え、あの人？」

航大の視線の先を追って、陸が目をパチクリさせる。

「どうかした？」

「いや、なんか、イメージと違うなって思って」

ああ、なるほど、と航大は微笑む。自分も拓海と初めて会ったときは、似たような感想を抱いた。

「大丈夫。見た目はちょっと恐いかもしれないけど、すごく優しい人だから」

半信半疑の面持ちで陸が拓海を観察する。だが、彫刻のように変化の乏しい表情からは、何も読み取れなかったようだ。首を傾げ、『とりあえず行こう』と航大に目で合図する。

こちらに気付いた拓海が、栞を挟んで本を閉じる。航大と目を合わせ、それから陸へと視線を移す。陸がピンと背筋を伸ばしたことが、航大にはわかった。

「こちら、小谷陸君です」

航大に紹介された陸が、深々と頭を下げる。

「はじめまして。小谷陸です。この度は、自分のために貴重な時間を割いていただき、誠にありがとうございます」

緊張しているのか怯えているのか、声が上擦っている。

拓海はいつもの泰然とした様子で、ゆっくりと頭を下げる。

「はじめまして。コウの友人の、園原拓海です」

航大はくすぐったさを覚えて、頭を掻く。目上の人間から『友人』と呼ばれると、何だかそわそわしてしまう。ただ、そう認識されていることは嬉しかった。

航大と陸が向かいの席に腰を下ろすと、挨拶もそこそこに、拓海は早速本題を切り出した。

「事情はコウから聞かせてもらった。結論から言わせてもらうと、花壇の花が弱っている原因は、当然呪いなんかじゃない。君のお祖父さんが踏み荒らしていたという花壇だけが被害にあっていることには、ちゃんとした理由がある」

拓海は、陸の中の疑念を断ち切るように断言した。

陸は真剣な表情で拓海の言葉に耳を傾けている。

「花壇の花たちの元気がない原因。それは、外部からの攻撃によるものだ」

拓海の言葉に、陸が驚いて目を見張る。

「外部から？　花壇の花を弱らせている奴がいるんですか？」

「そうだ。犯人は、コウの撮った写真に写っていた」

陸が唖然として目を瞬く。

航大は携帯を取り出し、陸に写真を見せる。二階から花壇の様子を撮影したものだ。

「え、もしかして、この男の子たちですか？」

陸が空き地で虫取りをしていた男の子の頭を指差し、訊ねる。

「違う。犯人とは言ったが、実際は人間ではないんだ」

それを聞いて、陸の表情が曇る。

「まさか、うちのチコが……」

違う、と拓海はまたも即座に否定する。

「犬でもない」

安堵の息を洩らす陸から視線を外し、拓海は画面の上部を指差した。そこにあるのは花壇ではなく、空き地一杯の黄色い花たちだ。

「犯人は、この黄色い花だ」

拓海が平板な声で告げ、陸は狐につままれたような顔になる。本気なのか冗談なのか判断がつかず、どう反応すればいいのかと困惑しているようだ。

航大には、陸の気持ちがわかった。自分も最初は信じられなかった。

拓海は物静かな教師然とした口調で、淡々と説明する。

「この雑草の名前は、セイタカアワダチソウというんだ。秋になればそこら中で生えているから、日本に暮らしていれば誰しもが、名前は知らずともその姿を目にしたことがあるだろう。要するに、それだけ繁殖力の強い種ということだ。この空き地で繁茂し始めたのは、おそらく花壇の花たちが弱り始めたころより一、二年前というところだろう。元々は海外から持ち込まれた帰化植物で、外来生物法の要注意外来生物に指定されている」

「危険な植物なんですか?」と陸が息を呑む。

「人間に直接害を及ぼすことはない。ただ、植物には有害だ。こいつらは、根から周囲の植物の生長を抑制する化学物質を放出する」

「そんな植物があるんですか」と陸が目を丸くする。

昨日説明を受けた航大も、陸と同じように驚いた。気になったので帰宅してから自分でも調べてみると、拓海に教えてもらった通り、セイタカアワダチソウには他の植物の生長を抑制する物質を放出する特性があった。アレロパシーというらしい。しかも、ある程度繁殖すると、今度は自ら分泌した化学物質で自分たちの生長を抑制してしまうのだという。植物の特性は不思議だ。

花壇の周りの雑草を抜く。それは、ガーデニングの基本だ。調べればすぐに出てくるし、拓海も早い段階で花が弱る原因のひとつとして挙げていた。気付けなかったのは、塀を挟んだ向こうのことだったからだ。航大も陸も、原因は花壇のある敷地内に潜んでいると思い込んでしまっていた。

合点がいったというように、陸が口を開く。

「もしかして、花壇の花たちだけ元気がなくて鉢植えの花が無事だったのは、それが理由ですか?」

「そうだな。鉢植えの方は、独立した土地を持っていることと同じだ。対して花壇の方は、塀に接するように枠組みされていた。一見すると区切られているようだが、塀で隔てていようと、地下は繋がっている。塀の向こうの花たちが、花壇の土壌を侵食していたんだろう」

得体の知れない軍勢が地下から攻め込んでくる様子を想像して、航大はぞっとした。

表情を変えずに、拓海が続ける。

「君のお母さんは、種から花を育てているんだろ」

「はい、そうです」と陸が頷く。

「俺も詳しく知っているわけではないが、セイタカアワダチソウの放出する化学物質は、主に発芽を阻害するものらしい。花壇に蒔いた種たちはどうにか芽を出せていたようだが、おそらくその時点で、かなりのエネルギーを消耗してしまうのだろう。少なくとも、花たちにとって健全な状態とは程遠いコンディションになっていたはずだ。発芽した段階で既に弱っていたから、育ちはしても、以前よりも花付きが悪くなってしまったというわけだ」

説明を終え、拓海がコーヒーを一口飲む。

陸は視線を下げて、拓海の説明を頭の中で反芻するようにゆっくりと数回頷いた。やがて顔を上げると、拓海に向かって深々と一礼する。

「本当にありがとうございました」

頭を下げたままの陸に、拓海は静かな声で告げる。

「直播きではなく容器で育ててから植え替えるか、空き地の管理者に連絡して雑草を抜くか。原因がわかれば、対策はどうとでもできるはずだ。君からお母さんに伝えてあげてくれ」

「はい」

「よかったな」と航大は陸の背中を叩く。

「ああ。コウも、本当にありがとう」

心から安堵した様子で、陸が微笑む。

謎は解明された。これで、陸の心の負担は軽くなっただろう。そのことが、航大は嬉しかった。

「ちょっといいか」

拓海が陸の顔をじっと見る。

「はい。何でしょう?」と陸が戸惑いがちに応じる。

「花壇の花が弱っていることを呪いと疑ったのは、元々、君が子供のころに、お祖父さんが花壇を踏み荒らしていた現場を目撃してしまったからという話だったよな」

「その通りです」と陸はバツが悪そうに認める。真相が判明したので、呪いだなんて疑っていたことが恥ずかしくなったのだろう。

拓海は、そんな陸の様子など気にも留めずに続ける。

「コウから話を聞いて、君のお祖父さんが花壇を踏み荒らしていた理由もわかった。知りたいか？」

「知りたいです」

陸が驚愕し、航大も言葉を失った。そんな話は、自分も聞かされていない。

沈黙が降りた。時間すらも陸の答えを待っているように、時の流れがゆっくりと感じられた。

陸の唇が割れ、言葉が発せられる。

迷いのない、真っ直ぐな言葉だった。

拓海が頷き、語り始める。

「君のお祖父さんが花壇を踏み荒らしたのは、悪意があってやったわけじゃない。あれは、君とチコのためだ」

「俺と、チコの？」

「そうだ。君がその現場を目撃したときのことは、コウを通じて聞かせてもらった」

昨日、花壇の花が弱る謎を解き明かした拓海は、なぜかその後、チコについての質問を重ねた。いつから飼っているのか。普段の世話は誰がしているのか。そういったことを確認してほしいと頼んできたのだ。

その辺の事情は、アルバムで幼いころのチコの写真を見せてもらったときに聞いていたので、わざわざ陸に連絡せずとも答えることができた。

すると拓海は、『陸の祖父が花壇を踏み荒らしていたときの状況を、できるだけ詳しく聞いてきてほしい』とさらに頼んできた。それが、今日陸に対して確認したことだった。

陸はその質問を不思議がりはしたものの、嫌な顔ひとつせず、憶えている限りの当時の状況を説明してくれた。

「君は小学校から帰宅し、玄関前で庭の方から不審な物音とチコの鳴き声を耳にした。不思議に思ってこっそりと庭を覗いてみると、お祖父さんが花壇を踏み荒らしていた」

確認するように拓海が話し、陸は無言で首肯した。

「つまり、当時庭にいたのはその二人ということになる。正確には、一人と一匹だな。君のお祖父さんとチコだ。妙だとは思わないか？　花壇を荒らすのに、どうして近くに犬を置いたままにする？　そういった激しい行為を目にすれば当然犬は興奮し、吠える。犬が吠え続ければ、不審に思った近隣の住人が窓から外を確認しようとしたりして、目撃されるリスクも高まるだろう」

「要するに」と航大が口を挟む。「普通なら、犬を家の中に入れておくなりするってことですね」

「そういうことだ。もうひとつ妙なのは、花壇を踏み荒らしていた時間帯だ。一緒に暮らしているんだから、孫の帰宅時間くらいは知っているはずだろ。それなのに、お祖父さんは孫に現場を見られてしまっている。明らかにおかしい」

確かにそうだ、と航大も不思議に思う。単に花壇を踏み荒らすことが目的なら、家に誰もいない午前中か、陸がチコの散歩に出かけてからでいい。陸の祖父は家にひとりでいる時間が長かったのだから、チャンスはいくらでもあったはずだ。

「このことから、君のお祖父さんは相当焦っていたことがわかる。何か、突発的なトラブルがあったという証拠だ」

トラブルという単語を耳にして、陸は眉をひそめた。一体何があったのか、と不安が表情に出ている。

数秒ほどの間を置いて、拓海が告げる。

「実際に花壇を荒らしてしまったのはチコだ」

拓海があっさりと言い切るので、航大と陸は目を丸くした。

「どうしてわかるんですか？」と航大が訊ねる。

「客観的に状況を鑑みて、蓋然性の高い話をしているだけだ。飼い犬が庭の花壇を荒らしてしまうなんて、ありふれた話だろ。土を掘ったり物を噛んだりするのは、犬の本能だからな。孫が帰宅するまでチコを庭で遊ばせていたのか、あるいはチコが勝手に庭へと出てしまったのか。経緯はわからないが、どちらにせよ、お祖父さんが目を離していた隙に、チコは花壇を荒らしてしまったんだ」

無邪気な子犬が花壇の土を掘り起こす場面が頭に浮かぶ。園芸をしている人にとっては、ぞっとする光景に違いない。手塩にかけて育てた花が、台無しにされたのだから。

「君の両親は、ただでさえ犬を飼うことに反対していた。それなのに、チコは君の母親の大切な花壇を荒らしてしまった。お祖父さんは血の気が引いただろうな。このことが君の母親に知られれば、チコの立場が悪くなることは確実だ。それに、目を離してしまった自分だけならまだしも、母親の怒りの矛先は、犬を飼いたいと願った孫にまで向いてしまうかもしれない」

飼い犬の粗相は飼い主の責任である、ということだろう。今回の件に関しては陸が学校に行っている間の出来事であるから、それで怒られるのは理不尽に思えなくもないが、『だから犬なんて飼いたくなかったのに』と嫌味のひとつくらいはぶつけられたかもしれない。

まるでそこに当時の場景が映っているかのように、拓海は宙を見詰めながら語る。

「お祖父さんとしては、自分の失態で孫が叱られることは避けたい。いや、もしかしたら、犬の世話ひとつまともにできないと、孫に失望されることが恐かったのかもしれない。それで、事実を隠蔽することにしたんだ。花壇にチコの足跡が残らないように地面を踏み固め、自分が誤って踏んでしまったと嘘を吐いた」

話を聞いて、航大はハッとする。花壇を踏み荒らしていたときの祖父は、恐ろしい形相をしていたと陸は言っていた。だが、実際は違ったのではないか。陸の母親がチコに悪感情を抱かぬように、陸とチコが母親から叱られないように、必死だったのではないか。

常に笑顔を絶やすことのなかった祖父の必死な顔が、幼い陸の目には恐ろしく映ったのかもしれない。

「失態を隠そうとすることを善い事とは言い難いが、それだけ孫を大事に想っていたんだろう」

拓海が言い終えると、陸は俯いてしまった。固く目を閉じ、小刻みに肩を震わせている。

航大は心配して友人の横顔を窺う。だが、すぐに杞憂であるとわかった。

堪えきれなくなったように、陸が噴き出す。

「ずりぃな、祖父ちゃん。それはずりぃよ。ちゃんと謝らないと」

陸は声を上げて笑いながら、まるでこの場に祖父がいるかのように抗議する。言葉とは裏腹に愉快そうな様子で、何度も文句を繰り返す。

笑い続ける陸の目尻から、涙が一筋流れた。笑いすぎて涙がこぼれたのか、あるいは涙を誤魔化すために笑い続けているのか、航大にはわからない。透明な涙はあっという間に滑り落ち、頬を辿った跡すらすぐに消えてしまった。

「いい祖父ちゃんだな」

航大の言葉に、陸は胸を張って頷く。

「自慢の祖父ちゃんなんだ」

友人の眩しいくらいの笑顔に、航大は思わず目を細めた。

帰り道が別の陸に別れを告げ、ファストフード店の前に航大と拓海が残った。

「それじゃあ、俺たちもぼちぼち帰りますか」

背筋を伸ばしながら、航大が言う。自分が今回の件に貢献できたという感覚はそれほどないが、無事に問題を解決できたことによる達成感はある。今日は気持ちよく眠れそうだ。

「ああ」と拓海が生返事をする。彼の視線の先には去っていく陸の背中があり、そちらに意識が向いているようだ。

「どうかしましたか?」

陸の背中が消えるまで見送ってから、拓海が口を開く。

「さっきの話、どう思った?」

航大はきょとんとして目を瞬く。

「ええと、どの話のことですか?」

「彼のお祖父さんが花壇を踏み荒らしていた真相だ。コウには、あの話が真実っぽく聞こえたか?」

まさかの問いに、航大は啞然とする。

「えっ、あれって嘘なんですか？」

「嘘ではない。教えてもらった状況からして、かなり正鵠を射た推測のはずだ。真実は、当たらずといえども遠からずといったところだろう。ただ、それが絶対と言い切ることもできない。あの話の確証は、どこにもないんだからな」

航大はハッとする。言われてみれば、確かにそうだ。何せ十年近く昔の話なのだ。断定口調の説明を受けて納得してしまっていたが、拓海の推測を証明できるものはなにもない。

「あのチコって犬の写真を見せてもらったとき、さっきの筋書きを思い付いたんだ。濡れ衣を着せることになるのは申し訳なく思ったが、飼い主のためになるなら許してくれるだろうと勝手に判断した」

「それで、チコくんについて詳しく知りたがっていたんですね」

「話を組み立てるには、より多くの情報が欲しかったんだ。例の一件があったときにチコが既に家にいたと聞いて、実行することにした。幸いなことに俺の推測は真実と近そうだったし、余計な脚色を加える必要はなくなった」

航大の中で、疑問が晴れた。拓海が陸と直接会って話をしたがった理由は、このためだったのだ。確証のない推測を信じてもらうためには、自分の口で語り聞かせることが必要だと判断し、そうすることで、拓海は陸を救おうとした。

結果として、拓海は見事に陸のトラウマを取り払ってみせた。もう彼は庭の花壇を見るたび、あの日のことを思い出して苦しむこともないだろう。

すごいな、と航大は拓海に対して憧憬の念を抱く。それから、格好いいな、とも思った。自分もいつか、こんなふうに誰かの助けになれる人間になりたい。それは遙か遠くでなびく旗のような、おぼろげな目標だ。どうすればあの旗のもとへ到達できるのか、まるでわからない。それでも自分の心は、そこを目指したいと望んでいる。胸の内にある熱が、また大きくなった気がした。

風が吹き、どこからか一枚の落ち葉が飛んできた。その葉が空中を泳ぐ様子をしばし眺め、そのまま空を見上げる。夕焼け色の空の中で、薄い月が地上を見下ろしていた。

拓海も空を仰ぎ、呟く。

「そろそろ帰るか」

「はい」

拓海と別れの言葉を交わし、航大は駐輪場へと足を向けた。

歩きながら、航大は考える。拓海の推測は、本当に当たっていたのだろうか。間違っていたとして、他にどんなことが考えられるだろう。思考を巡らせようとして、無意味だと気付く。もうずっと昔、それも、この目で見たわけでもない、聞いただけの話だ。どれだけ考えたところで、真実を知る日が訪れることはないだろう。その真相は、永遠にわからない。

ただ、それでいいのかもしれない。陸は拓海の言葉を信じた。彼の心は、優しい祖父の姿こそが真実だと決めたのだ。

亡くなった人間が生きていられるのは、生きている人間の記憶の中だけだ。

陸の記憶の中で生きる祖父は、きっと満面に笑みを浮かべているに違いない。

彼が大好きだった、あの晴れやかな笑顔を。

ツタと密室

◇

放課後になり、航大は駐輪場へと向かう。肩から提げた鞄が、いつもより少しだけ重い。

整然と並ぶ自転車の群れの中を進むと、見知った顔がいた。向こうもこちらに気付き、手を上げた。

「よう」と自転車を引っ張り出しながら挨拶するのは、サッカー部の友人だ。サイドバックのレギュラーとして活躍している彼は、小柄だががっしりとした体格をしている。

「よう。今日は、部活は休みなのか？」

挨拶を返して、航大が訊ねる。

「部活はあるよ。ただ、俺は病院に行くから休むんだ」

「怪我でもしたのか？」

心配して眉をひそめる航大に、友人は笑顔でかぶりを振った。

「違う、違う。歯医者だよ。虫歯の治療だ」

「なんだ。心配して損した」

「別に損はしてねえだろ」

「気分の話さ」

話題を探すような間を置いて、友人が訊ねる。

「コウは、もう真っ直ぐ家に帰るのか？」

「いや、帰る前に、友達に漫画を返しに行く」

げた。

「へえ、なんて漫画？」

航大が借りていた漫画のタイトルを告げると、友人は「ああ、あれね」と声のトーンを一段上げた。

「面白いよな、その漫画」

「ああ。俺は全然知らなかったけど、オススメされた意味がわかったよ」

某有名作品をリメイクしたというその漫画は、絵が綺麗で読みやすく、ストーリーも先が気になる展開が続くため、借りていた全八巻を一気に読み進めてしまった。

「それ描いてる作者さんの本、他のも面白いからオススメ」

「へえ。それじゃあ、今度は自分で買ってみるかな。てか、時間は大丈夫か？　予約とかしてるんじゃないのか？」

「おっと、危ねえ。お喋りに夢中になって忘れてた。また今度、漫画の話でもしようぜ」

「おう。麻酔が恐くて泣いたりするなよ」

「大泣きして暴れてくるわ」と友人は冗談めかして笑い、自転車に乗って去っていった。

友人の背中を見送り、航大は、ふうと短く息を吐く。部活を辞めてから、サッカー部の友人たちと会話をするときは、いつも妙に落ち着かない気分になってしまう。

サッカー部の友人たちは、自分が部活を辞めた後でも、いままで通りに接してくれようとしている。それはとてもありがたいことだが、同時に居心地の悪さも覚えてしまう。

あの一件以来、彼らの方からサッカーや部活の話題を口にすることはなくなった。航大も、彼らと言葉を交わすときは、口を開く前にそれが当たり障りのない話題か考えるようになった。互いの違和感に見て見ぬ振りをしながら言葉を交わすことは窮屈で、息苦しい。自然なやり取りをしようと心がけても、意識してしまっている時点で、やっぱりそれはどこか不自然なのだ。そういったものは、ちょっとした間や声の調子から感じ取れてしまう。微妙に嚙み合わない歯車を軋ませながら無理に回転させているようで、気付かぬうちに体のどこかがすり減っているのではないかと不安になる。

こういった不満が自分勝手なものだとはわかっている。ただ、彼らと自分との間に、一本線が引かれていると感じてしまう。向こう側と、こちら側。ハッキリと区別されている。

そんなふうに考えてしまう自分自身にうんざりしながら、航大は自転車を引っ張り出し、高校を後にした。

◇

普段は直進する道を、左に曲がる。途端に道幅が狭くなり、すぐ脇を車が通過していった。道端で背の高さを競うように伸びるスキとセイタカアワダチソウが、ペダルを漕ぐ脚を撫でた。

この道は、漫画を貸してくれた友人、内田将人の家へと続く近道だ。彼とは幼いころから仲が良く、小学生のころは、この道を通ってよく彼の家まで遊びに行っていたものだ。別々の高校に通うようになり、一緒に遊ぶ頻度は極端に減ったが、それでも気の置けない友人であることに変わりはない。

そんな彼と久し振りに顔を合わせたのは、丁度一週間前のことだ。その日は雨で、航大は電車通学をしていた。そして、帰宅時に家の最寄り駅で、将人と出くわしたのだ。二人は近況報告を兼ねた雑談を交わし、その際、話の流れで、後日一緒に遊ぶことになった。

約束通り、航大は日曜に将人の家を訪れた。その日も天気は雨模様だったので、一日彼の家でだらだらと過ごすことにしたのだった。

漫画を借りたのは、そのときのことだ。彼は大の漫画好きで、遊びに行くたびオススメの漫画を紹介される。彼はいつだって作品の魅力を全力で語り、それは多少暑苦しくはあるのだが、心底楽しそうに話すので不快感はなく、むしろこっちまで楽しくなってしまうことがほとんどだ。

狭い道を抜け、広々とした通りに合流する。そこからさらに自転車を走らせると、子供たちのはしゃいだ声が聞こえてきた。車輪が回転するごとに、その声は次第に大きくなっていく。この声がどこから聞こえてくるのか、航大にはもう見当がついていた。

さらに道を曲がると、雑草が生い茂る空き地のようなスペースが視界に入ってきた。そこで、小学校の上級生くらいの男の子たち六人がボールを蹴って遊んでいた。

やっぱりここだったか、と航大は微笑(ほほえ)む。

この場所は、航大が小学生のころに友人たちとよく遊んでいた場所だ。近所に公園もあるのだが、そちらは遊具が多く狭いので、ボール遊びや鬼ごっこをするのなら、こちらの方が向いている。歩道に面してフェンスが設置されており、入り口に向かって飛ばすか余程大きなキックミスでもしない限り、ボールが道路に転がっていく心配はない。

元々ここは空き地ではなく、将人の祖父の畑があったらしい。しかし、その祖父は将人が小さいころに腰を痛めてしまい、農作業を続けられなくなったのだという。それ以来、この場所は、近所の子供たちの遊び場として使われるようになっている。ここがかつて畑だったことを示すものは、この土地の端にポツンと佇(たたず)む、作業場兼物置として設置されていたプレハブ小屋くらいである。

将人の祖父は、この場所が子供たちの遊び場となっていることを好意的に捉えているようで、昔はよく、孫たちが遊んでいる様子をふらりと見に来ていた。

懐かしさを覚えながら、航大は空き地で遊ぶ少年たちから視線を外す。将人の家は、もうこの先だ。

間もなく、航大は友人の家に到着した。自転車から降り、鞄から借りていた漫画を入れてある袋を取り出す。そのまま玄関へと向かおうとすると、庭先に人影があった。

航大の顔を見て、将人の母、内田真美子(まみこ)が笑顔を浮かべる。

「いらっしゃい」

「どうもです」と航大も笑顔で挨拶を返す。子供のころからお世話になっているので、気楽に話せる。

「将人から聞いてるよ。漫画を返しに来たんでしょ」

「はい」

航大が差し出した袋を、真美子が受け取る。

将人の通う高校はここから遠く、帰宅する時間が遅くなりがちなので、返すときは母親に渡すか郵便受けに入れておいてくれればいい、と昨夜に連絡を受けていた。

「もう読み終わったんだね。借りたの、ついこの前でしょ」

「面白くて、一気に読んじゃいました」

「ふうん。そんなに面白いなら、私も読んでみようかな」

そう言って、真美子は袋の中を覗き込む。

「庭仕事をしてたんですか?」

航大が訊ねると、真美子は顔を上げた。

「ううん、違うよ。この前、庭に除草剤を撒いたから、様子を確かめていただけ。去年までは、旦那が庭の手入れをしてくれていたんだけど、生憎といまは単身赴任中なの。放っておいたら、いつの間にか雑草だらけになっちゃってたんだよね」

「この広さだと、薬を撒くだけでもかなり面倒そうですね」

園原家の庭ほどではないが、内田家の庭も相当な広さがある。ただ、ガーデニングなどはしておらず、昔から植えられているという柿や梅の木があるだけだ。

真美子は眉をひそめて、大きく首を縦に振った。

「大変だったわよー、本当に。ちょっと前まで、もっと酷い有り様だったんだから。膝上とか腰くらいの高さまで伸びてたのもあったし」

「全部ご自分で刈ったんですか?」

視界の範囲にある雑草たちは、どれも足首ほどの高さまで刈り込まれている。

「そうよ。除草剤ってね、撒く前にある程度雑草の背丈を短くしないといけないらしいの。うちの人は鎌で刈り取ってたみたいなんだけど、この広さでしょ。とてもじゃないけど、私にできる気がしなかったのよね。それで将人に頼んだんだけど、あの子、毎回『後でやる』って言うくせに、返事だけで全然やろうとしてくれないのよ。酷くない?」

「将人らしいっスね」と航大は苦笑する。彼は昔から、面倒事を後回しにする性分だった。やりたくないことはギリギリまでやらない、が彼の座右の銘なのだ。そのため、夏休みの終盤は、毎年悲鳴を上げていた。

思い出しただけで腹が立ったらしく、真美子は不機嫌そうな声で続ける。

「仕方ないから、私が自分でやろうとしたんだけど、やっぱり手作業でできる気がしなくて。でも、業者に頼むのはお金が勿体ないでしょ。それで、思い出したの。確か、向こうの物置に、お祖父ちゃんが使ってた草刈り機があったはずだって」

そう言って真美子が指差した先は、子供たちがボールを蹴って遊んでいた空き地のある方角だった。敷地の端に建つプレハブ小屋のことだろう。

「でもね、それにも問題があったの。鍵なんて掛けてないからパパっと取りに行こうと思ったんだけど、いざ行ってみたら、ドアから窓までツタで覆われちゃってたんだ。長年放置してたせいで、もう中に入れないような状態になっちゃってたのよ。しかも周りにちっちゃい虫みたいなのがいたから、私、近付くこともできなくって」

そう言って、真美子は渋面をつくった。彼女は虫が苦手だ。特にカマドウマが嫌いらしい。

「それで、結局どうしたんですか?」

「将人にツタを引っぺがして取ってくるように頼んだんだけど、そっちもいつもの『後でやる』パターン。本当に酷いでしょ。今度、コウ君からも叱っておいて」

わかりました、と苦笑を浮かべながら返事をした航大の視線が、彼女の背後へと向く。

「あれ? でも、結局取ってきてはくれたんですね」

視線の先に、年季の入った草刈り機が家の壁に立てかけられていた。

我が友人も、流石にそこまで怠惰ではなかったか、と航大は友の評価を見直す。

しかし、彼女は苦々しい顔のまま、かぶりを振った。

「あれは将人が取ってきたわけじゃないよ。あの子は本当に漫画ばっかり読んでて、家のことなんか全然手伝ってくれないんだから」

「ああ」

航大はそっと友人の評価を元に戻した。

「あれを取ってきてくれたのは、将人じゃなくて大地君。コウ君、大地君のこと憶えてる？」

大地、と記憶の中を探ってみると、ぼんやりとだが思い浮かぶ顔があった。

「確か、俺たちより二つくらい上の先輩ですよね。将人と仲の良かった」

小学生のころ、何度か一緒に遊んだ記憶がある。

「そうそう。いまは県外の大学に通っているらしいんだけど、この前、用事があって一日だけ帰省してたみたい。十日くらい前だったかな。うちの前でバッタリ会って、『久し振りー』なんて言って色々とお喋りしてたんだけど、どうしても庭の雑草が目に入って、つい愚痴っちゃったの。いま、コウ君に話したようなことをね」

自分のいないところで悪評を広められる将人も可哀想だな、と航大は同情する。いや、この場合は、自業自得なのだろうか。

腰に手を当てて、真美子が続ける。

「そうしたら、大地君が『それなら、俺が取ってきますよ』って引き受けてくれたの。話を聞いてすぐ、物置まで走っていっちゃってね。二十分くらいで草刈り機を持って戻ってきてくれたの。服が汚れて、手の平なんて真っ黒になっちゃったのに、『平気ですよ』って笑顔で答えて。もう本当に良い子よね。どこかの誰かさんとは大違い」

「まあ、そのどこかの誰かさんにも、良いところはたくさんありますから」と航大は形ばかりのフォローを入れる。

「例えば？」

「漫画に詳しいです」

「それっていいところなの？」

「あと、オススメの漫画を貸してくれます」

「漫画ばっかりじゃない」

「あいつの主成分は漫画ですから」と航大が笑うと、真美子は呆れたように頭を振った。

実際、将人の漫画に対する情熱は物凄い。好きな漫画の新刊は確実に発売日に買いに行くのは当然で、しっかりとストーリーを理解するために、同じ漫画を何度も読み返したりしている。寝る前にお気に入りの漫画を一巻から読み直し、物語に没頭するあまり、気付けば朝を迎えてしまったなんてことも一度や二度ではないらしい。

その集中力を他のことに活かせないだろうか、というのは誰もが考えることだが、残念ながら、漫画に対してのみ発揮されているのが現状だ。

「ま、好きなことがあるのはいいことなんだろうけどさ。こっちとしては、もう少しくらい家のお手伝いをしてほしいのよ」

「家事を頑張るお母さんの漫画を読ませれば、手伝ってくれるようになるかもしれませんよ。あいつ、漫画に影響されやすいから」

「それ、面白いね。今度、本当に試してみようかな」

真美子は腕を組み、悪戯っぽく笑う。

航大は再び汚れの目立つ草刈り機へと視線を向け、訊ねる。

「ところで、取ってきてもらった草刈り機って、何年も使ってなかったんですよね？　それでもちゃんと動くものなんですか？」

真美子は得意気に首を縦に振った。

「充電したら、問題なく動いたわよ。流石に刃先は交換しなきゃいけなかったけどね」

「へえ。丈夫ですね」

「本当に。これでもし壊れていたら大地君に申し訳なかったし、動いてくれてよかったわ」

「確かに。わざわざ取ってきてもらって、『壊れてました』じゃ気まずいですよね。服を汚してまでツタをどけてくれたのに」

思い出したように、真美子が言う。

「ああ、そうそう。それなんだけどね。大地君、ツタを剝がしてないみたいなの」

「そうなんですか？」

「うん。大地君に草刈り機を取ってきてもらった翌日に、うちの空き地の前を通ったから、何気なく物置の方を見たんだけど、相変わらずドアも窓もツタに覆われたままだったのよ。だから不思議なのよね。どうやって取り出したのかな、って」

「壁に穴でも開けたんですかね？」

「まさか、と言いたいところだけど、歩道から見えない方に、本当に開いちゃってるのかもね」

真美子は冗談を口にして自分で笑ってから、ぼそりと呟く。

「でも、本当にどうやったのかしら？」

◇

内田家を後にして、航大は自転車を走らせる。夕陽が世界をオレンジ色に染め上げ、影を長くしている。人通りはなく、走りやすかった。

「どこにやったんだよ！」

　不意に響いた怒鳴り声に、航大は目を丸くした。ブレーキレバーを握り、間の抜けた甲高い音を立てながら自転車を減速させ、サドルに跨(またが)ったまま地面に足をつく。明らかに、子供の声だった。

　怒鳴り声は前方から聞こえてきている。おそらく、例の空き地からだ。

　航大は地面を蹴って自転車を滑らせ、そっと空き地の前まで移動する。歩道から空き地の様子を窺(うかが)うと、先程までここでボールを蹴っていた子供たち六人が、小学校の二、三年生と思しき少年ひとりを囲うように立っていた。

　険悪な雰囲気であることは、一目でわかった。一対六の状況にもかかわらず、小柄な少年は全く物怖じする気配を見せない。憤然とした様子で、自分よりずっと体の大きい子供たちを睨みつけている。対して、少年を囲う子供たちは、誰もが余裕を含んだ意地の悪い笑みを浮かべていた。

「お前らが隠したんだろ！」と小柄な少年が怒鳴る。

「だから知らねえって言ってんだろ」

　六人のうちのひとりが半笑いで答えると、周りの連中も愉快そうに声を上げて笑った。

「嘘吐(つ)け。お前ら以外の誰がやるんだよ！」

「俺らがやったっていう証拠でもあるのかよ」

　今度は別のひとりが返し、また周囲の子供たちがケラケラと笑う。小柄な少年が顔を紅潮させ、眉間にシワを寄せた。

　どうしたものか、と航大は思案する。

高校生が小学生同士の喧嘩に介入するのは、どうにも気が進まない。ただ、知らぬ振りをして、この場を去る気にもなれない。この後、取っ組み合いの喧嘩にでもなって怪我人が出てしまったら、寝覚めが悪くなるだろう。

少し悩んで、航大は自転車から降りた。道端に寄せてからスタンドを立て、空き地へと足を踏み入れる。こちらに気付いた子供たちが、口論を止めた。見知らぬ高校生を警戒する空気が、ひしひしと伝わってくる。

航大は子供たちの視線を無視し、のんびりとした歩調で敷地の端を辿り、大回りをするように歩いた。自らの存在をアピールしつつ、自分は小屋の様子を見に来ただけですよといった調子で、プレハブ小屋へと向かう。

第三者が近くにいれば、これ以上喧嘩がエスカレートすることはないだろう。仮に目論見が外れて、どちらかが手を出しそうになった場合でも、ここからなら止めに入ることができる。

喧嘩なんてさっさと止めてくれ、という航大の祈りが届いたのか、あるいは突然現れた不審者を恐れたのか、子供たちは小走りでそそくさと空き地から去っていった。

立ち止まり、安堵の息を吐く。とりあえず、何も起きなくてよかった。

さて、と前方を見据えると、もう目と鼻の先にプレハブ小屋がある。真美子の言う通り、ドアも窓も大部分がツタに覆われていた。

折角だから、本当にプレハブ小屋の様子を確かめてみるかと思い、好奇心に従って足を前へと進めた。こんな状態で、大地はどうやって草刈り機を取り出したのか。気にならないと言えば嘘になる。

近付くうちに、足元の感触が変化した。地面に視線を落とすと、ツタの葉が緑の絨毯のように敷き詰められていた。つるが引っ掛かり、注意して進まなければ転倒してしまいそうだ。

　プレハブ小屋のサイズは小振りで、大人が三人も入れば窮屈に感じられそうな大きさだ。雑木林を背にして建っているので薄暗く、経年劣化の進んだ外観も相まって、陰気な雰囲気を漂わせている。小屋の中に入りきらなかったのか、外壁に立てかけるようにして、用途不明の錆びた鉄板と使い古された手押し車が放置されていた。手押し車には、仕掛けを外して乱雑に回収したと思われる、ステンレスの板とタコ糸でつくられた烏除け(からすよけ)の残骸(ざんがい)が束になって載せられていた。

　周囲の地面に繁茂(はんも)したツタが、小屋の壁面を這い上がるように伸びている。ドアを覆うツタは、航大の目の高さよりも高いところにつるの先端があり、当たり前だが下へ行くほど葉の密度が濃くなっている。ドアノブは露出しているが、下部分の蝶番(ちょうつがい)は、完全に葉の下に隠れてしまっていた。ドアノブの近くに茶色い点のような正体不明の突起物がいくつかあり、何だか不気味だ。

　窓も半分以上がツタに覆われているが、クレセント錠がかかっているので、こちらはそもそも開けることができないようだ。室内の窓の前に段ボールが積み上げられているので、中の様子は窺えない。

　なるほど、と航大は納得する。話を聞いただけではわからなかったが、こうして実際の現場を観察したことで、大地がどうやって草刈り機を取り出したのか、大方の見当はついた。

　遠目から見た真美子にはわからなかっただろうが、地面から壁面を這い上がるように伸びるツタのつるは、多少蛇行しているので垂直とは言えないまでも、ほぼ真上へと向かって伸びているのだ。つまり、ドアと壁を跨ぐように伸びているツタは、ほとんどないということだ。

　おそらく大地は、ドアと壁を跨いでいるツタだけを取り除き、あとは、ドアに張り付いているツタの地面と接している部分を切り離したのだろう。そうすれば、引っ掛かりがなくなるからドアは開くし、ドアの上からツタを剝がしていくよりも遥かに手っ取り早い。つるが細いので、足で一方を踏むようにしてから手で反対側を引っ張れば、簡単に切断できたはずだ。もしかしたら、手で引っ張るだけでも切れるのかもしれない。

この方法でドアを開いたのなら、傍目からはツタがそのままになっているように見えたことにも説明がつく。

疑問を解消し、航大は満足する。クイズを解いたときのような、細やかな達成感が心地良い。このまま帰っても良かったのだが、自分の推測が正鵠を射ていることを確認するために、航大は膝を曲げて屈んだ。そして、足元からドアへと伸びるツタのつるを一本手に取った。

「ん？」

航大の予想だと、先端の切れたツタが持ち上げられるはずだった。しかし、持ち上げようとしたツタは、案に相違して、足元の地面に引っ張られるようにして止まってしまった。

想定外の状況に戸惑い、ドアへと伸びている他のつるも手にしてみた。だが、そちらも同様だった。手にしたつるは、地面からピンと伸びている。どちらのツタも、間違いなくしっかりと地面に根を下ろしていた。

どういうことだろう。もしかして、これだけツタに覆われてはいるが、実は普通に開いたりするのだろうか。そう思い、ドアノブを回して引いてみたが、強く引っ掛かるような感触があり、ドアはほとんど動かなかった。

「そこ、開かないよ」

不意に背後から声を掛けられ、航大はドキリとする。振り返ると、先程上級生の子供たちと口論をしていた小柄な少年が立っていた。彼だけは、立ち去っていなかったらしい。

返事をしながら、航大はドアを押す。閉めるときは、簡単に閉まった。ドアノブから手を離すと手が黒く汚れていて、思わず眉間に皺が寄った。

ポケットから手を拭くためのティッシュを取り出しながら、航大は少年を正面から見下ろす。短髪で眉が細く、負けん気の強そうな切れ長の目をしている。初対面の人間と対面しても視線を外さず、堂々としている。

「何で開けようとしたの？」

疑問は口に出すものと信じて疑わない様子で、少年が訊ねる。

「開くかどうか気になったから、試してみたんだ」

詳細を説明するのが億劫だったので、航大は簡潔に答えた。

ふうん、と少年はつまらなそうに視線を逸らした。元々、たいして興味はなかったようだ。

航大は、ティッシュで自らの手を擦る。しかし、汚れの落ちる気配はなかった。

「ねえ、この辺でサッカーボール見かけなかった？　赤と黄色の星の模様が入ってるやつ」

少年は航大に視線を戻し、真剣な表情で訊ねた。

「サッカーボール？　いや、見てないな」

ティッシュをポケットに戻しながら、航大が答える。

「そう」と少年は気落ちした様子で顔を伏せた。

「ボール、失くしちゃったのか？」

航大が訊ねると、少年はムッとしてかぶりを振った。

「失くしたんじゃない。隠されたんだ」

航大は眉をひそめる。隠されたとは、穏やかではない話だ。

「誰に?」

「さっきまで、ここにいた奴らだよ」

「あの子たちは、君の知り合い?」

十中八九、友人ではないだろうと思い、そう訊ねた。

「うちの学校の上級生たち。名前は知らない」

「それなら、学校の先生に相談してみたらいいんじゃないか」

問題を他人に押し付けるようで心苦しいが、見知らぬ高校生よりは適役だろう。

しかし、少年は悔しそうに唇を尖(とが)らせた。

「でも、証拠がないし……」

そういえば、あの上級生の子たちがそんなことを言っていたな、と航大は思い出す。

彼らにボールを隠されたと疑い始めた経緯は不明だが、証拠がなくても、教師なら相談にくらいはのってくれるのではないか。そう思ったが、それを無責任に口にすることは憚(はばか)られた。この少年の担任がどんな人物なのか、航大は知らない。教師が誰しも生徒たちに親身になってくれるわけではないことは、嫌というほどわかっていた。いや、それは単なる建前で、実際は、ただ自分が教師という存在を信頼していないだけなのかもしれない。

誰かに事情を聞いてもらいたかったのか、自らの正当性を主張するように、少年が話し始める。

「元々、俺が最初にここを使ってたんだよ。道路ではボールを蹴っちゃ駄目って言われてたからさ。ここで練習してたんだ。リフティングとか、ドリブルとか、シュートとか。ずっと前からね。あいつらは、後からやって来るようになったんだよ。それなのに、自分たちの方が人数が多いからって、俺に隅っこで遊んでろなんて言うんだ」

話しているうちに怒りの炎が再燃したらしく、少年はさらに表情を険しくした。

たどたどしい説明だったが、少年たちの関係性はおおよそわかった。要するに、遊び場の縄張り争いで揉(も)めているわけだ。この少年の印象からして、上級生たちの指示に大人しく従うとは思えない。おそらく、以前から頻繁に口論などはあったのだろう。

「俺が最初にここで練習してたんだよ」と少年は繰り返す。正義は我にあり、といった調子だ。

この様子だと、皆で仲良く使いなと言ったところで、少年は聞く耳を持たないだろう。

航大が黙っていることが不服なのか、少年はさらに付け加える。

「証拠はないけど、絶対にあいつらが隠したんだ。俺が邪魔だから、嫌がらせで」

「ただ失くしたってわけではなく？」

航大が訊ねる。これまでの話を聞いただけだと、少年がどのようにボールを紛失したのかが見えてこない。もしかしたら、失くした責任を嫌いな連中に押し付けている可能性だってあるわけだ。

そんな航大の疑念を見透かしたように、少年が眉根を寄せる。

「違うよ！　ボールはしっかり自転車のカゴに入れたもん！」

「悪かったよ。怒らないでくれ。ただ、どうしてボールを隠されたと思っているのか、俺にはわからなかったからさ」

航大が謝ると、少年はムスッとした顔のまま口を開いた。

「先週、ここでリフティングの練習をしてたら、そこの道をうちのお祖母(ばあ)ちゃんが通ったんだ。買い物袋が重そうだったから、ひとつ持ってあげようと思って、向こうにとめておいた自転車のれていた。

「カゴにボールを入れた」

そう言って、少年はフェンスの方を指差す。そこには、いまも青いフレームの自転車がとめられていた。

「格好いい自転車だ」

航大が褒めても、少年は特に反応を示さなかった。彼は手を下ろし、話を続ける。

「買い物袋を持って、お祖母ちゃんと一緒に一度家まで帰って、それからまたここに戻ってきたんだ。そうしたら、あいつらがここで遊んでいて、カゴから俺のボールがなくなってた」

「ここを離れて戻ってくるまで、何分くらいかかった？」

少年は首を傾げ、答える。

「わからないけど、十分もかからないくらいだったと思う」

「なるほど。それで彼らを疑った、と」

「絶対にあいつらだよ。『ボールどこにやったんだよ』って訊いたら、ニヤニヤしてたもん」

確かに、状況から考えて、彼らが第一容疑者であることは疑いようがなさそうだ。

少年は航大を見上げるようにして、訊ねる。

「ボールを隠せそうな場所って、どこだと思う？　あいつらバッグとか持ってなかったから、この近くに隠してると思うんだ。隣の林の中は、結構捜したんだけど……」

「そうだなあ」

思案してみるが、この辺りには民家くらいしかないので、隠し場所となりそうなのは、既に少年が捜索しているという雑木林くらいしか思い付かない。

路上駐車されていたトラックの荷台に置いたなんてことも考えられるが、それはもうどうしようもないし、建設的な意見ではないだろう。

「木の上とかは、捜してみたりしたか？」

嫌がらせとして、上級生たちが雑木林に向かってボールを蹴り上げていたのだとしたら、木の枝に引っ掛かっている可能性はあるだろう。

「ううん。木の上は捜してなかった。ありがとう。今度は上の方もよく見てみる」

少年は宝の地図を見つけたと言わんばかりに目を輝かせ、かぶりを振る。

「もし本当にあったとしても、自分で取ろうとせずに、大人に取ってもらうんだぞ」

「わかった。じゃあ、俺、そろそろ帰らないといけないから」

そう言われ、航大は周囲の薄闇が広がっていることに気付いた。いつの間にか、陽が随分と傾いている。

「おう。気を付けて帰れよ」

「うん。バイバーイ」

少年は笑顔で手を振って自転車へと駆けていく。生意気そうではあるが、素直な一面もあるようだ。

少年が去っていく様子を見送ってから、航大は帰る前に、プレハブ小屋をぐるりと一周してみた。

流石に、壁に穴が開いたりはしていなかった。

◇

目を薄く開くと、灰色の天井があった。
眠気がしたからベッドで横になったのに、いざ寝ようとすると、中々（なかなか）眠りにつくことができない。身体は休息を求めているのに頭の中が冴えていて、あれやこれやと考えてしまうせいだ。もう一度目をつむり、どうにか夢の世界に旅立とうと試みる。しかし、意識すればするほど思考がクリアになっていくばかりで、眠気はどんどん遠ざかっていった。

横になったまま、航大は小さく息を吐く。こうなっては、もう仕方がない。目を閉じたまま、適当に思考を巡らせていれば、その内眠りに落ちることができるだろう。明日は休日なので、寝坊を心配する必要がない分、気が楽だ。

真っ暗な瞼（まぶた）の裏に、今日会った少年の顔が浮かぶ。やはり、どうにも気になるのだ。

あの少年は、無事にサッカーボールを見つけることができるだろうか。随分と必死だったから、そのボールは、きっと彼にとって大切なものなのだろう。見つかるといいなと思うが、仮に彼の手元にボールが戻ってきたとして、また似たようなトラブルが起きてしまうのではないかと危惧してしまう。彼らの関係性は、それだけ険悪に見えた。

充分な広さがあるのだから、ちゃんと話し合って、互いのスペースを決めればいいのにと思わずにはいられない。少年の証言を信じるのなら、上級生の子供たちは尊大な態度だったようだが、当の少年の方も大分頑なな印象だ。少年の言動から察するに、彼にとってあの空き地は、『自分だけの練習場』くらいの感覚なのだろう。たとえ平和的に交渉を申し込まれていたとしても、撥（は）ねつけていたのではないかという気がする。

自分が子供のころは、と航大は記憶を辿る。遊具や遊び場を独占しようとする子は、確かにいた。それはおそらく、意地悪というより、自分の場所が奪われることを恐れての行動なのだろう。

ただ、あの空き地で遊んでいたときに限っては、いわゆる遊び場の陣取り争いで揉めるようなことはなかった。

そもそも、最初は自分と将人の二人だけだったのだ。サッカー漫画に影響された将人が、一緒にボールを蹴ろうと誘ってきたのが最初だ。それから二人で遊んでいるうちに、段々と参加者が増えていった。確か、たまに大地も参加していたはずだ。彼のような学年の垣根(かきね)を越えた参加者が、数人いたことを憶えている。

遊ぶ内容は、その日の人数によって変わった。どれだけボールを地面に落とさずにパスを回せるか挑戦してみたり、鞄や木をゴールに見立ててミニゲームをしたこともある。ボールを全く使わず、鬼ごっこに興じた日もあった。

最終的には結構な人数でボールを蹴っていたはずだが、彼らとどうやって仲良くなったのか、いまではまるで思い出すことができない。小学生のころは、どうしてあんなにも簡単に友達がつくれたのか。自分が経験したことのはずなのに、不思議で仕方がない。

ただ、あの場所で皆と遊ぶことが大好きだったということは、ハッキリと憶えている。放課後が近付くとそわそわし、帰りの会を終えると、友人たちと空き地まで競走するのが常だった。いつしか、その競走すらも楽しみにしていたように思う。あのころは、どんな些細(ささい)なことでも遊びへと昇華させていた。

航大は当時の記憶を振り返り、暫(しばら)くの間、ノスタルジーに浸った。そうしていると、どこかへと姿を消していた眠気が、いつの間にか戻ってきた。

そういえば、何度か例のプレハブ小屋にボールをぶつけてしまったことがあったな、とぼんやりとした頭で思い出す。壁やドアはともかく、窓ガラスにぶつけてしまったときは、流石にヒヤりとした。割れなくてよかった、といまでも思う。

　記憶の中のプレハブ小屋は、まだドアや窓をツタの葉に覆われてはいない。そう思った瞬間、映像を移し替えたように時間が飛び、脳裏にツタだらけのプレハブ小屋が浮かんだ。中へ入るどころか、物を取り出せそうな隙間すらない。大地はここからどうやって草刈り機を取り出したのだろうという疑問が、また蘇ってきた。

　しかし、その疑問を解消しようと頭を働かせるより先に、睡魔が思考を呑み込んでしまった。心地良い脱力感に包まれるまま、ゆっくりと意識が遠ざかっていく。

　真っ暗な部屋で、微かな寝息だけが室内の空気を震わせた。

「うーん」と真剣な表情で唸る友人の隣で、航大は後悔していた。

「なあ、そんなに悩むならもういいって。適当に選ぶから」

「いや、あとちょっとだけ待ってくれ。もう決める」

　壁一面の本棚から目を離さぬまま、将人が言う。

「さっきもそう言って、もう三十分近く経ってるぞ」と指摘しても、脳内会議が絶賛白熱中の彼の耳には届いていないようだ。

　航大は呆れて溜め息を吐く。こうなったら、彼は頑固だ。面倒事や興味のないことには無気力な反面、好きなことにはとことん真摯な男なのだ。

　館内ＢＧＭが一旦途切れ、また頭から流れ始める。この曲を、もう何度聴いたかわからない。

土曜日の昼前。航大が通う高校の最寄り駅前にあるデパートの本屋に、二人はいた。朝食を食べ終え、思い付きで漫画を買いに行くことに決めたのが、一時間以上前のことだ。そして、家を出てすぐのところで将人と遭遇し、彼も付いてきたのだった。

昨日会ったサッカー部の友人の意見を参考にして、将人から借りた漫画の作者の本を買おうと思って来たのだが、想像していたよりも遙かに作品数が多かった。どうやらこの界隈に自分が疎かっただけで、かなり人気のある漫画家だったようだ。

たくさんあるが、どれを買えばいいのだろうかと悩み、航大はつい、将人に「オススメとかあるか？」と訊ねてしまった。

これが明らかな失言だった。漫画好きの将人は、当然の如く、この漫画家さんの作品を全て読破していた。そして彼は、漫画に関して妥協を許さない。数ある作品の中で、どれが最も友人にオススメできるか、本気で熟考し始めたのだ。おかげで、もう四十分も本屋から出られないでいる。

軽い気持ちで訊ねるべきではなかったな、と航大は反省する。友人の漫画に対する情熱を甘く見ていた。何度か他の本棚へと移動し、立ち読みをして戻ってくるということを繰り返したが、彼がその場から動く気配はない。

無駄だと知りながら、航大はもう一度声を掛ける。

「今日、午後から部活があるって言ってただろ。お前の高校ここから遠いし、そろそろ出た方がいいんじゃないか？」

「大丈夫」と将人は平板な声で返した。相変わらず視線が本棚に向いたままなので、本当に声が届いているのか判然としない。

説得は無理だな、と航大は悟った。高校生になってからは会う機会が減っていたとはいえ、小さいころからの付き合いなのだ。そのくらいはわかる。

「俺、ちょっとトイレ行ってくるわ」と言い残し、航大はその場を離れた。

休日ではあるが、四階フロアの客の姿はまばらだ。まだ午前中ということもあるし、一階に客が集中しているからという理由もあるのだろう。

このデパートでは、今日から一週間、一階のイベントスペースで北海道展が開催されている。北海道でしか売っていないお弁当やお菓子はもちろんのこと、地域限定の惣菜や美味しい海産物も扱っているらしい。毎年恒例のイベントのようで、航大たちがデパートにやって来たときには、既に多くの客で賑わっていた。

混雑が酷くなければ、帰りに少し覗いてみてもいいかもしれない。

トイレで用を足し、本屋へと戻ると、将人はまだ本棚の前から動いていなかった。

隣で待つ気にはなれず、航大はまた他の本棚を眺めて時間を潰すことにした。

有名な出版社の漫画が、ずらりと並んでいる。見覚えのあるタイトルが多いと感じるのは、将人の部屋の本棚で見かけたことがあるからだろう。全てではないが、大半は読んだ記憶がある。

懐かしいタイトルが目に留まり、航大はそっと本棚に手を伸ばす。抜き取った本の表紙には、笑顔でボールを蹴るサッカー少年の姿が描かれていた。小学生の将人が、サッカーをやりたいと言い始めるきっかけとなった漫画だ。連載していたのは自分たちが生まれる前のことらしいが、こうしていまも本屋で売られているのは、やはり名作だからなのだろう。

将人がこの漫画を読まなければ、サッカーをしようと誘われることもなかった。あの空き地での皆とボールを蹴った日々がなければ、自分はもっと他のことに熱中していたかもしれない。そう考えると、この漫画は自分の人生に大きな影響を与えた作品と言える。自分が読んだわけでもないのに、何だか不思議だな、と航大は思う。

ただ、当の将人自身は既にサッカーに対する熱意を忘れてしまっており、いまはバドミントンに夢中なのだそうだ。言わずもがな、それも漫画の影響だ。

「決まったぞ」

顔を上げると、将人が笑顔でこちらに歩いてきていた。

彼が差し出した漫画の表紙には、大きく書かれたタイトルの横に、手術着を着た男性の姿が描かれていた。

「すげえ悩んだけど、買って手元に置いておくのなら、このシリーズがいいと思う。ミステリ要素が強めだから何度も読み返したくなるし、サスペンスとしても間違いなく面白い」

「そうか。じゃあそれにしよう」

ようやくレジへと向かえることに安堵しつつ、航大は頷(うなず)いた。

「お、懐かしい漫画を持ってるな」

将人が、航大の手にしていた漫画を指差す。

「ああ。まさにそう思って眺めてたんだ」

「その漫画、うちにもあるぜ」

「知ってるよ。これの影響で、お前は『サッカーがしたい』って言い出したんだよな」

「よく憶えてるな、そんなこと」と将人は頬を緩める。

「昨日、色々と思い出す機会があったからな」

「楽しかったよなあ。放課後になったら、皆で空き地まで競走してさ。もう、ほとんど毎日ボールを蹴ってたよな」

「どんどん参加者も増えてったよな」と航大も口元を綻ばす。

「そうそう。一番多いときで十五人くらいだったかな。あのときは、流石にあの空き地でもちょっと狭く感じたよ。ドリブルしても、すぐボール取られちまうんだもん」

「上級生の参加者たちもいたよな。あれは、将人の知り合いだったんだっけ？」

将人は首を左右に振る。

「大地君はそうだけど、他の上級生たちは知らなかったぞ。コウの知り合いだったんじゃないのか？」

「いや、俺の知り合いでもなかった。ということは、大地君の友達だったのかな？」

「そうなのかな？　でも、大地君からそんなふうに紹介された記憶はないぞ」

「それは俺もない」

やはり、どんな経緯で彼らと仲良くなり、参加者が増えていったのか、将人も憶えていないようだ。

子供のころの記憶というものは、どうしてこうもおぼろげなのだろう。カットされたフィルムの断片を壁に貼り付けたような、断続的な思い出ばかりだ。何もかもが新鮮に感じられる時期だから、記憶の箱に収まりきらずに溢れてしまっているのだろうか。

「正直に言うと、俺、あのとき誰と一緒に遊んでいたかも、よく憶えてないんだよな。めちゃくちゃ楽しかったってことは憶えてるんだけど」

友人が自分と同じようなことを言うので、航大は目を細める。

「俺も似たようなもんだ」

「やっぱり？　不思議だよな。あんなに仲良く遊んでいたのに、誰がいたか忘れてるなんて」

「まあ、皆勤賞は俺たちくらいで、メンツはちょくちょく替わってたから仕方ないんじゃないか」

「そんなもんかね」

「あるいは俺たち、もう歳なのかもしれないぞ」

くだらないジョークを一笑に付すように、将人は鼻を鳴らした。

「大学受験もまだなのに、記憶力が衰えるとか勘弁してくれ」

「確かにそうだな」

「でも、俺は自信あるぜ」

「受験の話？」

「違う、違う。そっちはもう、不安でいっぱいだ。あのとき遊んでいた奴らを思い出せる自信があるって話だよ」

「本当かよ」

「おう。いま思い出せって言われたら厳しいけどさ。顔さえ見れば、すぐわかるはずだ。あ、こいつはあのときいたな、って」

自信たっぷりにそう言って、将人は胸を張る。

「よく言うよ」

「マジだって。むしろ、コウは思い出せる自信ねえの？」

「どうだろうな」

同級生の友人たちなら、思い出せる気はする。だが、あのとき遊んだだけの学年が異なる参加者たちに関しては、怪しいものだ。そもそも、名前を聞いていたかどうかも曖昧なのだ。

「絶対に思い出せるって。仲間との絆は、少年漫画の基本だろ」

大仰な言葉に、航大は苦笑する。

「仲間って感じではなかっただろ。ただ一緒に遊んでただけだ」

「じゃあ、友との絆だ」

「絆って言葉を使いたいだけだろ」

航大は手にしていたサッカー漫画を棚に戻し、選んでもらった漫画を軽く上げる。

「よくわかったな」と将人が笑う。

「それじゃあ、これ買ってくるわ」

「はいよ。俺は面白そうな漫画がないか、適当に眺めてるよ。ふう、やっと自分の買いたい漫画を探せる」

「熱中しすぎて、また時間を忘れないようにな」

「……そういえば、いま何時だ？」

航大は携帯を取り出し、スリープを解く。

「十一時四十分だな」

将人がギョッとして目を見開く。

「十一時四十分！　やばっ、遅刻するじゃん！　何で教えてくれなかったんだよ。午後から部活があるって言っただろ」

やはり、ちゃんと聞いていなかったようだ。

「言ったよ。しっかりと」

「嘘だ。聞いてないぞ」

「こんな問答をしてる時間もないいんじゃないのか」

「その通りだよ。くそっ、また走らされる」

「またってことは、何度か遅刻してるんだな」

「じゃあ、俺もう行くから。またな」

「おう。漫画、選んでくれてありがとうな」

航大が感謝を伝えきるより先に、将人は慌ただしく駆けていった。

レジでお金を払い、買った漫画を鞄にしまう。そのまま本屋を後にして、エスカレーターで一階まで降りた。

イベントスペースでの北海道展は相変わらず盛況のようで、航大が入店したときよりもさらに多くの客で賑わっていた。

「あら、コウくんじゃない」

聞き慣れた声のした方へ、航大は振り向く。すぐ近くに、杖を片手に立つ菊子(きくこ)と、袋を四つ、両手で重たそうに持つ拓海(たくみ)がいた。

「あ、どうも。こんにちは」

航大は笑顔を浮かべ、二人に挨拶する。

「こんにちは。コウくんも、北海道展に来てたの？」

「いえ、この上の本屋に行ってきたんです。漫画を買いたくて」

「ああ、そうだったのね。折角だから、向こうも覗いていってみたら？　美味しそうなものがたくさんあったわよ」

「それにしても、買いすぎだけどな」

拓海が呟き、両手の袋を見下ろす。

「いいじゃない。わざわざ足を運んだんだから、気になったものはどんどん買わないと」

「買うのはいいけど、消費期限とか注意してくれよ」

「わかってるわよ、そのくらい」

菊子が慣れた様子で小言を聞き流す。

拓海は呆れたように小さく息を吐き、航大へと視線を移した。

「覗いていくなら、まずは奥の方に行くといい。この辺よりは空いているから、そんなに並ばずに買えるはずだ」

「そうなんですね。ただ、まずは昼飯でも食いに行こうかなと思ってたところなんです」

菊子が口角を上げる。

「まあまあ。丁度私たちも、少し早いけどお昼にしようかって話してたのよ。よかったら、一緒に食べに行かない？」

「いいんですか？」

「もちろんよ。食事は皆でするほうが楽しいもの。ね？」

菊子が拓海を見上げると、彼は「ああ」と短く応えた。

そう言ってくれるのなら、航大に断る理由はない。

「ありがとうございます」

菊子は笑顔で頷き、訊ねる。

「何か、食べたいものはある？」

何でも大丈夫です、と答えてから、航大は大事な言葉を付け足した。

「高くなければ」

短い相談の結果、三人は駅ビルの蕎麦屋へと向かうことにした。

菊子の「ご馳走してあげる」という提案を、航大は丁重にお断りした。普段から美味しいお菓子を振る舞ってもらっておいて、お昼まで奢ってもらうのは気が咎めた。

駅ビルの中は閑散としていた。デパートに客を取られたわけではなく、いつもこんな感じだ。ひとつ上の階に飲食店が立ち並んでおり、飯時になると賑わうのが常だが、それにはまだ少し時間が早いようだ。おかげで、並んで待ったりしなくてよさそうだ。

エスカレーターで上り、通路を進む。飾りつけとして、等間隔に並ぶ柱の上部に小さな鉢植えが固定されていた。涼しげな緑の葉とつるが、ひょろりと垂れている。葉の形は、昨日目にしたプレハブ小屋を覆うツタの葉と似ていた。

「可愛らしいわね。アイビーかしら?」

菊子が言い、拓海も鉢植えを一瞥する。

「違うな。これは造り物だ」

「なーんだ。本物だったら、すっかり本物だと思っちゃった」と菊子が苦笑する。

「本物だったら、管理が大変だ」

「本物は、育てるのが難しいんですか?」

航大が訊ねると、拓海は首を左右に振った。

「いや、育てるのは難しくない。問題は、育ちすぎることだ」

「つるが伸びすぎるとか、そういうことですか？」

「それもある。品種によっては、放っておくと、いつの間にか壁に張り付いていたりするからな。それに、鉢植えで育てていると、根詰まりも気にしないといけなくなる。こんな飾り方をしていたら、水遣りも剪定も手間だろ。だから、本物なら管理が大変だと言ったんだ」

「ツタが壁に張り付くと大変らしいわよ。剝がすのは面倒だし、剝がしたら剝がしたで壁が汚くなっちゃうんだから。でも、除去しないとどんどん拡がっちゃうし、壁が脆くなるからずっと放置するわけにもいかないのよね」と菊子が補足する。

「なるほど」

相槌を打ちながら、航大は例のプレハブ小屋のことを思い浮かべた。あの惨状は、まさに長年放置していた結果だったわけだ。

一度思い出してしまうと、それに付随するように、昨日の疑問がまた顔を出した。

ドアも窓もツタに覆われ、どこから見ても中に入ることのできない小屋の中から、大地はどうやって草刈り機を持ちだしたのだろう？

改めて考えてみても、さっぱりわからない。

「どうかしたか？」

「え？」

航大が顔を上げると、拓海が仏頂面でこちらを見ていた。

「急に押し黙って、何か悩み事？」と菊子が訊ねる。

どうやら、わかりやすく顔に出てしまっていたらしい。

「すみません。悩み事ってわけではないんです。ただ、昨日から答えがわからなくてモヤモヤしてることがあって、ついそれを考えてしまって」

「へえ。それってどんなこと？」

興味が湧いたらしく、菊子が目をキラキラさせる。

「祖母ちゃん」と拓海が祖母をたしなめるように言う。

「あ、大丈夫ですよ。プライバシーに関わるような話ではないです。むしろ、一緒になって考えてくれると助かります。わからないままだと、どうにもスッキリしないので」

「ねー、そうよねー」

菊子が勝ち誇るように拓海を見るが、彼は表情を崩さない。

「何にしても、話は店に入ってからがいいだろう」

「そうね。さあ、行きましょう」

リズムを刻むように杖を床につきながら、菊子がそそくさと歩いていく。早く食事をしたいのか、それとも話を聞きたいのか。

「そんなに急ぐと転ぶよ」と注意する拓海の声は平板だが、冷たくはなかった。

蕎麦屋には先客が何組かいた。まだどのテーブルにも料理が運ばれていないから、彼らも来店して間もないようだ。

三人はテーブル席につき、航大と拓海はたぬきそば、菊子は月見そばを注文した。

「それで、どんな話なの？」

おしぼりで手を拭きながら、オモチャの箱を開けるのが待ちきれないといった様子で、菊子が訊ねる。

航大は真美子から聞いた話をかいつまんで説明し、ドアと窓がツタに覆われているプレハブ小屋の現状を伝えた。最初はドアに伸びるツタの地面と接している部分を切り離したのではないかと推測したが、ツタはしっかりと地面に根を下ろしていたということも忘れずに話した。

そんな状態で、どうやって草刈り機を取り出したのかがわからないんです、と話し終えると、早速菊子が口を開いた。

「そのツタで覆われているっていうドアと窓以外、小屋の中に入れそうなところはないのね」

「はい。換気扇とかも付いていませんでした」

「ドアも窓も、全く開かないの？」

「窓の方は、そもそも錠がかかっていました。ドアはほんの少し動きましたけど、中を覗くこともできないくらい、本当にちょっとだけです」

「密室ってことね」

密室。現実味のない言葉だが、状況としてはまさしくそうだ。

注文後もメニュー表を眺めていた拓海が顔を上げる。

「その大地君とやらが草刈り機を取ってきたっていうのは、いつの話なんだ？」

「ええと。確か、十日くらい前のことだって言ってました」

「先週辺りの話ってことか」

「そうです」

「一週間前だと、確か雨の日があったよな」

「ありましたね」

将人と偶然顔を合わせた先週の金曜日と、彼の家に遊びに行った日曜日。両日とも、天気は雨だった。

何か思い付いたのだろうかと期待して、航大は拓海を見る。しかし、彼はまたメニュー表へと視線を落としてしまった。考え事をしているように見えるが、その内容が今回の一件に関することなのかは定かではない。もしかしたら、次に来店したときに何を頼もうか、早くも検討しているだけなのかもしれない。

拓海とは対照的に、菊子は興味津々な様子だ。以前から思っていたことだが、彼女はこういったアレコレと想像できる話が好きなようだ。

「無理矢理開閉したせいで、ドアが歪んだってことは考えられないかしら。草刈り機を取り出した後に強引に閉めたから、開かなくなっちゃったとか」

「でも、その場合、ドアに張り付いているツタのつるがどこかで途切れてないとおかしくないですか」

「あ、そうか。ツタは地面から伸びているんだったわね」

「はい」

ドアを開けたのなら、ツタは地面から根っこごと引き抜かれているか、つるが切断されていたはずだ。しかし、そうはなっていなかった。だから不思議なのだ。

菊子もそのことに気付いたらしく、腕組みをして首を傾げた。

「ドアか窓枠を外したりもできなそうなの？」

「難しいと思います。工具の類は持っていなかったでしょうし、大地君は小屋へ向かってから二十分くらいで戻ってきたという話ですから」

下部分の蝶番はツタの葉に隠れていたので確認していないが、上部分の方に破損しているような様子はなかった。時間的にも状況的にも、一度外して元通りにするなど、ほぼ不可能だ。そもそも、そんなことをするのなら、普通にツタを除去する方が手っ取り早い。

そう。それもまた、疑問のひとつなのだ。大地には、わざわざ奇をてらった方法で小屋の中に入る理由がない。それなのに、どうして彼は、素直にツタを取り除いて入らなかったのだろう。

難題に頭を悩ませているのか、菊子は困ったように眉をひそめている。

「実は、草刈り機は最初から小屋の外に置かれてたんじゃない？」

「それもないと思います。確かにかなり汚れてましたけど、外に置かれていたなら、あんなものじゃすまないはずです」

実際、小屋の脇に放置されていた錆びた鉄板と烏除けの残骸を載せた手押し車は、風雨に曝されて元の色がわからないほどの有り様になっていた。何年も外に置かれていたのなら、草刈り機もそうなっていたはずだ。

いよいよ袋小路に迷い込んでしまったらしく、菊子は唇を尖らせる。

「ねえ、何かヒントはないの？」

無茶な要求に、航大は苦笑する。

「ヒントも何も、俺も答えがわからないからモヤモヤしてるんですよ」

「それじゃあ、コウくんが気付いたことは、他に何かないの？」

「気付いたこと、ですか」

何かあっただろうか、と航大は記憶を掘り起こす。

昨日、プレハブ小屋を前にして、まずそのツタに覆われている範囲の広さに驚かされた。それから、状況を確認しようと視線を巡らせた。ツタが地面からほぼ真上に向かって伸びていることに気付き、窓のクレセント錠がかかっていたこともわかった。それと、ドアノブも露出していた。

「そういえば、ドアノブの近くに、茶色い点みたいな突起物がいくつかありました」

名前も知らない昆虫が卵でも産み付けたのかと思い、気味悪くてよく観察しなかったが、ぽつぽつと隆起した何かがあった。

菊子は言う。

「それって、ツタを剝がした跡じゃないかしら」

「そうなんですか？」

「さっきも言ったけど、ツタって綺麗に剝がすのが難しいのよ。ねえ？」

菊子に同意を求められ、拓海がカードスタンドにメニュー表を戻す。

「そうだね。俺も、それは気根の跡だと思う」

「キコンって何ですか？」

「根っこって、普通は地中にあるものだろ。気根っていうのは、大気中に向かって茎とかから伸びる根のことだ。ツタが壁をよじ登るためにつるから伸ばす根を付着根と言うんだが、それも気根の一種なんだ。ツタを剝がして汚れてしまうのは、つるや葉が接していた部分が黒ずむからという理由もあるが、主にこの付着根の跡が残ってしまうからだ」

落ち着いた声で淀みなく説明する拓海からは、まるでベテラン教師のような貫禄が感じられた。

「ツタを剝がしたのは、やっぱり大地君なのかしら？」と菊子。

「たぶん、そうだと思います」

空き地から戻ってきたときの大地は、手の平や服を汚していたという話だった。おそらく、ツタを剝がしたときにそうなったのだろう。

ただ、仮にツタを剝がしたのが大地だったとして、そこから思考をどう進めればいいのかわからない。航大には、ドアを開けるためにツタを取り除こうとして、やっぱり途中で諦めたのだろうという推測くらいしか頭に浮かばなかった。

菊子も似たようなものらしく、困ったような顔で「うーん」と唸っている。

結局、答えはわからずじまいか、と航大は観念する。大地に直接訊ければいいのだが、生憎と連絡先を知らない。将人なら、知っているだろうか。

「ねえ、タクは何か思い付かないの？」

諦めきれない様子の菊子が、拓海の横顔を窺う。自分で答えに辿り着けなかったことは悔しいが、モヤモヤしたままでいることの方が嫌なのだろう。

正面を向いたまま、拓海が口を開いた。

「思い付いたことならあるよ。ただ、それで説明がつくのは半分くらいだ」

航大は目を丸くする。スタート地点から一歩も動けていないような自分からしたら、もうゴールまで半分も近付いているのか、と啞然とする想いだった。

「どんなことか、話してみて」

菊子が要求すると、拓海は静かに語り始める。

「俺が説明するようなことは、ほとんどないよ。プレハブ小屋から草刈り機を取り出した方法に関しては、最初にコウが推測した通りだと思う」

予期せぬ言葉に、航大は戸惑う。

「俺の推測って、ドアを開けるために、ツタの地面と接している部分を切り離したってやつですか？」

「そうだ」

「でも、それは違うって話だったじゃない」と菊子が口を挟む。

彼女の言う通りだ。ドアを這うツタたちは、しっかりと地面に根を下ろしていた。

「完全に否定できる材料が揃っていないのに、違うと思い込んでしまっただけだ」

淡々とした口調で、拓海が言った。

「どういうことですか？」

航大が問うと、拓海は視線を合わせた。

「祖母ちゃんがさっきから何度も言っているように、ツタを除去するのは大変なんだ。ひとりでやろうとすると、場合によっては一日がかりの大仕事になったりする。コウの言う通り、突発的に草刈り機を取りに向かったのだとしたら、大地君はツタを除去するための道具なんて持っていなかったはずだ」

「そうですね。俺もそう思います」

「ほぼ間違いなく、大地君は最低限のツタの除去しかしていない。わざわざツタを全て除去する必要はないし、手作業でツタを取り除くのは重労働だからな。ドアノブの周りに気根の跡があったのは、ドアノブを露出させるためか、ドアと壁を跨ぐように伸びるツタがあって、それらを剝がす必要があったからだろう。後は、コウが考えたように、足元の地面と接している部分を切り離せばいい。小屋に入れればいいわけだから、ドアノブがある側の半分だけ切り離せば充分だろう。それが最も効率的だ」

「だから、ツタはしっかりと根を張っていたって話だったでしょ」

教師の説明をちゃんと聞いていない生徒を注意するような口調で、菊子が指摘した。

拓海は表情を変えぬまま、航大に向かって続ける。

「ツタを除去するとき、気を付けないといけないことを知ってるか？」

拓海からの不意な問い掛けに、航大はきょとんとする。

菊子も目を白黒させていたが、やがてハッとしたような顔で拓海を見た。

「もしかして、そういうこと？」

拓海が小さく頷く。

「確証があるわけじゃないけど、これなら一応の説明はつく」

「はー、なるほどねー」

菊子が首を振りながら感嘆する。

ひとり会話から取り残された航大が、二人の顔を交互に見る。

「あのー、何が『なるほど』なんでしょうか？」

航大の疑問には、引き続き拓海が答えてくれた。

「ツタの除去で気を付けないといけないことはいくつかある。例えば、刈り取った後にまだツタが残っていないか、入念に確認することだ。ツタは繁殖力が強いから、少しでも残っているとまたすぐに広がって、折角の作業が水の泡になってしまう」

「それは嫌ですね」

汗水流して綺麗にした土地が短期間で元通りになってしまうなんて、想像しただけで気が滅入る。

「他には、刈り取った後のツタの処理にも注意が必要なんだ。刈り取ったツタは、絶対に地面の上に放置してはいけない」

「なぜですか？」

「刈り取った後でも、ツタはまだ生きているからだ。地面の上に置いていると、そこから根を下ろしてしまうことがある」

航大はぽかんとする。

「刈り取られているのに？」

「自然界では、そんなに驚くことじゃない。植物はタフなんだよ。うちで育てているハイビスカスだって、何株かは挿し木したら根が出たものだ」

「挿し木って、以前教えてもらった接ぎ木とは違うんですか？」

「挿し木っていうのは、その名の通り、切り取った茎や枝を土に挿すことで根を出させる繁殖法だ。我が家のハイビスカスの場合、剪定した枝を試しに鉢に挿してみたら根が出たから、そのまま育てている」

「枝を挿しただけで根を出すなんて、すごい生命力ですね」

「そうだな。そして、ツタ属の植物は、そんな植物の世界の中でも屈指のしぶとさを持っている」

ツタが壁一面を覆う光景を思い出し、航大は納得する。確かに、一目でわかる凄まじい生命力だ。

一息吐くように、拓海はお冷を口にした。

「ここまで話せば、もうわかっただろ。コウの考えた通り、大地君はただツタのつるを切り離して、小屋の中に入っただけだ。しかし、切り離したつるが地面に触れていたままだったため、そこからまた根を下ろしてしまったわけだ。事の顚末としては、そんなところだろう。先週は何度か雨が降っていたから、地面が柔らかくなって、根を張りなおすには最適なコンディションだったはずだ」

「そういうことだったんですね」

これでスッキリした。大地は、何も特別なことなどしていなかったのだ。最低限の作業で、ドアを開けられるようにしただけだ。この奇妙な状況をつくりだしたのは、神秘的な自然の力に他ならない。

つるを切り離した翌日はまだ根を下ろしていなかったのかもしれないが、遠目から見ただけの真美子に、それがわかるはずもない。

菊子が言う。

「切られたツタが全部また根を下ろしているとは考えにくいから、一本ずつ調べれば、切れたままのものも見つかるかもしれないわね」

「あんなごちゃごちゃしたところを一本ずつ調べるのは、もうほとんど拷問ですよ」

「そうね。私も、やりなさいって言われても絶対に断ると思う」

菊子が愉快そうに笑い、航大もつられて頬を緩めた。

店員が、隣のテーブルに料理を運んできた。自分たちの分も、そろそろ運ばれてくるだろう。

「というか、どうしてこれで半分なんですか？　俺には、拓海さんの推測で全ての説明がつくように思えるんですが」

拓海は『説明がつくのは半分くらいだ』と言っていたが、この推測のどこに不足があるのか、航大にはさっぱりわからなかった。少なくとも、自分の思い付く疑問点は見事に解消されている。

「そういえばそうね」と菊子も同意する。

二人に視線を向けられ、拓海は小さく息を吐いた。

「俺の推測で説明がつくのは、草刈り機を取り出した方法だけだ。どうしてドアが開かなくなったかまではわからない」

拓海の言葉が理解できず、航大は首を傾げる。

「えっと、それはだから、切られたツタのつるが、また根を下ろしたからじゃないんですか？」

拓海がゆっくりとかぶりを振る。

「コウが開けようとしても、ドアはほとんど動かなかったんだろ。その原因がツタによるものとは、俺には思えないんだ。ツタを切断したのが十日ほど前なら、まだそれほど深くは根付いていないはずだからな。そこまで強い引っ掛かりを感じるはずがない」

「ドアが開かなかったのは、ツタとは別の要因があるってことですか？」

「さあな。そうかもしれないし、そうじゃないかもしれない。俺が言いたいのは、『わからない』ってことだよ。もしかしたら、ここ数日でツタが変な絡み方をしたのかもしれないし、それこそ、さっき祖母ちゃんが言っていたように、強引に開閉したせいでドアが歪んだのかもしれない」

「あら。もしかして私、実は最初に正解を当てちゃってた？」

意外な展開に、菊子はご満悦の様子だ。

「正解かどうかはわからないけど、充分にあり得る話だと思うよ」

「ふふふ。やっぱり私って、勘が鋭いのね」

話の終わるタイミングを見計らっていたように、店員が料理を運んできた。

三人が「いただきます」と手を合わせ、箸に手を伸ばす。

蕎麦をすすりながら、航大はまだ先程までの話を引き摺（ず）っていた。咀嚼（そしゃく）し、味わいながらも、頭の中ではドアが開かなかった理由を考えている。

食べ終わるころには、ひとつの考えが頭に浮かんでいた。

拓海と菊子と別れた航大は、デパートの北海道展には寄らず、そのまま真っ直ぐに帰宅した。家へ帰るとすぐに階段下の収納をあさり、軍手と剪定ばさみを探した。それらを見つけ出すとバッグにしまい、また外へと出る。自転車を走らせ、子供のころに慣れ親しんでいた空き地へと向かう。どうしても、確認したいことがあった。
確証があるわけではない。だが、航大には、プレハブ小屋のドアが開かなかった理由が、強引な開閉で歪んでしまったからだとは思えなかった。もしも本当にドアが歪んでいたのなら、昨日、ドアを閉めようとした際にも、同じように引っ掛かりを覚えたはずだ。しかし、実際は開こうとしたときとは対照的に、閉めるときはすんなりと閉まったのだ。
近道である狭い路地を抜け、そこから少し走れば、すぐに目的の空き地へと到着した。子供たちの姿はない。時刻は午後一時を回ったところだ。まだ家でお昼を食べているのか、あるいは、今日は別の場所で遊んでいるのか。
自転車を降り、フェンスの傍（そば）にとめようとすると、見覚えのある青いフレームの自転車がとまっていた。昨日の少年の自転車だ。しかし、持ち主の姿はどこにもない。もしかしたら、前日のアドバイスに従って、隣の雑木林で木の上にサッカーボールが引っ掛かっていないか捜索しているのかもしれない。

何にせよ、近くにいるのならば都合がいい。航大は少年の自転車の隣に自らの自転車をとめて、バッグから軍手と剪定ばさみを取り出し、奥へと向かった。

プレハブ小屋の前に立つ。明るい時間ならば多少は印象が変わるだろうかと思ったが、却って汚れが目立ち、陰鬱な雰囲気を強めてしまっている。ドアも窓も、昨日と変わらずツタに覆われている。木々の隙間から微かにこぼれる陽光を、ツタの葉が控えめに反射していた。

軍手をはめてからドアノブに手を伸ばし、引いてみる。こちらも昨日と変わらない。強い引っ掛かりを覚え、ドアはほんの少し動くだけだ。

航大はドアノブから手を離し、屈み込む。ドアを覆うツタの密度は、上半分よりも下半分の方が遙かに大きい。ドアの表面すら、ほとんど見えなくなっているくらいだ。その下半分のツタの葉を手で掻き分ける。

確認したかった部分が、ツタの間から姿を現した。それを目にした瞬間、航大は自らの推測が的中していたことを確信した。

ツタの間から露出した、下部分の蝶番。そこに、細い糸のようなものがぐるぐると乱雑に巻かれていた。

航大は剪定ばさみでその周囲のツタのつるを切断し、剝がしていく。手で掻き分けなくても見えるようになったところで、改めて蝶番を確認する。巻かれている糸は、どうやらタコ糸のようだ。おそらく、小屋の脇に放置されていた手押し車に載っていた、鳥除けの残骸から取り出したのだろう。支柱の周りや隙間を通すように、何重にも巻かれている。さらに観察すると、蝶番だけでなく、ドアの隙間にも錆びて剝がれ落ちた鉄板の欠片を嚙ませるといった細工がされていた。これも、小屋の脇に放置されていた物を利用したのだろう。

どうりで開かないわけだ。航大はそっと手を伸ばし、差し込まれている鉄板を引き抜いた。次に、蝶番に巻かれたタコ糸を取り外す。何重にもきつく巻かれていたので、それなりに苦戦したが、剪定ばさみの先端を引っかけるようにしてたわませることで、どうにか切り離すことができた。

ここまでくれば、もうゴールは目の前だ。額に滲む汗を腕で拭い、ドアを這い上がるツタの地上部分と触れているところを、剪定ばさみで切断していった。

立ち上がると、腰が痛かった。ドアノブを回し、引いてみる。多少のぎこちなさはあったが、ドアは問題なく開いた。埃っぽい、淀んだ空気の匂いがした。

思わず顔を背けたくなったが、視界に入った球体が、それを止めた。ドアを開けたすぐそこに、ボールが転がっていた。赤と黄色の星の模様が入ったサッカーボールだ。

思った通りだ。拓海からドアの開かない理由がツタによるものだと思えないと聞いたときから、航大はその原因が人為的なものなのではないかと疑った。そして、真っ先に頭に浮かんだのが、昨日少年と口論をしていた上級生の子供たちだった。より正確に言うと、彼ら以外に思い当たる節がなかった。

彼らがドアに細工した張本人だと仮定すると、筋書きはあっさりと想像できた。

おそらく、彼らは大地がプレハブ小屋のドアを開く光景を目撃していたのだろう。小屋のドアが開くことを知っていたのだ。そして、普段から折り合いの悪かった少年が不在の中、ボールだけが放置されている状況に出くわした。彼らからすれば、生意気な後輩に一泡吹かせる絶好のチャンスだ。胸の内に芽生えた悪意に従うがまま、ボールを小屋の中に放り込んだのだろう。さらに開かないように細工をしたのは、それだけ少年に対して苛立ちを募らせていたからなのか、それとも思い付いたから実行しただけなのか。どちらにせよ、中々効果的な仕掛けだった。細工はツタの葉が隠してくれて、さらにはドアが開かないという状況すらも、ツタが自然なものとしてくれたわけだ。

その後はもう、拓海の推測通りだろう。雨で柔らかくなった土に、切り離されたつるから根が下ろされたことで、より密室らしい密室が完成したのだ。もっとも、こちらは少年たちも予期していなかったことだろうが。

航大はボールを手に取り、両手で挟むように押してみる。空気はしっかりと入ったままだ。ボールを片手にプレハブ小屋のドアを閉め、隣の雑木林に向かって呼び掛ける。

「おーい。ボールあったぞー」

少しして、林の中から足音が近付いてきた。走っているらしく、音はどんどん大きくなっていく。

木と木の間から、走り幅跳びの選手のようなフォームで少年が飛び出してきた。彼は、航大の顔を見ると少し驚いたように目を見開いたが、些細な疑問は頭の片隅に追いやることに決めたようだ。黙って航大の元へと駆け寄ってくる。

航大は少年に向かってボールを差し出す。

「これ、君のボールだろ?」

少年の表情が、パッと輝く。両手を伸ばしてボールを受け取ると、胸の前で抱きしめながらぴょんぴょんと飛び跳ねた。

「すごい！　嬉しい！　ありがとう！　どこにあったの？」

一気に捲し立てた後も、溢れんばかりの歓びにつき動かされるように、少年は跳ね続けている。如何にも子供らしい仕草に、航大の頬が緩む。

「その小屋の中にあったんだ」

笑顔ではしゃいでいた少年が、きょとんとして動きを止める。

「え、でも、そこは開かないはずだよ？」

「俺もそう思ったんだけど、開いたんだ。どうも、誰かが開かないように悪戯していたらしい」

少年が眉根を寄せ、先程までの無邪気な様子を一変させた。

「絶対あいつらの仕業だよ」

ほぼ間違いなくそうだろうな、と航大も思う。ただ、それを口に出すようなことはしなかった。決定的な証拠があるわけではない。本人たちが否定すれば、追及するすべがないのだ。この一件で、彼らを叱ったりすることは難しいだろう。

航大は、険しい表情の少年の頭をぐりぐりと撫でる。

「とりあえず、見つかってよかったな」

航大が笑いかけると、少年は再び表情を柔らかくして頷いた。

少年はボールを地面に転がし、ドリブルしながら空き地の中央へと走っていく。ボールが足に吸い付いているような、見事なドリブルだった。これだけで、彼がどれだけ真剣に練習していたかが窺える。

「ねえ、一緒に蹴らない？」

足の裏でボールを止めて、少年が航大に言う。

思いがけない誘いに、航大は言葉に詰まった。ボールを蹴らなくなってから、どれだけの月日が経っただろう。思い返してみて、まだ一年も経っていないことに驚いた。最後にボールを蹴った日が、もう遥か昔のことのように感じられた。

サッカーから離れたかったわけではない。嫌いになったわけでもない。ただ、ボールを蹴ることで、失った居場所を思い出すことが恐かった。またあの漠然とした寂寥（せきりょう）感に襲われるのかと考えると、どうにも躊躇（ちゅうちょ）してしまう。

航大が黙っていると、少年は残念そうに目を伏せた。

「別に、嫌ならいいけど」

そう言って、少年はリフティングを始める。こちらも上手いものだった。

嫌なのか、と航大は自問する。答えはすぐに返ってきた。

嫌なわけがない。ほんのちょっと、恐かっただけだ。

航大は足を前に出す。

「それじゃあ、ちょっとやるか」

航大が少年に近付きながら手で足元を指差すと、彼は嬉しそうに口角を上げ、ボールを蹴った。

パスを受け、軽くリフティングをしてから、少年にボールを蹴り返す。

「おにいちゃん、サッカー部なの？」

楽しそうにボールを足で受け止めながら、少年が訊ねる。

「元、な。いまは違うよ」

「やめちゃったの？」

質問と共に、少年が航大へとボールを蹴る。

「ああ」

「どうして?」

「色々あって」

「じゃあ、いまは何部なの?」

「帰宅部」

「楽しい?」

「高校は楽しいけど、帰宅部自体が楽しいわけじゃない」

「それなら、またサッカー部に入ればいいのに」

簡単に言ってくれるな、と航大は眉をひそめる。だが、思っていたほどの不快感も、寂しさもなかった。かさぶたの下はまだ血が滲んでいるものだと思っていたが、実際はもうほとんど治っていて、微かな痒(かゆ)みを覚える程度のものでしかなかったようだ。

そのことが、妙に嬉しかった。胸の内の空白は、少しずつでも着実に埋まっていっているらしい。大きな変化はなくとも、停滞しているわけではないのだ。

「ねえ、早くパスちょうだいよ」と少年が両手を広げて要求する。

「ああ。悪い、悪い」

返事をしながら、足の内側で押し出すようにしてボールを転がした。

パス交換をしながら、しばらく二人でとりとめのない話をした。少年の名前はケンゴといった。いま蹴っているサッカーボールは、去年お祖母ちゃんに誕生日プレゼントとして買ってもらったもので、まだクラブチームなどには所属していないという。

左足でトラップし、右足で蹴る。次は右足でトラップし、左足で蹴る。ボールを浮かせたり、パスの強弱を変えたりと、互いに好きなようにボールを蹴った。

自然と口元が緩む。ケンゴもずっと笑顔だ。ただボールを蹴っているだけなのに、どうしてこんなにも楽しいのだろう。

ボールを蹴れば、サッカー部のころのことを思い出すものだと思っていた。だが、頭に浮かぶ記憶は、それよりもさらに古いものだった。

将人と一緒にボールを蹴り始めた日のことを思い出す。あのときは、自分の方が将人よりも下手くそで、狙ったところにうまくボールを蹴れなかった。それが悔しくて、日が暮れるまで何度もパスの練習をした。変な方向にボールを飛ばすたび、将人は文句を言っていたが、声にはいつも笑いが混じっていた。

ここで過ごす時間は、いつだって楽しかった。毎日、放課後が待ち遠しかった。

気持ちだけがタイムスリップしたかのように、あのころの感覚が全身を満たしていく。走って、笑い、ボールを蹴って、笑った。あのころは、できることなら、一日中ボールを蹴っていたかった。

あれが、自分にとっての原点だ。サッカーを好きになった始まりだ。そのときの気持ちは、まだ消えていない。

根っこが残っているなら、また新しい芽を出すこともあるのかもしれない。そんなふうに考えて、航大は苦笑する。自分も植物に負けず劣らず、中々しぶといようだ。

道路の方から、甲高いはしゃいだ声が聞こえた。複数の子供の声だ。賑やかにお喋りをしながら、こちらに近付いている。

航大は足元にボールを止め、空き地の入り口へと顔を向ける。活発そうな男の子たちが現れ、こちらに気付いて足を止めた。昨日、ケンゴと口論をしていた上級生たちだ。人数も昨日と同じ六人だが、顔ぶれまで一緒かどうかはわからない。

横目でケンゴを窺うと、先程までの陽気な気配はすっかり消え去っていた。彼らへと向ける視線の鋭さからは、明確な敵意が見て取れた。

上級生たちは、昨日に続いて現れた見慣れぬ男の存在に困惑しているようだ。航大の方を見ながら、何事か話している。

ふと閃いて、航大はボールを足の裏で転がしながら、片手を上げた。

「おーい。よかったら、一緒に遊ぼうぜ」

航大が声をかけると、上級生たちはさらに困惑の色を濃くした。互いに顔を見合わせ、相談するように言葉を交わしている。

ムスッとした顔で、ケンゴが寄ってくる。

「俺、あいつらと一緒なら遊ばないよ」

「そう言うなって。大勢で遊ぶのも、楽しいぞ」

「あいつらとじゃあ、楽しめないよ」

「やってみないとわからないだろ」

「わかるよ」

「まあまあ。今回だけ、な」

航大が優しく諭すと、ケンゴは反論を止めた。彼なりに、ボールを見つけてもらった恩義を感じているのかもしれない。不服そうではあるが、立ち去ったりはしなかった。

上級生たちの中からひとり、坊主頭の少年が航大へと歩み寄り、訊ねる。

「遊ぶって、何をするの？」

「そうだな。いい感じの人数だし、四対四でサッカーのミニゲームはどうだ？　その辺の木か石をゴールに見立てて、ゴールキーパーはなしってルールで」

「わかった」

「それじゃあ、そっちから誰か二人、こっちのチームに貸してくれ。ハンデとして、俺はシュートを打たないから」

坊主頭の少年が友人たちの元へ駆け、また何か相談してから戻ってきた。

「いいよ。ただ、ハンデはいらない」

「いいのか？」

坊主頭の少年は、不敵な笑みを浮かべて頷いた。

「そうじゃないと、つまらないじゃん」

「そうか。じゃあ、そうしよう」

航大が申し出を受け入れると、坊主頭の少年は満足げな顔で背を向けた。友人たちと輪を作り、誰がこちらのチームに加わるか、話し合いを始めた。彼らから、航大を警戒するような雰囲気はもう感じられない。むしろ、いつもと違う新鮮な出来事に、高揚（こうよう）しているようだ。

そういった感覚は、航大にも憶えがある。既視感に導かれるように、記憶の蓋（ふた）が開いた。

小学生のころ、同級生たちとまさにこの場所で遊んでいたときのことだ。顔も名前も知らない上級生たちがやって来て、『自分たちも混ぜてくれ』と言ってきた。あのときは、戸惑いよりも、単純に嬉しいという気持ちが勝った。人数が増えれば、できることが増える。歳の差なんて、全く気にならなかった。むしろ、上級生相手に勝ってやろうという挑戦心がふつふつと湧いてきたものだ。

ああ、そうか、と航大は思い出す。上級生の参加者たちといつ仲良くなったのか不思議だったが、簡単な話だった。なんのことはない、仲良くなってから遊び始めたのではなく、一緒に遊んでいるうちに仲良くなっていったのだ。思い返してみれば、小学生のころの友人の作り方なんて、ほとんどがそんなパターンだったような気がする。

隣に立つケンゴを見ると、相変わらず、不貞腐れたような顔をしていた。

「あいつらのこと、嫌いか？」

愚問だと言わんばかりに、ケンゴは鼻を鳴らした。

「当たり前じゃん」

「それなら、あいつらの鼻を明かすチャンスだな」

眉根を寄せたまま、ケンゴが首を傾げる。

「はなをあかすって、何？」

「あいつらに一発かまして、驚かしてやるチャンスってことだ。想像してみろよ。あいつらをドリブルでかわして、シュートを決めてやるんだ。痛快だろ？　きっと悔しがるぞ」

言われた通り、その光景を想像してみたらしく、ケンゴは俄(にわ)かに口元を綻ばした。

「それは、楽しそうかも」

「そうだろ。ディフェンスは俺に任せて、ケンゴはどんどん前に行け」

「うん」とケンゴは力強く頷いた。

航大がケンゴにボールを返すと、彼は楽しそうにリフティングをし始めた。

これで、ケンゴが少しでも彼らとのミニゲームに前向きになってくれればいい。できることなら、小学生のころの自分たちのように、一緒にボールを蹴っている間に少年たちが仲良くなってくれればいいな、と航大は願う。

もちろん、そううまくはいかないだろう。自分たちのころと違い、ケンゴと上級生たちは、既に険悪な仲なのだ。実際のところは、このぎすぎすした関係性を僅かでも修復できれば御の字といったところだ。

ただ、一方で、案外あっさりと仲直りができてしまうのではないか、と楽天的に考えている自分もいる。

俺たちは単純だ。ボールを蹴っているだけで笑顔になる。そんな単純な連中が、一緒になってひとつのボールを蹴り合うんだ。これまでのいざこざなんて、楽しい記憶で上書きされてしまうに違いない。

そんな青写真を描いて、航大は微笑む。能天気すぎるだろ、と自分自身に呆れてしまいそうだが、どうせ思い描くなら、明るい未来の方がいいだろ、と思う自分もいた。

果たして、どこまでうまくいくだろうか。

最終的にはジャンケンの末、航大たちのチームに加わる二人が決まった。

いよいよ試合の開始が近付く。空き地の中に捨てられていたペットボトルが二本あったので、それをゴールの代わりとすることにした。ボールを当てて、倒せば一点だ。

ボールを中央に置き、足をのせる。子供のころのように心が弾んでいることに、航大は気付いた。早く試合がしたい。純粋に、そう思った。

「ねえ」とケンゴが声を掛けてきた。

「ん？」

「絶対勝とうね」

興奮した様子で、ケンゴが言う。

「もちろん」と航大が応じると、ケンゴは気合を入れるように自らの頰を叩いた。

他の子供たちを見回すと、彼らも、ケンゴと似たような表情をしていた。誰もが、逸る気持ちを抑えられていない。ワクワクしながら、試合の開始を今か今かと待っている。

その様子を見て、航大は思わず噴き出しそうになった。もしかしたら、自分も同じような顔をしているのだろうか。

やっぱり、俺たちは単純だ。それさえわかれば、もう心配することなど何もないように思えた。

「ねえ、早く始めようよ」と上級生たちが騒ぎ出す。

「わかったよ」

試合開始、と宣言しながら航大がボールを蹴ると、子供たちが一斉に走り出した。

底抜けに明るい声が、青空の下に響き渡る。

勿忘草（わすれなぐさ）をさがして

◇

どこまでも緑が広がっていて、空が近い。快晴のおかげで、遠方で連なる山々がハッキリと見える。

雄大な景色に気分が高揚し、拓海は野を駆け出した。「あまり遠くに行かないでよ」と背後から母の注意する声が飛ぶが、構わず走る。辺りに生えている雑草の背は低く、走りやすい。靴越しに足裏へと伝わる緑の感触が心地良い。幼い手足をハチャメチャに動かし、道なき道をジグザグに進む。

車で母の実家へと向かう途中だった。運転に疲れた父が小休憩をとるために、丘の上にあった開けたスペースに駐車したのだ。父はいま、車の近くで背筋を伸ばしたりして、凝り固まった身体をほぐそうとしている。

解放感に突き動かされるように、拓海は走り続ける。チャイルドシートに縛り付けられて、窓の外を眺めているだけでは退屈だった。この小さな体には無限のエネルギーと好奇心が詰まっているのだ。世の中は気になるもので溢れていて、近付き、観察し、触れてみたくなる。その衝動に抗うことはできない。

そして、拓海の興味は特に植物に対して強く発揮される。間違いなく、父方の祖父からの影響だろう。庭仕事をしながら祖父が色々と教えてくれたおかげで、拓海はたくさんの花の名前を憶えることができた。名前を知ることは面白く、楽しい。拓海は祖父の庭仕事のお手伝いをすることが、何よりも好きだった。

視界の隅に『気になるもの』を捉え、拓海は急停止する。歩み寄り、屈むようにして顔を近付けて観察する。星のような形をした、小さくて可愛らしい花だ。祖父母の家の庭でも見たことがないから、名前がわからない。

「何見てるの？」

後ろから覗き込むようにして、母が訊ねる。

「おはな」

母が拓海の隣に屈んで、微笑む。

「あら、ワスレナグサね。可愛い」

「それ、なまえ？」

「そうよ、ワスレナグサ。お母さんが好きだったドラマにこの花が出てきてね。そのドラマで、女の子がこの花にまつわる伝説を語るシーンがあったんだ。だから、よく憶えてるの」

「デンセツって、むかしばなしみたいなやつ？」

拓海が確認すると、母は首を縦に振った。

「そう。昔話みたいなもの」

それから母は、ワスレナグサにまつわる伝説を滔々と語ってくれた。

母曰く、それは悲しい恋の物語らしかったのだが、幼い拓海にはただの恐ろしい事故の話としか思えなかった。状況を想像してみただけで血の気が引き、身が縮む。聞かなければよかった、と後悔した。

「そろそろ行くぞ」と父の声がする。

「はーい」

母は返事をしながら手を伸ばし、茎を折るようにして花を摘(つ)んだ。

「あっ」と拓海は思わず声を上げる。

「折角だから、思い出に一本持ち帰っちゃおう」

母は悪戯(いたずら)っぽく笑い、茎の部分を指で挟むようにしてくるくると回す。

胸の内がモヤモヤとして、拓海は顔をしかめる。祖父は、花は動物さんたちと同じで生きているのだと教えてくれた。動けなくても、精一杯生きているのだ、と。それなのに、簡単に摘んでしまうなんて、お花が可哀想だ。

「ほら、行くよ」

母が差し出した手を握ることなく、拓海は父が待つ車の元へと走った。

先程まで昂(たかぶ)っていた気持ちは、すっかり落ち込んでしまっていた。

◇

「紙風船が生えているの、見たことある？」

放課後の昇降口。出会い頭に飛んできた不明瞭で突拍子もない質問に、航大(こうだい)は目を白黒させる。

奇をてらいすぎたジョークか、斬新な挨拶、あるいは新手の暗号だろうかと訝(いぶか)るが、質問者である演劇部の部長様は、極めて真剣な顔をしている。

仕方なく、航大は質問を返すことにする。

「カミフウセンって、あの空気を入れて膨らませるやつ？」

「そう。その紙風船」と凜(りん)が頷(うなず)く。

「生えているっていうのは、どこから?」

「地面から、お花みたいに」

ふむ、と航大は首を捻(ひね)って記憶を辿(たど)ってみる。結論はすぐに出た。

「ないな。落ちているところなら見たことあるけど、流石(さすが)に生えているところは見たことがない」

「だよねー」

凜がコミカルな仕草で項垂(うなだ)れ、肩を落とす。大袈裟(おおげさ)なリアクションの割に、落胆した様子はない。元々、たいして期待せずに訊ねたのだろう。

「この質問、何だったんだ?」

「事情を知りたい?」

項垂れたまま航大を見上げるようにして、凜が問う。

「まあ、そうだな。意味不明すぎて、気になるし」

凜は顔を上げ、芝居がかった調子でコホンとひとつ咳払いした。

「それでは、話してしんぜよう」

「聞いてしんぜよう」

「あれは昔々、そう、具体的には昨日の夕方のこと」

「最近だな」

「私は、近所の公園で竹とんぼを飛ばしていたの」

「ちょっと待て」と航大は凜の話を遮る。「早くもよくわからないんだが、どうして竹とんぼなんて飛ばしていたんだ?」

「趣味で」と凜がすまし顔で答える。

「いい趣味だな」

「実際は、今度の劇で古いオモチャをいくつか使うから、練習してたの。ほら、間違って客席の方に飛んでいったりしたら困るでしょ」

「また劇をやるのか」

「当たり前でしょ、演劇部なんだから」と凜が笑う。

文化祭での演劇が、凜にとって満足のいく出来だったかどうか、航大は知らない。ただ、彼女はいまも部活動に前向きに取り組んでいる。それが嬉しかった。

「そんなわけで練習をしていたら、同じマンションに住んでいるユキちゃん親子とトモくん親子と会ったんだ。ユキちゃんとトモくんっていうのは、近所の幼稚園に通っているちびっ子たちね」

「なるほど」

「どちらの親子も知り合いだから挨拶して、お母さんたちがお喋りしている間、私がユキちゃんとトモくんの遊び相手をしてあげることになったの。私、こう見えて子供に好かれやすいタイプだからさ。外で二人と会ったら、よく一緒に遊んであげているんだよ」

凜の場合、子供だけでなく万人に好かれるタイプだろう、と航大は思うが、話の腰を折ることになりそうなので口にはしなかった。

「二人とも、最初は私が遊んでいた竹とんぼに食いついたんだけど、上手く飛ばせなくて、すぐに飽きちゃったんだ。それで、別のオモチャで遊ぶことにしたの。メンコとか独楽とか、劇で使いそうなオモチャは試しにいくつか持ってきていたから」

「その辺のオモチャは、家の中でも練習できそうだけど」

「メンコはともかく、独楽は意外と危ないよ。油断するとあらぬ方向に飛んでいって、家の中の物を壊しちゃうかもしれないんだから」

確かに、紐を巻いて回すタイプだったら、すっぽ抜けたりして危なそうだ。

気を取り直して、凜が話を戻す。

「その中に紙風船があったから、丁度いいと思って取り出したの。小さい子供と遊ぶのにはピッタリでしょ。危なくないし、難しくもない」

「その上楽しい。良いこと尽くめだな。紙風船は偉大だ」

「でもね。紙風船を膨らませたら、ユキちゃんが妙なことを言い出したの。『それ、お外で見たことある。生えてた』って」

幼い声を真似するようにして、凜が言う。

航大は眉をひそめる。なるほど奇妙な発言だ。

「それで、凜はどうしたんだ？」

「よくわからなかったから、さっきのコウと同じような質問をしたよ。『生えてたって、地面から？』みたいな感じで」

「ユキちゃんの返答は？」

「さっき私が伝えた通り。『うん。生えてたの。お花さんみたいに』だって」

うーん、と航大は首を傾げて唸る。

「誰かがふざけて、紙風船を地面に埋めたりしてたのかな。それをユキちゃんがたまたま目にしたとか」

「でも、それなら『お花さんみたい』なんて言わなくない？」

凜は一々ユキちゃんの声を真似ている。

「それもそうだな」

凜が大きく溜め息を吐く。

「この後が面倒なことになってさ。トモくんが、ユキちゃんのことを嘘吐き呼ばわりしちゃったの。『地面から紙風船が生えているわけない』って」

今度は生意気そうな男の子の喋り方になった。トモくんの声真似だろう。

「正論ではあるな」

トモくんの言う通り、紙風船は種を植えれば生えてくるようなものではない。

「そうなんだけど、ユキちゃんは『見たもん』って言い張って、最終的に口論になっちゃったんだよね。それでユキちゃんが泣き出して、つられるようにトモくんも泣いちゃった。二人のお母さんたちも何事かと寄ってきて、もうてんやわんやだったよ」

昨日のことを思い出したのか、凜はげんなりした様子で言う。きっと、どれだけあやしても泣き止んでくれなかったんだろうな、と航大は察する。

「そのユキちゃんのお母さんには、話を聞いてみなかったのか？」

「もちろん聞いたよ。でも、見当もつかないみたいだった」

子供と大人では、見えている世界が違うのだろう。大きくなれば気にも留めないようなことが、子供の目には魅力的に映るものだ。彼らにとってはあらゆるものが新鮮で、興味の対象となり得る。

「凜の印象としてはどうなんだ？　そのユキちゃんって子が嘘を吐いていると思うか？」

迷うことなく、凜は首を左右に振った。

「それはない、と思う。それこそ印象だけだけど、ユキちゃんは嘘を吐いているような感じじゃなかった。必死に伝えているのに信じてもらえなくて、すごく悲しそうだった」

「しょっちゅう顔を合わせている凜がそう言うのなら、そうなんだろうな」

単なる嘘でした、というオチなら話は単純だったのだが、そうはいかないらしい。少なくとも、ユキちゃんは紙風船に似た何かが地面から生えているところを目撃したということだ。

凜がもう一度溜め息を吐く。

「結局、二人とも泣き止まないまま、お母さんに連れられてお家に帰っちゃったんだ。どうにか仲直りさせてあげたいんだけど、真相がハッキリとしないまま形だけの謝罪をさせても、わだかまりが残りそうでしょ」

「言いたいことはわかるよ」

無理に仲直りさせようとしても、ユキちゃんは虚言と疑われたままであることを嫌がるだろうし、トモくんはトモくんで『嘘を吐いたのは向こうなのに』と釈然としない想いを抱えることになるだろう。

「ユキちゃんが見たっていう紙風船が何なのかわかれば、一番手っ取り早いんだけどね」

「確かに。勘違いであれ何であれ、事の真相がわかるのなら、それが双方にとって最も納得できる結末だな」

凜の言葉に同意しながら、航大は地面から紙風船が生えている光景を想像してみた。糸のように細い茎が地面から伸び、本体は気ままに空中をたゆたっている。風が強く吹くたび、遠くの空へと飛んでいってしまうのではないかと不安になる。余りにシュールな光景で、まるで童話の世界だ。

航大と凜は視線を合わせ、同時に首を傾げた。

ユキちゃんは、一体なにを見たのだろう？

「それはたぶん、フウセンカズラじゃないかしら」

コーヒーカップを両手で包み込むように持ちながら、菊子が言う。

日曜日。航大は、いつものように園原宅に招待されていた。今回ご馳走してもらったお茶菓子は、シンプルな見た目のカップケーキだ。菊子のお気に入りの店のものらしく、ふわふわとした食感が魅力的で、程よい甘さがコーヒーとよく合う。

拓海は所用で出ているそうで、不在だ。庭の花たちは世話主が不在でも気にすることなく、日課の日光浴に精を出している。

「フウセンカズラ、ですか？」

名前を確かめるように、航大は繰り返す。

相談半分の気持ちで、先日凜から聞いたユキちゃんとトモくんのエピソードを披露したのだが、菊子は呆気なく、ユキちゃんが見たと思しき花の品種を推測してみせた。庭仕事のほとんどを拓海に任せているとはいえ、彼女の花に関する知識も本当に豊富だ。

「そうフウセンカズラ。その名の通り、つるの先に紙風船みたいな実をつけるの。携帯で調べてみて。そっくりだから」

菊子の指示に従い、航大は携帯端末で『フウセンカズラ』と検索してみた。画像を確認し、感嘆の声を上げる。表示された淡い緑色の果実の画像は、まさに紙風船そっくりだった。大きさはそれほどでもなく、大人の手の平で楽々収まるくらいのようだ。

「本当に紙風船みたいですね」

「そうでしょう。フウセントウワタって名前の似たような植物もあるんだけど、そっちは実の部分に棘（とげ）が生えたりしているから、その女の子が見たのは、やっぱりフウセンカズラの方だと思う」

説明を付け足してから、菊子はカップケーキをフォークで口に運んだ。咀嚼（そしゃく）し、味わい、幸せそうに相好（そうごう）を崩す。

「ありがとうございます。明日、友達に伝えてみます」

航大は頭を下げて感謝を伝え、コーヒーを一口飲む。

微（かす）かな苦みを舌で感じながら、自然と庭へと視線を向ける。季節が巡り、咲き終わった花も多いので、以前よりも緑の割合が多い。それでもサルビアやベゴニア、コスモスなんかは相変わらず綺麗な花を咲かせていて、まだまだ元気に景色を彩っている。

ウッドデッキのテーブルの上には、シオンが花瓶で飾られている。庭仕事の最中に誤って折ってしまったので、こうして飾ることにしたのだそうだ。シオンの花期はそろそろ終わりを迎えるらしく、言われてみれば、鉢植えで育てられているシオンの花たちから、先ごろの勢いは感じられない。

「このシオンの花、本当にたくさんありますよね」

ウッドデッキの脇に並ぶ鉢植えを眺めながら、航大が言う。

菊子もシオンを見て、柔らかな微笑(びしょう)を浮かべる。

「そうなのよ。最初はこんなにいっぱいなかったんだけど、うちの人が数年おきに株分けしていたら、どんどん増えちゃって。そうそう。タクがまだ小さいころ、一緒になって株分けの作業をしていたこともあったわ。その日は親戚が大勢集まって、家の中で楽しくお喋りしていたのに、あの二人だけは庭仕事の方に夢中だったの」

当時を懐かしむように、菊子が目を細める。幼いころの拓海にしてみれば、周囲の大人たちとの雑談よりも、祖父と一緒に庭仕事に励(はげ)んでいる方が楽しかったのだろう。口よりも手足を動かしていたかったのだ。

そういえば、と菊子が何かを思い出したように話し始める。

「私もとっておきの不思議な話があるのよ」

「どんな話ですか？」

「コウくんが話してくれたみたいな、ほんわかした話ではないの。どちらかというと、もっとドロドロした話かもしれない」

言葉に反して、菊子は愉快そうな調子で前置きする。生粋(きっすい)のゴシップ好きとして、そういった類の話は大好物なのだろう。

「ドロドロというと、浮気とか、そういう話ですか？」

「そうと決まったわけじゃないんだけどね。もしかしたら、素敵な恋の話って可能性だって考えられるから、ドロドロじゃなくてキラキラかも」

どこか若々しい口調で、菊子が言う。恋愛話で盛り上がる同級生の女子たちと、似たような表情をしていた。

どんな話なのか見当もつかず、航大は首を傾げる。

指折り数えるような仕草をしてから、菊子が口を開く。

「四年前から、毎年この時期になると妙な郵便物が届くようになったの。具体的には、だいたい十月の下旬ごろにね。届くのは一通の封筒なんだけど、送り主は不明。宛名も『園原様』だけで、下の名前が書いていないの」

「それでも届けてもらえるものなんですね」

「基本的には住所が正しかったら届けてくれるみたいね」

「なるほど。ひとつ賢くなりました」

菊子は微笑み、コーヒーで舌を湿らせてから続ける。

「封筒の中身はいつも同じ。ランタナの押し花栞(しおり)、それだけ。他は、手紙も何も入っていないの」

「ランタナって花、初めて聞きました」

「あら、初めてじゃないでしょ。この前教えたわよ」

「そうでしたっけ?」

記憶にない。

「ほら。ついこの間の、知り合いの花壇の花が弱ってるって話のとき。他の花と一緒にしない方がいい花として、教えてあげたでしょ」

「言われてみれば……」

うっすらとした記憶だが、名前だけは出てきた気がする。陸(りく)の家の一件とは無関係そうだったので、気に留めなかったのだろう。

「ちなみに、どうして他の花と一緒にしない方がいいんですか？」

「さあ、どうしてだったかしら。ごめんなさい。うろ覚えの知識だから、詳しくはわからないわ。機会があったら、自分で調べてみて。それよりも、話を続けていい？」

「はい。すみません。何度も話を逸らしてしまって」

頭を下げる航大に、菊子は笑ってみせる。

「いいのよ。お喋りなんて、脱線してこそなんだから。それでね。私はその差出人不明の封筒についてのドラマを、暇なときにアレコレ妄想して楽しんでいるの」

「はあ」と航大は間の抜けた相槌を打つ。菊子の言っている意味が、よく理解できなかった。

航大の戸惑いを察したように、菊子が補足する。

「だって、突然、謎だらけの郵便物が届くようになったのよ。そんなの、妄想して楽しむしかないじゃない。封筒の宛名は苗字のみ、差出人は不明、中身は毎年同じもの。これだけで、背景に複雑なドラマが潜んでいる気配がプンプンするでしょ」

菊子がうっとりと瞳を輝かせる。どうやら、その不可解な郵便物からロマンを感じ取っているらしい。

「それで、菊子さんはその郵便物を、どんなものだと推測しているんですか？」

妄想して楽しんでいるということは、当然、誰がどのような目的で送ってきているのか、推測を重ねてきたということだろう。それらしい仮説のひとつや二つはあるはずだ。

その言葉を待っていたというように、菊子は航大と目を合わせた。

「そうね。私の予想だけど、あの封筒は、うちのおじいさん宛に送られているものだと思うわ」

「どうしてそう思うんですか？」

「実は、その封筒が送られてくるのは毎年、おじいさんの命日近くなのよ」

そういえば、と航大は思い出す。拓海の祖父が亡くなったのは、拓海が中学三年生のころのことだったと以前に菊子が話していた。つまり、封筒が送られ始めたのは、お祖父さんが亡くなった翌年からということだ。

菊子は穏やかな顔で続ける。

「封筒の送り主は、おじいさんの昔の恋人か、浮気相手だと思うのよね。その女性は、愛した人が亡くなったのに、葬儀に参列することすらできなかった。遠くに住んでいるか、体を悪くしているかして、こっそりと墓参りに行くことすらかなわない。だから、彼女は毎年命日が近付くと、せめてもの気持ちとしてランタナの押し花栞を送ってくるのよ。おじいさんは花も読書も好きだったから、ピッタリの贈り物だわ。きっとランタナは、二人の思い出の花なんでしょうね。でも、自分たちの関係性を遺族に知られるわけにはいかない。引け目もあるんでしょう。だからこそ、送り主の氏名は元より、宛名の名前も書くことができなかったのよ」

情感をたっぷり込めて語る菊子に、航大は気圧される。浮気されていたかもしれないという推察のはずなのに、随分と楽しそうだ。もしかしたら、自らが恋愛ドラマの主要キャストにでもなった気分に浸っているのかもしれない。

ポジティブというか、たくましいというか。

何にせよ、タフだな、と航大は思う。

「理想としては、ただの浮気より、純愛だったのに運命の悪戯で別れなければならなかった二人って関係がいいわね。そっちの方がロマンチックだし、私の面目が立つでしょ。最終的に、私は何もかもを受け入れて、その封筒の送り主を探すことになるの。そしてその女性を見つけ出して、同じ男を愛した者同士、一緒にお茶をしながら彼との思い出を語り合うのよ。ああ、素敵」

どうしたものか、と航大は頭を抱える。途中から、妄想が暴走してしまっている。話を遮る隙もなさそうだし、このまま延々と彼女が描く理想の脚本を聞かされることになるかもしれない。正直、それはちょっとキツイ。

そのとき、門扉（もんぴ）の開く音がした。拓海が帰ってきたのだ。花壇に挟まれたアプローチを進み、こちらに近付いてくる。

救世主の登場に、航大は内心で歓喜の声を上げた。

「お邪魔してます」と航大が声を張って挨拶する。

「おう」と拓海が短く返す。

おや、と航大は違和感を覚え、拓海の顔を窺（うかが）う。返事が素っ気ないのはいつものことだが、何だか疲れているように見える。大学が忙しいのだろうか。

「お帰りなさい。あら、それは」

拓海が手にしていた郵便物の束に目を落とし、菊子が微笑む。数枚の宣伝チラシの上に、真っ白な封筒があった。

「ああ。また来てたよ」

拓海が右手で封筒を掲げる。彼も差出人不明の封筒については認識しているらしい。封筒には、住所と宛名が印刷されたシールが貼られている。ただし、宛名は聞いていた通り苗字のみだ。

「丁度いま、その封筒についてコウくんに話していたのよ」

「お客さんになんの話をしているんだ」

拓海が呆（あき）れたように言う。

「いいじゃない。差出人不明の贈り物なんて、絶好の話のタネなんだから。そんなことより、開けてみて。コウくんに実物を見せてあげたいから」

億劫(おっくう)そうに、拓海は封筒の開け口を指で破った。そのまま傾け、栞をもう片方の手で受け止める。

手にした栞を見て、拓海が眉をひそめる。彼にしては珍しく、表情からハッキリとした驚きが見て取れた。

「どうかしたの？」

菊子も異変に気付いたらしく、心配そうに訊ねる。

拓海は無言で栞をテーブルの上に置いた。菊子の言っていた通り、押し花の栞だ。花冠が五つに分かれた可愛らしい小柄な青い花が、形をそのままに平面になっている。

「これがランタナですか？」

儀礼的な質問だったのだが、菊子は首を横に振った。

「違うわ。これはランタナじゃない」

彼女は予想外の展開に戸惑うように、目を白黒させている。どうして別の花へと替わったのか、不思議に思っているようだ。

真っ直ぐに栞を見下ろしていた拓海が、静かに告げる。

「エゾムラサキだ」

呟いた言葉は、秋の陽射しの中に溶けて消えた。

◇

帰ってきて早々、拓海は「その辺を歩いてくる」と言い残して、また出かけてしまった。硬い表情はいつものことだが、どこか思い詰めたような気配が気になった。

「珍しいですね」

拓海が出ていった門扉の方を向きながら、航大が菊子に言う。普段は一緒に、お茶と茶菓子を楽しむのに。

「ええ、そうね」

菊子は心配そうに眉根を寄せながら、航大と同じように門扉の方へと視線を向けていた。常に明るく飄々としている菊子のそんな表情を、航大は初めて目にした。驚くと同時に、直感する。

「あの、拓海さんに、何かあったんですか？」

率直に訊ねた。そうしなければ、どうせ気を揉むことになるとわかっていたからだ。

質問を受けて、菊子は自分が表情を曇らせていたことに気付いたようだった。誤魔化すように口元を緩めるが、その顔からは憂いの色が拭い切れていない。

「そうねえ。どうしたものかしら」

困ったように独り言ち、菊子は逡巡する。

急かすことなく、航大はコーヒーカップに口をつける。どうしてか、先程よりも苦く感じた。

短く息を吐き出し、菊子が航大を見る。

「ごめんなさい。私の口からは言えないわ」

「……わかりました」

気落ちした声にならないように注意しながら、航大が言う。残念だが、話せないのなら仕方がない。拓海のプライバシーに関わる事情なのだろう。

でも、と菊子が続ける。

「コウくんさえよければ、タクから話を聞いてあげてくれないかしら。お察しの通り、あの子、いま悩んでいることがあるのよ。不躾なお願いで申し訳ないけど、あの子の相談相手になってくれたら嬉しいわ」

「それは構いませんけど、拓海さんの気持ちはどうなんでしょう。事情を部外者の俺に話すのは、嫌なんじゃあ……」

菊子が自分の口から話すことを拒否したということは、簡単に他人に相談できるほど単純な悩みではないということだ。具体的な内容はわからないが、必要以上に口外することは避けたいと思うのではないだろうか。

航大の心配などどこ吹く風で、菊子は確信めいた口調で答える。

「大丈夫。コウくんが力になってくれるなら、あの子は喜んでそれを受け入れるはずよ。コウくんのこと、あの子は心から信頼しているんだから」

「そんな、信頼だなんて。いつもこっちがお世話になってばかりなのに」

菊子は鷹揚にかぶりを振る。

「これだけ一緒にお茶してるんだもの。私もタクも、もう充分わかってるわよ。コウくんは筋金入りのいい子だ、って」

自信満々に断言する菊子に、航大は苦笑を浮かべる。

「そう言ってもらえるのはありがたいですが、それは過大評価ってやつですよ」

「そんなことないわ。こう見えて、私の採点は結構厳しいのよ」

そう言って、菊子は得意気に笑う。背中を押してもらった気分だった。菊子もまた、自分のことを信頼してくれているのだと理解し、航大は自然と背筋を伸ばす。

迷いは一瞬だった。元々、悩むよりもまず行動の精神が、航大の指針だ。

拓海に会って、話を聞いてみよう。彼が自分に悩みを打ち明けてくれるかどうかはわからないが、見て見ぬ振りはできないし、したくない。拒否されたら、そのときはそのときだ。

航大はカップケーキの残りを頬張り、冷たくなったコーヒーで流し込んだ。

「ごちそうさまでした。今日も美味しかったです」

菊子がニッコリと笑う。

「お粗末様でした」


菊子と別れの挨拶を交わして園原宅を後にした航大は、自転車を走らせて拓海の元へと向かっていた。話したいことがある、と拓海には既に連絡済みだ。

ペダルを漕ぎ、帰り道をそのままなぞるように進む。待ち合わせ場所は、帰路の途中にある市が運営するスポーツセンターだ。拓海はその敷地内にある散歩コースをぶらぶらと歩いていたらしい。

十分とかからず到着し、駐輪スペースに自転車をとめた。休日ということもあり、自転車や車の数が多い。近くのフットサル場やテニスコートから、活気に満ちた声が響いている。中々賑わっているようだ。

入り口に設置されたマップを確認する。散歩コースは、敷地内をぐるりと一周するようにつくられているらしい。そのさらに外周が、ランニングコースとなっているようだ。

アスファルトで舗装された散歩コースを進む。拓海に指定された場所は、散歩コースを西側へと歩いた先だ。一本道なので、迷うことはない。

外側のランニングコースは盛況だが、散歩コースの賑わいは寂しいものだった。

しばらく進むと道の端に自販機があり、その向かい側に設置されたベンチに拓海が腰掛けていた。趣味の読書をするわけでもなく、ただぼんやりと頭上から降り注ぐ木洩れ日を眺めている。

歩調を速めて近付くと、拓海がこちらに気付いた。

「よう」

「お疲れ様です。すみません、突然」

「気にしなくていい。散歩できる程度には暇だった」

拓海に手で促され、航大は彼の隣に腰を下ろす。

「それで、話したいことっていうのは？」

聞き慣れた事務的な口調で、拓海が訊ねる。

姿勢を正し、航大は拓海と視線を合わせる。

「話したいことというか、訊きたいことがあるんです」

「何を訊きたい？」

「拓海さん、いま、悩んでいることがありますよね？」

単刀直入な質問にも、拓海は全く動じなかった。視線を足元へと逸らして考えるような間を置き、再び航大を見る。

「祖母(ばあ)ちゃんから聞いたのか?」

拓海の声に、憤(いきどお)っているような気配はない。ただ疑問を晴らすために確認した、といった調子だ。

「拓海さんの様子がおかしかったので、何かあったんじゃないかとは訊ねました。でも、事情は一切教えてもらっていません」

「そうか」

「何か、俺にできることはありませんか? 拓海さんが困っているなら、俺、力になりたいです」

勢い込んで、航大が言う。これまで何度も自分の助けになってくれた拓海に、少しでも恩返しがしたかった。

拓海は微かに口元を緩め、どこか愉快そうに呟く。

「初めて会ったときと、立場が逆転したな」

航大も、拓海と初めて会ったときのことを思い出す。あのとき、自分は拓海に救われた。まだ半年ほどしか経っていないのに、もう随分と昔のことのように思えた。

秋風が足元をすり抜けるように吹き、落ち葉が乾いた音を立てて転がった。

「誰かに話すことで楽になることもある、か」

拓海がポツリとこぼす。それは、かつて拓海が航大に掛けてくれた言葉だった。

さらに間を置いてから、拓海は顔を上げる。

「そうだな。何かしてくれるというなら、ちょっと話を聞いてもらおうか」

「わかりました」

航大は神妙な顔で頷いた。頼ってもらえたことは嬉しいが、まだ何かを成したわけじゃない。気を引き締めなおすように、膝の上で拳を強く握った。

「どこから説明すればいいのかわからないから、気になることがあったら、その都度質問してくれ。その方が、俺も話しやすい」

「はい」と航大はもう一度頷く。

前を向くようにして、拓海は話し始める。

「最初に話してしまうが、悩みはうちの家族のことなんだ。母が俺に会いたがっていて、俺はそれに対してどうするべきかと悩んでいる。会うべきか、否か。決められないんだ」

「会いたくないんですか？」

「そうだ」と拓海の返事はにべもない。

「どうしてですか？」

「嫌いだからだ」

これ以上ないほどシンプルな回答に、航大は面食らう。

そんな航大の反応を見て、拓海は自嘲気味に笑う。

「ガキっぽい理由だろ」

「そんなことないです。うちだって、親とはうまくいってないですし」

航大は慌てて否定する。あの暴力事件以来、両親とは未だに必要最低限の言葉しか交わさない日々が続いている。親との不和なら、共感できる部分は多い。

ただ、拓海のそれが、どれほど深刻なものなのかは判然としない。その溝は、どれだけ深く大きいものなのだろう。勇気を出せば飛び越えられるほどのものなのか、あるいは、もう声も届かぬほど離れてしまっているのだろうか。

「昔から、仲の良い親子というわけではなかったんだ。父親との関係はまだマシだったが、母親との仲はもう最悪だ。馬が合わないっていうのは、ああいうのを言うんだろうな。しょっちゅう口論になって、喧嘩をしない日の方が珍しかった」

淡々と語る拓海の話を、航大は半信半疑の思いで聞いていた。拓海が嘘を吐いていないことはわかっているが、常に冷静で泰然自若としている彼が、感情を露わにして怒鳴ったり、誰かと喧嘩をしたりする姿が想像できなかった。

風で揺れる枝葉の影を、拓海はじっと見詰めている。形を変えながら這うように動く影は無数の蛇に似ていて、油断した瞬間に脚に巻き付いてきそうな不気味さがあった。

「俺が高校に進学するときにこっちに来たのも、それが理由だったんだ。ある日から、同じ家に住んでいるだけでストレスを感じるようになって、ついに堪えられなくなった。とにかく親元から離れたくて、仕方がなかったんだ」

航大は啞然として目を丸くする。

「菊子さんと、あの庭のためではなかったんですか？」

少なくとも、菊子はそう信じていた。脚の悪い祖母と、祖父の遺した庭の花たちの世話をするために、わざわざ実家を離れて来てくれた優しい孫だ、と嬉しそうに話していた。

拓海は懺悔するように、低い声で語る。

「その二つの理由も、確かにあった。だが、それを言い訳に利用したのではないかと問われれば、否定はできない。俺は、早くあの家を出たかったんだ。それが最大の動機だよ」

航大は言葉を失う。拓海と母親との確執は、想像よりも遙かに大きなもののようだ。長年の積み重ねでそうなったのか、何か大きなきっかけがあったのか。気になったが、そこに踏み込む勇気は湧いてこなかった。

代わりに、話を戻そうと別の質問をすることにした。一度目を閉じ、動揺を鎮めてから訊ねる。

「それだけ嫌っているのに、どうして悩んでいるんですか？」

会いたくないのなら、ただ拒絶すればいい。それが簡単にできないというのなら、何かしら理由があるはずだ。

核心をついた質問をしても、拓海の表情が揺らぐことはなかった。淡々と、原稿を読み上げるかのような調子で説明する。

「親の離婚が決まったんだ。まだ正式ではないが、俺が二十歳になってから離婚届を提出するつもりらしい。父はそのまま家に残るが、母は一先ず地元に戻るそうだ。それで、母から『最後に会って話がしたい』と連絡がきた。だから悩んでいる」

拓海の声は感情に乏しく、親の離婚に気落ちしたり、ショックを受けている様子はない。意識して感情を隠そうとしているというよりは、本心から気にしていないといった印象だ。おそらく、以前からそうなることを予期していたか、それとなく事情を聞いていたのだろう。

話を聞き、航大はようやく拓海の抱えている悩みを理解した。どれだけ嫌っていようと、これが母親と会える最後の機会となるかもしれないのだ。拓海は優しいから、肉親からの最後のお願いを無下にできないという気持ちもあるのかもしれない。何にせよ、簡単に決断できることではないだろう。

「返事はいつまでとか、決まっているんですか？」

「決まってない。というか、向こうはこっちの予定なんか気にせず、一方的に来るつもりなんだ。

返事なんか待っちゃいない」

「そんな……」

それは流石に自分本位がすぎるのではないか、と航大は憤る。相手の意見に耳を貸そうともしないところに、親としての傲慢さが感じられた。自分ひとりの問題ではないのだから、少しは息子の心情を慮るべきだ。この辺りが、親子なのに馬が合わない一因なのだろう。

「そういう人なんだ」と拓海は冷めた声で言う。「一応、こっちに来る日が決まったら、もう一度事前に連絡するとは伝えられている。会うのは正式に離婚が決まってからにしたいみたいだから、少なくとも、俺の誕生日よりは後になるだろう」

「拓海さんの誕生日って、いつですか?」

「今月の二十七日だ」

もう一週間もない。いつ連絡が来てもおかしくないということだ。

隣のランニングコースを、本格的なスポーツウェアを着た集団が駆けていく。不揃いな足音が、頭の中を乱暴にノックするように耳朶を揺らす。

「拓海さんは、お母さんと会いたくないんですよね」

沈黙を嫌って、航大は再度確認する。

拓海は前を向いたまま答える。

「会ったところで、どうなるかは予想がついているからな。互いに言いたいことを言い合って、結局また口論になるに決まっている。良い思い出とか、感謝の気持ちとか、そういったものが全くないわけではないが、それ以上に悪感情の方が遥かに大きいんだよ。たぶん、向こうも似たようなものだと思う。もう何年も口をきいていないんだ。仲良く思い出話とか、最後に互いを激励とか、そんなことできるはずがない」

拓海はさばさばとした口調で説明する。感情論ではなく、これまでの経験から予測した結果を冷静に報告するかのような口振りだった。

掛けるべき言葉が見つからず、航大は途方に暮れる。何が、拓海にとっての正解なのだろう。『会わなくてもいい』と彼の意志を尊重すべきなのか。それとも、『最後なのだから会いに行くべきだ』と説得すべきなのか。

わからない。正しいのはどっちだ。いや、そもそも、正しい答えなどあるのだろうか。

無力感を覚え、航大は唇を噛む。拓海に恩返しができるかもしれないと意気込んで来たのに、なんという体たらくだ。彼を元気づける言葉のひとつも出てこない自らの不甲斐なさに、嫌気が差した。

不意に、拓海が立ち上がる。伸びた影の長さが、日暮れが近いことを告げていた。

「そろそろ暗くなりそうだし、もう帰らないとな。話を聞いてくれてありがとう。おかげで、自分の考えを整理できた」

「いえ、そんな」と航大は口ごもる。

「俺は向こうだから」と拓海は駐輪場とは反対方向を指差した。スポーツセンターの出入り口は複数ある。

「あ、はい。お疲れ様です」

「またな」

そのまま帰る気になれず、航大は遠のいていく拓海の背中を、ただ黙って見送った。

彼の力になれたという手応えは欠片(かけら)もなく、試合に負けたときと似た喪失感だけが胸の内を占めていた。

◇

放課後。窓の外では、冷たい雨が音を立てずに降っていた。ベランダの欄干に雨粒が衝突し、弾ける。弱々しく涙を流すように降る雨は、眺めているだけで憂鬱な気持ちになる。この雨は、いつになったら止むのだろう。

航大は視線を窓から教卓へと移す。そこには、白いインパチェンスの花が飾られている。近付き、土が乾いていることを確認してからじょうろで水を遣る。

水を浴びた土が黒く変色していく様子を眺めながら、航大は昨日のことを思い出していた。拓海が悩みを打ち明けてくれたのに、自分はまるで力になれなかった。彼は話を聞いてもらえて助かったと言ってくれたが、あれで彼の迷いを晴らす一助になれたとは、とても思えない。むしろ、却って気を遣わせてしまったのではないかとすら思えてしまう。

ふと、握っていたじょうろの感覚がなくなった。薄暗い教室の景色がさらに明度を落とし、瞼を閉じてしまったかのような暗闇に包まれる。距離感のない真っ暗な世界に、花が一輪咲いていた。ひとり孤独にぐったりと項垂れているその花は、明らかに弱っている。このままでは、間違いなく枯れてしまうだろう。

航大は、無言でその花を見下ろす。萎れた花を前にしても、水がなければどうすることもできない。できることと言えば、精々が、雨が降りますようにと天に祈ることくらいだ。だが、それは諦めに他ならない。祈ったところで、叶う保証などどこにもない。問題を投げ出したと同じだ。

では、どうすればいいのか。どうすれば、自分はこの花を救うことができるのだろう。

甲高い笑い声が響き、航大は我に返った。賑やかな女子生徒の話し声が教室の前を通過し、遠ざかっていく。

気が付くと、じょうろが空になっていた。水を遣りすぎてしまっただろうかと焦ったが、受け皿が水で満たされているようなことはなかった。土の湿り方を見る限り、どうやら早い段階で空になっていたらしい。

ホッとしたが、よくない傾向だな、と航大は反省する。ぼーっとしすぎだ。じょうろの水の残りくらい、持っていれば重さでわかるはずなのに。考え事に没頭するあまり、注意力が散漫になってしまっている。

手洗い場で水を汲んでこようとドアを開けると、廊下のすぐそこに凜がいた。

「おっ、働き者だね。お疲れ様」

航大が手にしているじょうろを見て、凜は笑顔で敬礼する。

「お疲れさん。これから部活か？」

「ううん、今日はお休み。図書室に行くんだ。ほら、私って文学少女だから」

「そうか」

反応の薄い航大に、凜は怪訝な顔をする。

「どうかしたの？　元気ないじゃん」

「そんなことはない。ちょっと眠たいだけだ」と航大は誤魔化す。

「それはよくないね。睡眠不足は美容の大敵だよ」

「そうだな。これから気を付ける」

話しながら、航大は思い出す。凜に伝えなければならないことがある。拓海の一件にばかり気を取られて、すっかり失念していた。

「そういえば、この前の話なんだけど」

「どの話？」

「ユキちゃんって女の子が、地面から紙風船が生えていたって言い出した話。知り合いに教えてもらったんだけど、フウセンカズラっていう紙風船にそっくりな実をつける植物がいるらしいんだ。ユキちゃんが見たのは、それじゃないかな」

凜が申し訳なさそうに首を左右に振る。

「わざわざ調べてきてくれたのは嬉しいけど、残念ながら、フウセンカズラではないの。私もあのあと色々調べて、同じのを見つけたんだ。絶対これだと思って、ユキちゃんに確認しに行ったんだけど、『これじゃない』って言われちゃった」

「フウセントウワタって名前の植物も、似たような見た目をしているみたいだけど」

凜は再度かぶりを振る。

「そっちも見つけた。でも、違うんだってさ。ユキちゃんが見たのは、『もっと紫っぽい色』だったんだって」

「紫か」

フウセンカズラと検索して出てきた画像は、どれも薄緑色だった。

「そういうわけで、これから図書室へ植物図鑑を調べに行くの。コウも、暇なら手伝いに来てくれてもいいよ」

屈託のない笑顔を浮かべて、凜が上から目線で提案する。

「偉そうだな」

「偉そうじゃなくて、偉いんだよ。天下の部長様だもん」

「俺は演劇部の部員じゃないけどな。まあ、いいや。水遣りを終えてからでいいなら、手伝ってやるよ」

「やったー。流石コウ、稀代の暇人」

「やっぱりやめた」

「あー、いまの嘘。コウは全然暇人じゃないよ。超多忙。現代人」

「フォローが下手すぎるだろ」

航大は呆れて顔をしかめるが、くだらないやり取りに、どこか救われた気持ちもあった。

「じゃあ先に行ってるね」と言って凜が立ち去り、航大は手洗い場へと足を向けた。


二十分ほどで残りの作業を片付け、航大は図書室へと向かった。

ドアを開くと、貸出カウンターの中で漫画を読んでいた図書委員の男子と目が合った。彼は航大の顔を見ると、わかりやすく眉をひそめた。図書室での水遣りは終えたはずなのに、どうして戻ってきたのだろう、と不思議に思っているようだ。

しかし、すぐに興味を失ったらしく、男子生徒はまた漫画へと視線を落とした。

図書室は、相変わらずの寂しさだった。広々とした読書スペースにいるのは、凜ただひとりだ。彼女は貸出カウンターから一番遠くのテーブルで、航大に向かって小さく手招きしている。

「成果はあったか?」

隣の椅子に座りながら、航大が囁き声で訊ねる。

凜は無言でかぶりを振った。彼女の前には、大判の植物図鑑が開かれている。傍らには、花に関係する大小様々な本が積まれていた。ポケットサイズの花図鑑、季節ごとの野草のハンドブック、薔薇(ばら)の専門書、著名な写真家が撮影したらしい花の写真集等々。とにかく目に付いた本を、手あたり次第棚から持ってきたらしい。

航大が手を差し出すと、凜は適当に本の山から一冊抜き出して手渡した。教科書ほどのサイズの、花図鑑だ。パラパラとページを捲(めく)る。花の名前と写真はもちろんのこと、生態や特徴に加え、ドライフラワーのつくりかたや花束のラッピングのテクニックなど、通俗的な情報も記載されていた。

一ページずつ、花の写真を確認する。想像よりも、変わった形の花は多かった。釣り鐘形やラッパ形はもちろんのこと、ウニや小判のような見た目の花もある。しかし、肝心の紙風船に似ているという印象のものは見当たらない。

調べていると、何度か航大でも名前を知っている品種と出くわした。校内で世話をしている花たちもいたし、園原家の庭で見た顔もあった。それらを目にするたび、自分はこの半年間で随分とたくさんの花を知ったのだな、と改めて思う。そして、これからももっと知りたいと望んでいる。

花の世話をすることは、航大にとって新鮮な経験だった。スポーツのように、心が熱くなるわけではない。ただ、世話をしている花たちが元気そうにしている姿を見ると、胸の内がほんのりと温かくなる。その感覚が、航大は好きだった。いつか、校内の花たちだけではなく、自宅でも花を育ててみたい。自分の花を、自分ひとりで育てるのだ。

航大の頬が自然と緩む。いつの間にか、やりたいことが増えている。これはきっと、幸せなことなのだろう。

そんなことを考えながらページを捲っていた航大の手が、不意に止まった。紙風船に似た花を見つけたからではない。気になる名前が目に留まったのだ。

ランタナ。四年前から去年まで、毎年匿名で園原宅へと押し花栞として届けられていたという花だ。小さな花たちが集合している姿はどことなく沈丁花を思い起こさせるが、ひとつの集合体に黄色やピンクといった複数の色が混じっていて、こちらの方がより華やかだ。

航大はランタナの写真を眺めながら、こめかみに指を当てるようにして記憶を辿る。初めて見る花のはずなのに、既視感があるのだ。どこで目にしたのだろう。

十数秒ほど考え、思い出した。拓海が使っていた栞だ。彼は、黄色とピンクの花が描かれた栞を使っていた。失礼ながら、可愛らしさが不似合いだったので印象に残っていた。見かけた当時は絵が描かれているものだと思っていたが、あれが押し花栞だったのかもしれない。

誰から届いたのかもわからない贈り物をよく普段使いできるな、と航大は思うが、確かに拓海はどこか超然とした雰囲気があるし、そういうことに頓着しなさそうだ。

特徴の欄を確認すると、ランタナには、周囲の植物の生長を抑制するアレロパシー物質を放出する特性があると書かれていた。セイタカアワダチソウと同じだ。これが菊子の言っていた、他の花と一緒に育てない方がいい理由だろう。

納得し、次のページへと移ろうとしたところで、とある項目が目に入った。ただの偶然だろうと思いつつも、強い磁力で惹きつけられたように、そこから視線を外すことができない。

まさかと思い、思考を巡らせる。辻褄は合う。しかし、確証はどこにもない。

「どうかした？」

突然体を硬直させた航大に、凜が小声で訊ねる。

「いや、なんでもない」

小声で返して、航大は思考を中断した。自らの推測が当たっていようがいまいが、意味のあるものではない。余計なことは考えず、調べものに戻ろう。

意識を切り換え、再びページを捲っていく。

紫っぽい色をした、紙風船に似た花。漠然とした情報だが、特徴的ではあるから、見ればピンとくるだろう。だが、どれだけ捲っても、それらしい花は載っていなかった。

最後の方になると、ページが白黒になった。花の写真はもうなく、『植物用語解説』というものが延々と続いている。それらを飛ばすと、索引ページに突き当たった。無駄に広いスペースを埋めるためか、和名と学名の他に、英名まで記載されている。

この本からは手掛かりなしか。航大は小さく息を吐き、ざっと索引ページに目を通す。

「ん？」

反射的に、声が洩れた。慌てて口を噤（つぐ）み、横目で貸出カウンターの方を窺うが、漫画に夢中な図書委員は、こちらを見向きもしていない。

もう一度、索引ページに目を落とし、端に記されているページ数を確認する。

勢い込んで、航大はそのページまで戻った。写真に写っている花の色は青紫だが、花の形はおよそ紙風船とは程遠い。しかし、添えられた文を読み、納得した。

こっそりと携帯端末を取り出し、検索してみる。画像を見て、航大は口角を上げた。

航大は凜の肩を叩き、携帯の画面を見せながら囁く。

「これじゃないか？」

◇

翌日の昼休み。航大は凜に購買部へと呼び出された。

「どのパンがいい？」

レジカウンターの隣に並ぶパンの前で、凜が訊ねる。

「その質問は、俺が食べたいパンはどれだってこと？」

「そういうこと」

端から端まで視線を滑らせ、航大は品揃えをチェックする。焼きそばパンは売り切れで、ぶどうパンは悲しいくらいに売れ残っている。他には、カレーパン、ジャムパン、コロッケパン、コッペパン、卵サンドなどがある。

「悩ましいな。焼きそばパンが残っていたら即決だったのに」

「早くしないと、他のも売り切れちゃうかもよ」

「うーん、そうだなあ。カレーパンかな」

「カレーパンね。オーケー」

凜はカレーパンを手に取ると、すぐさまレジへと並んだ。会計を済ませ、それを航大へと手渡す。

「奢(おご)ってくれるのか？」

凜はニッコリと笑った。

「もちろんだよ。お礼だもん」

「お礼ということは、合ってたんだな」

「うん。昨日、帰ってからユキちゃんに確認した。コウの読みが大正解」

「よかったよ。それと、奢ってくれてありがとう」

「お礼のお礼はいらないよ。それにしても、よくキキョウのことだって気付いたね」

凛が感心したように声を弾ませる。

ユキちゃんが目にした花の正体は、キキョウだった。秋の七草のひとつに数えられることもある、日本でも馴染み深い星形の花だ。

「運がよかっただけだよ。たまたま、それらしい名前が目に留まったんだ」

最初に図鑑を眺めていたときは、写真を見た段階で違うと結論付けて、すぐにページを捲ってしまった。しかし、索引ページでキキョウの英名を見た瞬間、調べてみる価値があると直感した。自らの洞察力を自画自賛するつもりは微塵もない。あの直接的な名前を見たら、誰だって同じ発想に至るだろう。

キキョウの英名は『balloonflower』。まさに『風船』という単語が、その名に含まれていたのだ。航大はすぐさま図鑑を読み返し、その名の由来を知った。

航大と凛は購買部を後にして、廊下の壁にもたれるようにして話を続ける。

「まさか、花は花でも蕾だったとはね」

そう言って、凛はクスリと笑う。

彼女の言うように、ユキちゃんが見たのは、蕾の状態のキキョウだった。おそらく、どこかの庭先か公園辺りで育てられていたのだろう。そして、そのときの姿こそが、キキョウの英名の由来でもある。キキョウの蕾は、フウセンカズラの実のように、ふくらんだ紙風船のような形状となるのだ。画像で見た限り、フウセンカズラの実よりも角張っていて、質感はまさに紙風船とよく似ていた。幼いユキちゃんには、紙風船とキキョウの蕾が同じものに思えたのだろう。

「これで仲直りさせてあげられるな」

航大の言葉に、凜は表情を曇らせた。不安そうに俯き、落ち着きなく体を左右に動かす。

「それ、実はまだ不安なんだよね。ちゃんと仲直りできるかなあ」

普段は隠しているという、彼女のネガティブな一面が顔を出している。

「どの辺が不安なんだ？」

航大が問いかけると、凜は眉をひそめて苦笑を浮かべた。

「トモくんの方がね、ちょっと心配なんだ。あの子、強情なところがあるから、謝りたがらない気がするんだよね。『やっぱり紙風船なんて生えてなかったじゃないか』って言い張って、またユキちゃんのことを責めちゃいそう」

「いるねえ、そういう子供」

「大人にもいるけどね。そういうタイプ」

「まあ、そのトモくんからしたら、事実と違う話をされたんだから、相手を嘘吐き呼ばわりしたって仕方がないと考えるかもしれないな」

実際、一方的に非があると断じることはできない話だ。紙風船は地面から生えるものではないという常識を身に付けていたトモくんにとっては、ユキちゃんが嘘を吐いているとしか思えなかっただろう。

「勘違いと嘘吐きは違うって、丁寧に説明するしかないか。ちゃんと理解してもらえるかなあ」

早くも説得に失敗した未来を想像してしまったのか、凜ががっくりと肩を落として溜め息を吐く。

「想像しただけでそんなに気落ちしていたら、また疲れちまうぞ」

航大が心配すると、凛は不敵な笑みを浮かべた。

「わかってないね。ネガティブ思考人間にとって、このくらいのことは日常茶飯事だよ」

航大は呆れて眉をひそめる。

「自信満々に語るなよ。それがよくないって話だろ」

「わかっていても考えちゃうから困っちゃうんだよ。目を閉じれば、頭に浮かぶのは悪い想像ばかり。それが生粋のネガティブラー」

「なんだよ、ネガティブラーって」

「物事をネガティブに考えちゃう人のことです」

「だと思った」

「わかっているなら訊かないでよ」と凛は不服そうに唇を尖(とが)らせる。

窓から陽光が射し込み、廊下を白色に照らす。昨日から今朝まで降り続いていた雨がようやく止み、雲間から太陽が顔を出したようだ。しかし、意地悪な雲がすぐにまた太陽を隠してしまう。

凛は航大を見上げるようにして訊ねる。

「コウだったら、どうする？　うまく仲直りさせてあげられなかったら、次に何をする？　少し時間を置いた方がいいのかな？　それとも、連日説得に出向くべき？」

「もう失敗してからのことまで考えてるのか」

「私みたいなネガティブラーには大事なことなの。失敗してもまだ次の策が用意してあると思えれば、少しは気持ちが落ち着くでしょ。そういう意味では、これはむしろ前向きな行為とも言えるよ」

「なるほど。そう言われると、必要なことに思えるな」

「そうでしょ」と凜は得意気な顔になる。

　仲直りさせてあげられなかったら、か。

　航大が思い浮かべるのは、顔も知らないユキちゃんとトモくんのことではない。拓海と、その母親のことだ。ここ数日繰り返してきた、自分は拓海のために何ができるのだろうという自問が、頭の中を行き交う。

　一昨日、拓海が事情を打ち明けてくれたときのことを思い出す。彼の『母親と会いたくない』という気持ちに偽りはないだろう。しかし、その言葉が百パーセント母親への嫌悪から出た言葉とは、航大には思えなかった。

　仲が悪いのは事実だろうし、母を嫌っているということも本心だろう。でも、悩んでいるということは、心のどこかで会ってもいい、会うべきだ、という気持ちがあるのではないだろうか。

　もちろん、これは航大のただの勘だ。拓海の気持ちを、勝手に推察しているだけにすぎない。ただ、どうしても引っ掛かることがあるのだ。彼は、『会ったところで、互いに言いたいことを言い合って口論になるだけだ』と言っていた。言葉尻をとらえるようだが、互いにというのなら、拓海の方にも、母に対して何か言いたいことがあるのではないか。

　もしも、この推測が当たっているのなら、自分にもできることがあるような気がしてくる。しかし一方で、親子の問題に他人が首を突っ込むべきではないのではないかという思いもあった。

　窓越しに晴れそうで晴れない空を見上げ、航大はなんとももどかしい気分になる。巨大な団扇(うちわ)で、陽光を遮っている邪魔な雲を全て吹き飛ばせたらいいのに、と幼稚な想像が頭に浮かんだ。

昔から、悩むことが嫌いだった。悩むよりも、まず行動。単純でわかりやすく、失敗しても受け入れやすい。お気に入りの行動指針だ。でも、今回はそうはいかない。絶対に失敗できないという重圧が、決断を躊躇(ためら)わせる。

だけど、と航大は思う。最終的には、決めなければいけない。PKのキッカーに名乗り出ておいて、いつまでもボールの前で立ち尽くしてはいられない。どれだけ外すことが恐くても、シュートを打つときは、いつか必ずやって来る。

不意に、雲の隙間から陽光が洩れた。薄く細いのに、驚くほど眩(まばゆ)い光だった。

目を細めて、航大は口を開く。

「相手にとって最善と思うことを、自分を信じてやるしかないんじゃないか」

それは、凛への回答というより、ほとんど自分自身へと向けた言葉だった。

抽象的な意見に凛が腹を立てるかと思ったが、意外にも、彼女は得心がいったような顔で微笑んだ。

「まあ、お節介なんてそんなものだよね」

凛の言葉が、すとんと航大の胸に落ちた。

お節介。確かに、そうなのかもしれない。恩返しがしたいなんて偉そうに考えたところで、結局は自己満足のためであることは否定できない。見て見ぬ振りをすることで、自責の念に襲われることが恐かった。

でも、と航大はそっと拳を握る。

拓海の力になりたいという気持ちに、嘘はない。

その想いもまた、疑いようのないくらいハッキリとしていた。

◇

アスファルトの凹みにできた水溜りに、ビー玉が落ちていた。

誰が落としたのだろうか、と航大は一瞬だけ気になったが、すぐにどうでもよくなった。当然、ここを通った誰かが落としたのだ。

朝は雨が降っていたので、今日の航大は電車通学だった。夕陽を背にして、駅まで歩く。放課後になってすぐに下校したのだが、周りには同じように駅へと向かう生徒がそれなりにいた。視界の中の生徒たちに帰宅を急いでいる気配はなく、誰もが一日を終えた解放感を嚙みしめるようにのんびりと歩を進めている。

駅に着くと、丁度電車が到着したタイミングだった。駅舎から、大勢の人たちが溢れ出てくる。

もしかしたら、拓海がいるかもしれないな、と航大は思う。火曜日に電車通学をすると、帰宅時に駅前で拓海と遭遇することが何度かあった。どうやら、大学からの拓海の帰宅時間と重なっているようなのだ。

戯れ(たわむ)に見回すようにして探してみると、本当に拓海の姿があった。彼は周りの人たちよりも背が高いから、よく目立つ。

拓海も航大に気付き、どちらからともなく歩み寄る。

「こんばんは」

「おう。今日は電車なんだな」

「朝は雨でしたから」

「ああ、そうか。そうだったな」

相槌を打ちながら、拓海は欠伸を嚙み殺す。

「寝不足ですか？」

航大の問いに、拓海は目元を擦りながら答える。

「雨音がうるさくて、よく眠れなかったんだ」

航大は微かに眉をひそめる。確かに昨日から今朝まで雨は降っていたが、窓に目を向けなければ気付けぬほどの小雨で、睡眠を妨害するほどの勢いではなかった。拓海の家の方だと、違ったのだろうか。

会話が続かず、沈黙が降りる。あの後、母親との間に何か進展があったか訊ねたいのだが、触れていいのだろうかと躊躇してしまう。

だが、このまま黙っていてはどうにもならない。覚悟を決めて、航大は口を開く。

「その後、何かありましたか？」

質問の意図を、拓海はすぐに理解してくれた。眠たそうな目で、首を縦に振る。

「昨日、連絡があったよ。今度の日曜日に来るつもりらしい」

当事者でもないのに、航大はドキリとした。本当に息子と相談せず、一方的に決定したらしい。

「直接、拓海さんの家まで来るんですか？」

航大が質問を重ねる。

母親が家にやって来ることを想像してしまったのか、拓海が顔をしかめた。

「電話だけならまだしも、別れた旦那の実家を直接訪ねたくはないだろう。待ち合わせ場所は、街中の喫茶店を指定してきたよ」

「電話？　連絡は、携帯でしていたんじゃないんですか？」

「向こうは携帯だろう。ただし、連絡は俺ではなく、家の固定電話に来るんだ。あっちも俺も、互いの携帯の連絡先を知らないからな。俺は外出していたから、二回とも電話には祖母ちゃんが出たよ。まあ、仮に家に居たとしても、俺は電話に出なかったと思うけど」

親子なのに互いの連絡先も知らないということに、航大は驚いた。そして、母親からの連絡を拓海に伝える菊子のことを想像し、胸が苦しくなった。彼女が義理の娘に対してどのような感情を抱いているかは判然としないが、そんな伝言を頼まれて、心が波立たないわけがない。孫が心配で、気もそぞろだったはずだ。

だからこそ、菊子は自分に、拓海の相談相手になってほしいと頼んだのだろう。愛する孫のために、できる限りのことをしてあげたかったのだ。

「それで、拓海さんはどうするつもりなんですか？」

航大が問いかけると、拓海は一度静かに目を閉じた。自らの答えと向かい合うような間を置いてから、目を開く。

「会わない。最後の最後に、嫌な思い出を増やしたくないんだ」

小さく、しかしハッキリとした声で拓海は断言した。どれだけ想像してみても、母親とうまくコミュニケーションが取れる未来が見えなかったのだろう。

「そうですか……」

拓海が再び眠たそうに自らの目元を擦る。もしかしたら、昨夜眠れなかったのは雨音のせいなんかではなく、どうするべきか悩み、考え込んでしまったからなのかもしれない。そうして出した結論が『会わない』ということなら、外野が口を出すことはできない。本人の意思は、尊重すべきだ。

それなら、自分には何ができるのか、と航大は自問する。

考え、思い付いたことはある。拓海から悩みを打ち明けられてから、ずっと考えていたことだ。だが、中々それを口にすることができない。これはただの独りよがりなのではないかという不安と恐怖が邪魔をする。

凜を励まそうとしたときもそうだった。嫌われるのが恐かったし、自分の言動で、却って相手を傷付けてしまうのではないかと不安になった。きっと、こういった感覚には、一生慣れるものではないのだろう。

腰に手を置き、大きく息を吐く。緊張をほぐすための、サッカー部員時代のルーティンだ。肩の力が抜け、心が落ち着く。

一瞬、思考がまっさらな状態に戻り、拓海と初めて会ったときのことを思い出した。彼に悩みを聞いてもらって、自分がどれだけ救われたか。手を差し伸べてもらえたことが、どれだけ嬉しかったか。あのときの感覚は、自分の内側に鮮明に刻み込まれている。

航大は前を向く。答えの出ない自問自答は、もう止めだ。親子の問題に他人が首を突っ込むべきではないという理屈はわかる。だけど、それを何もしない言い訳にはしたくない。助けになろうとすることが相手にとって迷惑かどうかなんて、どれだけ考えてもわかるわけがないのだ。救いの要不要は、自分ではなく相手が判断することだ。

自分は拓海に救ってもらった。お節介だろうと何だろうと、今度はこちらから手を差し伸べたい。

「拓海さん。ひとつ訊いてもいいですか?」

「何だ？」

「お母さんに、何か言いたいことはありませんか？」

予期せぬ質問に面食らったように、拓海が目を瞬く。

「言いたいこと？」

「そうです。最後にお母さんに伝えたいこととか、ありませんか？　不満でも文句でも、何でもいいんです」

拓海が「ない」と答えれば、話はそれまでだ。ただ、これまでの言動から、その可能性はかなり低いだろうと航大は推察していた。言いたいことが何もないような相手であれば、これほど悩んだりはしない。

航大に真っ直ぐ見据えられ、拓海は観念したように溜め息を吐く。

「ないことはない。不満や文句だけでも、言いたいことは山ほどあるよ。でも、俺はもう会わないと決めたんだ。その決定を覆すつもりはない」

「わかってます。そのことに口を挟むつもりはありません。ただ、ひとつ提案があるんです」

拓海が無言で先を促す。

航大はもう一度大きく息を吐いてから、続ける。

「お母さんに、手紙を書いてみませんか？　書けたら、俺が届けますから」

拓海が啞然とした顔で航大を見る。そして、無理難題を押し付けられたように渋面をつくった。

「それは、難しい提案だな」

「もちろん、無理にとは言いません。でも、もしも何か伝えたいこととか、届けたいものがあったら、俺を使ってください」

航大は、臆さず拓海の目を見て言った。今回の一件は、どう転んでも拓海の内にわだかまりや後悔を残すだろう。それは逃れようのないことだ。ならば、自分にできることは、少しでもその鬱屈(うっくつ)した想いを拭い取ることだ。

拓海は小さくかぶりを振る。

「手紙なんて、書ける気がしない」

「丁寧な文章でなくてもいいと思います。言いたいことをひたすら書き連ねたもので充分です」

溜め込んでいるものがあるのなら、吐き出してしまった方がいい。楽にはなれなくても、多少は心が軽くはなる。抱え続けるよりは、ずっとマシなはずだ。そのことを、航大は経験から知っていた。

航大の話を聞いても、拓海は気が進まなそうだった。それでもあっさりと拒絶することはなく、黙って宙を見詰めている。真剣に検討してくれているのだと、航大にはわかった。

暫(しばら)くして、拓海が口を開いた。

「とりあえず、やるだけやってみる」

いつもの拓海らしい、事務的な口調だった。ただ、先程まで眠たそうだった瞳に、光が宿っている。

祈るような気持ちで、航大は静かに顎を引いた。

◇

外出のために身支度を整えて時計を確認すると、間もなく午前九時になるところだった。

前日の夜に、拓海から『手紙の用意ができた』と航大に連絡が来た。提案を聞き入れてくれたことへの嬉しさを覚えると同時に、緊張で全身が硬くなった。心臓が早鐘を打ち、目に見えない何かが体の内側を這いまわる。これまで感じたことのない重圧の大きさに、吐き気がした。だが、もう引き返すことはできない。これで、拓海の心残りが少しでも減ってくれることを願うだけだ。

今日が約束の日曜日だ。拓海の母は、昼前の十一時を待ち合わせの時間に指定していた。時間的にはまだ余裕があるが、拓海から手紙を預かるために、一度反対路線の電車に乗らなければならない。そろそろ家を出た方がいいだろう。

ショルダーバッグを手にして、玄関へと向かう。三和土(たたき)で靴を履き、立ち上がったタイミングで、ドアが開く。ドアの外に立っていたのは、ポストから郵便物を取って戻ってきた航大の母だった。

航大と対面した母は、気まずそうに眉をひそめた。おそらく、自分も似たような表情を浮かべているのだろうな、と航大は思う。互いに、どう接するべきかわからないと思っているのだ。

昨年航大が巻き込まれた暴力事件をきっかけに、親子の間には大きな溝ができた。会話の頻度は極端に減り、食事も別々の時間にとるようになった。いつの間にか家庭には、家族なのに他人と暮らしているかのような居心地の悪い空気が充満していた。

そんな親子の関係性を、航大は積極的に修復しようとはしなかった。問題の解決を時間に委(ゆだ)ね、なるようになればいいと考えていた。

しかし、拓海の話を聞いてから、航大は少し恐くなっていた。時間が経つことで、取り返しがつかないほど溝が深まることもあるのだ。そうなったとき、自分は後悔せずにいられるだろうか。

「出かけるの?」

素っ気ない口調で、母が訊ねる。

昔は、母に怒られるのが恐かった。だがいまは、母の方が怯えているように見える。ただ、それは、航大を恐れているわけではない。接し方に悩みながらも機を見て話しかけようとしてくる母からは、遠くへ行ってしまった誰かと波長が合わなくなり、通信が途絶えてしまうことを憂慮しているような気配が感じられる。繋がりが消えることを恐れているのだと、いまになって気付いた。

「……うん」

「そう。気を付けてね」

「うん」

航大はそのまま家を出ようとするが、なぜだか一歩が前に出ない。拓海は向き合う覚悟を決めたのに、自分はこのままでいいのか。そんな考えが、頭を過る。他人をけしかけておいて、自分が何もしないのは格好がつかない。

何かをするなら、いまではないか。そう思い、航大はすっと息を吸い込む。

「……いってきます」

母から視線を外し、俯くようにして絞り出した声は、情けなくなるほど小さかった。言い慣れた言葉のはずなのに懐かしさを覚え、なんだかむず痒くなる。

母からの反応はない。驚いているのか、ただ聞こえなかったのか。どちらにしても、決まりが悪い。

堪らず、航大は逃げるように母の横を通り抜け、外へと出た。ドアが閉まる寸前、背後から嬉しそうな母の声が聞こえてきた。

「いってらっしゃい」

その響きもまた、くすぐったくなるくらい懐かしかった。

高校の最寄り駅で電車を降り、駅前まで出向いてくれた拓海から封筒を受け取った。封筒は薄く、軽い。どうやら、中身は便箋（びんせん）一枚のようだ。風が吹けばあっさりと飛んでいってしまいそうなそれを、航大は慎重にクリアファイルへと入れ、さらにノートで挟んだ。これで、折り目が付いたりはしない。

封筒を渡した拓海は、落ち着いた声で「よろしく頼む」とだけ言った。航大は無言で頷き、再び駅のホームへと移動した。電車に乗り、教えてもらった待ち合わせ場所へと向かう。

電車に揺られる間、緊張でずっと喉が渇いた。じっとしていられず、首を撫（な）でたり腰を回したりと、無意識に体を動かしてしまう。

あれ以来、拓海の母は連絡を寄越さなかったらしい。それはつまり、今日拓海が行かないことはもちろん、航大が代わりに手紙を届けに行くことも、拓海の母は知らないということだ。

息子と会えないと知ったとき、拓海の母はどんな反応を示すのだろうか。そのことを想像すると、ますます緊張で鼓動が速くなった。

目的の駅に到着し、下車する。人混みの流れにのって改札口を抜け、そのまま外へと出た。今日は例年より気温が高く、まるで春のような陽気に包まれている。

日曜日ということもあり、街の中心部は混雑していた。指定都市なので、隣県からも多くの人が遊びに来ているのだろう。人の話し声、車の走行音、鳥の鳴き声、店の外まで届く大音量の店内ＢＧＭ。あらゆる音が混ざり合い、巨大な喧噪（けんそう）をつくりあげている。

いまの航大にとって、この騒々しさはありがたかった。静寂に浸っているよりは、緊張しないですむ。

航大は目的地を目指して歩き始める。待ち合わせ場所の喫茶店は、個人経営の店らしい。街中には昔から数えきれないほど遊びに来ているが、目当ての喫茶店があるのは、あまり足を運んだことのない方角だった。

家電量販店と学習塾の間にある細い路地を抜けた先に、その喫茶店はあった。外見は古い民家のようで、隠れ家的というより、移転のタイミングを見失って取り残されてしまったかのような哀愁（あいしゅう）を感じる。駅前はあれだけ人で溢れかえっていたのに、店の前の狭い道路には、野良猫一匹見当たらない。

飾り窓はあるが、薄暗く、店内の様子は窺えない。『青』というシンプルな店名が書かれた立て看板だけが、不自然なほど新しかった。待ち合わせ場所でなければ、足を踏み入れることはなかっただろうな、というのが航大の下したこの店の第一印象だ。

航大は携帯で時刻を確認する。あと三分で十一時だ。

三分間外で待ったが、客はおろか、通行人のひとりも通らなかった。拓海の母は、既に店内で待っているのかもしれない。

航大はドアの前に立ち、深呼吸する。いよいよだ。試合に挑むような気持ちで、ドアノブに手を掛ける。

ドアを開き、店内を見回す。左手にカウンター席があり、右手には二人掛けのテーブル席が四卓並んでいる。カウンターの奥に店主と思しき白髪の老人が座っているが、雑誌を読み耽（ふけ）っていて、航大の方を見向きもしない。客商売への熱意は持ち合わせていないらしい。うっすらと流れるクラシック音楽は、聞いたこともない曲だった。

航大以外に、客は一人だけだった。一番奥のテーブル席に座っている短髪の女性が、紫煙をくゆらせている。彼女はチラリと航大の方を一瞥して、すぐに正面に向き直った。

間違いない、と航大は確信する。あの女性が、拓海の母親だ。

拓海の母の写真は、前日に携帯に送ってもらって確認していた。親族が集まったときに撮影した写真を、菊子が持っていたのだそうだ。十年近く前の写真ということだったが、視線の先にいる女性は、写真に写っていた姿とほとんど変わっていない。

「待ち合わせです」と店主に声を掛けると、彼は無言で小さく顎を引いた。

狭い通路を進み、拓海の母が座る一番奥の席へと向かう。煙草の臭いが強まった。

不意に近付いてきた見知らぬ男を、彼女は怪訝そうな顔で見上げた。いつからここで待っていたのか、テーブルの上のコーヒーカップはほとんど空になっている。

航大は頭を下げて、挨拶する。

「はじめまして。拓海さんの友人の、森川航大です。拓海さんのお母さんですよね?」

彼女はきょとんとして目を瞬く。

「そうだけど。え、何、どういうこと? あなた、拓海の友達なの?」

「そうです」

「拓海は?」

「来ません」

どう伝えるべきかわからず、航大は短く言い切った。胸の内がチクリと痛む。

拓海の母は、頭の中で状況を整理するようにテーブルに視線を落とした。その仕草を目にして、航大はハッとする。その姿は、考え事をするときの拓海とよく似ていた。

やがて、彼女は口角を上げ、愉快そうに笑い始めた。軽快に、声を上げて笑う。

「いやあ、これは流石に予想外。来ないだろうなとは思っていたけど、わざわざそれを友達に伝えさせるとはね。随分と親切で、ビックリしちゃった」

彼女の反応に、航大は面食らう。怒ったり、落ち込んだりするパターンは想像していたが、こんなあっけらかんとした反応は想定していなかった。

ひとしきり笑うと、彼女は煙草を灰皿に押し付け、頬杖をついて航大を見上げた。

「それで、君は伝言を頼まれただけ？」

「いいえ。拓海さんからの手紙を届けに来たんです」

「手紙！」

彼女は目を見開き、さらに口角を上げた。想定外の展開を愉しんでいるようだ。

航大はバッグからノートとクリアファイルで挟んでおいた封筒を取り出し、拓海の母へと手渡した。

彼女はそれを受け取り、指で摘まむようにしてひらひらと振る。

「さてさて。一体どんな恨み辛みが書かれているのやら」

その軽薄な態度に、航大はムッとする。拓海があれほど悩み、苦しんでいたのに、彼女はまるで平然としている。彼女にとって、息子と会えるかどうかは、些末（さまつ）なことだったらしい。もしかしたら、『最後に会って話がしたい』という頼みも、儀礼的なものだったのかもしれない。

息子さんの気持ちを考えたことがあるんですか、と文句のひとつも言いたかったが、ぐっと堪えて一礼する。

「それでは、失礼します」

これで役目は果たした。航大はドアの方に体を向け、そっと息を吐く。

呼び止められ、振り返る。彼女は笑顔のまま、向かいの席を指差していた。

「ちょっと待って」

「折角だから、ちょっとお話ししましょうよ」

どう返事をしたものか、と航大は眉をひそめる。気持ちの大部分は、断ってさっさと帰りたいと思っているが、彼女はどんな話をするつもりなのだろうという興味もあった。

航大が言葉に詰まっていると、彼女は店の主人に向かって「すみません。コーヒーひとつ」と注文した。

店主は返事をせずに、読んでいた雑誌を閉じて立ち上がった。緩慢な動作でカップを用意し、コーヒーを淹(い)れる準備を始める。

拓海の母がにっこりと笑い、「コーヒー、飲めるでしょ?」と航大に訊ねる。

強引さに呆れながら、仕方なく、航大は向かいの席に腰を下ろした。

「ええと、お名前はなんだったっけ?」

「航大です」

「そうそう、航大君。私は春香(はるか)っていうの。よろしくね」

航大は軽く頭を下げ、改めて正面から春香の顔を見る。意志の強そうな大きな瞳に、たるみのない頬。年齢はわからないが、かなり若々しい印象を受ける。身に纏(まと)う雰囲気は自信に満ちていて、物怖じしない性格であることは一目でわかった。

「さっきから気になってたんだけど、拓海の友達なのに、どうして『さん』付けで呼んでいるの？」

「俺の方が、年下なので」

そもそも、便宜上『友人』と名乗らせてもらったが、航大にとって拓海は、『尊敬する先輩』のような存在だ。『目標とする人物』と言い換えてもいい。

「あら、そうなの。同い年じゃないのね。それじゃあ、拓海とは、どうやって友達になったの？」

「以前、俺が困っているところを拓海さんに助けてもらったことがきっかけです」

「そうなんだ。それは母親として鼻が高いわ」

本気か冗談か判然としないことを言って、春香が微笑む。

運んできたコーヒーを、店主が無言で航大の前に置く。無愛想だが、丁寧な手付きだった。

「拓海は元気にしてる？」

「はい」

あなたのせいでげんなりしてましたよ、とは言えなかった。

「相変わらず、花の世話ばかりしているのかしら？」

「そればかりというわけではないと思いますけど、花の世話はちゃんとしています」

「やっぱり。本当に、よく飽きないわよね」

春香が笑うが、それは決して小馬鹿にしているというようなものではなく、むしろ感心しているようだった。

その様子を見て、航大は不思議に思う。拓海が来なくても全く気落ちしなかったのに、息子の話を聞く彼女は、とても楽しそうだ。息子に関心があるのかないのか、どちらなのだろう。

笑顔のまま、春香がさらに訊ねる。

「拓海は、私のことをどんなふうに話してた？」

「えっ」

際どい角度からの質問に、航大は当惑する。

「手紙を届けてもらうように頼んだくらいなんだから、ちょっとは私のことを話したでしょ？　なんて言ってた？」

返事に窮して、航大は目を泳がせる。必死に言葉を探して、囁くように答える。

「あまり仲が良くないと、言ってました」

春香がくすりと笑う。

「だいぶ優しい表現を選んでくれたね」

「いえ、そんな」

航大は取り繕うようにコーヒーを口にして、強烈な苦みに目を見開く。うっかりブラックで飲んでしまった。眉根を寄せ、慌ててミルクと砂糖を入れる。

「気を遣ってもらわなくても大丈夫よ。あの子が私を嫌っていることなんて、百も承知なんだから」

そう言い切る春香は、寂しそうでもなければ、悲しそうでもなかった。

やはり彼女の内心が読み取れず、航大はモヤモヤする。結局、彼女は拓海のことをどう思っているのだろう。

航大の疑念を見透かしたように、春香が続ける。

「私と拓海は、昔から笑っちゃうくらい相性が悪かったんだ。価値観は違うし、性格も考え方も正反対。バカ真面目と不真面目。几帳面と大雑把。仲良くなれる要素がないでしょ」

　バカ真面目で几帳面が、拓海のことだろう。

「いつからか、私たちは毎日のように口喧嘩をするようになっていたわ。喧嘩の理由は、ほとんど思い出せないようなくだらないものばかり。一緒にいるだけで苛々しちゃって、ただお喋りしていただけなのに、いつの間にか口論になっているなんてこともしょっちゅうだった」

　その辺のことは、拓海も話してくれていた。『喧嘩をしない日の方が珍しかった』という表現は、誇張のない真実だったらしい。

　春香はテーブルの上に手を伸ばし、灰皿の縁を指でなぞる。

「傍から見たら、私たちの親子関係はうまくいっていないように見えたと思う。でもね、それが私たち親子にとっての普通だったの。親子だからって、そりが合わないのに無理して仲良くする必要はないでしょ。相手に腹が立ったなら、溜め込まずに喧嘩すればいい。子供の世話を放棄していたわけでもないし、息子も非行に走ったりしていない。それで充分じゃない」

　その言い分は一理あるのかもしれないが、どうにも釈然とせず、航大は口を挟む。

「でも、その口喧嘩が、拓海さんのストレスになっていたようですよ」

　航大の指摘を、春香は涼しい顔で受け止める。

「それはお互い様よ。私だって、口論でストレスを溜めることはあったわ。喧嘩の原因がどちらか一方に偏っていたわけではないし、私だけを悪者扱いするのは、ちょっと無理筋じゃない？　それに、会話もなく相手を無視するようになるよりは、喧嘩をしている方がよほど健全な関係でしょ」

「それは、そうかもしれませんけど……」

憮然とした表情を浮かべる航大に、春香が悪戯っぽく口元を綻ばす。

「なーんて。こんなふうにすぐ言い返しちゃうから、喧嘩が絶えなかったんだろうね。私も拓海も、相手の言葉を聞き流すってことが苦手だった。よりにもよって、そういうところだけ似ちゃったみたい」

でもね、と春香はそこで初めて、声に憂いの色を滲ませた。

「喧嘩ができるってことは、やっぱり幸せなことだったんだと思う。ううん。幸せとは違うか。喧嘩なんて、少ないに越したことはないんだから。だけど、喧嘩もできなくなるよりは、絶対にマシだった。航大君は、親と喧嘩したりする？」

「……まあ、はい。最近は、ほとんど口も利かないような状態でしたけど」

喧嘩がずっと続いていたとも言えるし、喧嘩すらなくなっていたとも言える。

航大の言葉に、春香が微かに眉をひそめる。

「それ、あんまり長く続けない方がいいよ。どんな事情があったのかは知らないけど、時間が経てば経つほど、どうすればいいかわからなくなるから。その内、赤の他人よりも遠い人になっちゃうかもよ」

最後の言葉を、春香は実感を込めて付け足した。

「わかってます」と航大は頷く。そのことは今朝、強く実感した。

「そう。ならいいけど」

春香がドアの方を窺い、つられるように航大もそちらに視線を向ける。閉じられたドアを見詰める彼女の表情は、またそのドアが開くことを期待しているかのようだった。

春香は視線を正面に戻し、テーブルの上に両肘をのせる。

「私と拓海が大喧嘩したときの話、聞いたことある？」

「いいえ。聞いたことがないです」

戸惑いながら、航大はかぶりを振る。

視線をコーヒーカップに落として、春香が短く息を洩らす。

「拓海が中学三年生のころ、あの子のお祖父ちゃんが亡くなったの。あの子がいま住んでいる家にいたお祖父ちゃんが」

「それは、聞いたことがあります」

「あら、そうなのね。それじゃあ、拓海がお祖父ちゃんっ子だったことも知ってる？」

「はい。子供のころは、あの家に遊びに行くたび、お祖父さんの庭仕事を手伝ってたって聞きました」

「そうそう。あの家に行くと、拓海はいつも庭で過ごしてたわ。お祖父ちゃんと一緒に庭仕事をするのが、よっぽど楽しかったんでしょうね」

懐かしそうに、春香は目を細める。が、すぐに神妙な顔になった。

「そんな大好きなお祖父ちゃんが亡くなって、拓海は目に見えて落ち込んでたわ。まさに心ここにあらずって感じで、本当に痛々しかった。葬儀を終えて、一度あの家に寄ったんだけど、あの子はほとんど言葉を発することなく、ただ呆然と庭を眺めていた」

以前、菊子からも同じような話を聞かされた。お祖父さんの死因は脳梗塞で、本当に突然のことだったらしい。落ち込んだ拓海の様子は、見ているこっちの胸が痛むほどだった、と彼女は語っていた。

普段から泰然自若としている拓海の悄然（しょうぜん）とする姿が、航大にはうまく想像できない。犬猿の仲である母親と会うかどうかで悩んでいたときでさえ、彼はほとんど感情を表に出していなかった。彼にとって、祖父の死はそれだけ衝撃的な出来事だったということだろう。

「どんな言葉も、あの子には届きそうもなかった。でも、何かしてあげたかったから、思い出にと思って、菊子さんにお願いして庭の花を二輪摘ませてもらったの。あ、菊子さんのことは知ってる？　拓海のお祖母ちゃんなんだけど」

「知ってます。いつもお世話になってます」

「そう。良い人よね、菊子さん」

春香が優しく微笑む。菊子との関係は、悪くなかったようだ。

「菊子さんは、切った花が家までちゃんと元気でいられるように、しっかり水処理までしてくれたわ。帰る直前に私はそれを受け取って、手に持ったまま助手席に乗り込んだ。そのときは元旦那の運転で、車で来ていたの。まあ、当時はまだ『元』じゃなかったけどね。拓海との大喧嘩が始まったのは、その帰り道」

春香の声が沈む。彼女にとっても、思い出したくない過去なのだろう。

では、何故それをわざわざ自分に話すのか。不思議だったが、それを問うタイミングが見つからず、航大は黙って話の続きに耳を傾ける。

「拓海は後ろの席に座っていて、俯きがちにしていたから、最初は私が花を手にしていることに気付いてなかったの。気付いたのは、帰路についてしばらくしてから。そこからはもう、大騒ぎ」

「大騒ぎ？」

聞き間違いかと思い、航大が聞き返す。大騒ぎなんて、拓海のイメージから遙か遠くにある言葉だ。

「そう、大騒ぎ。拓海は私が切り花を手にしているのを見て、大声で喚きだしたの。『その花はどうしたんだ！』、『何のために摘んできたんだ！』って」

「どうしてそんなことに？」

「こうも言われたわ。『その花たちは生きていたのに！』って」

航大は息を呑む。そういうことか。

どれだけこまめに世話をしようと、切り花にした時点で、花の寿命は短くなるものだ。大切な祖父を亡くしたばかりでナイーブになっていた拓海には、それが受け入れられなかったのだろう。当時の彼は、『死』というものに敏感になっていたのだ。

いや、あるいは、もっと単純なことなのかもしれない。祖父の死で塞ぎ込んでいた彼は、どこかで感情を爆発させてしまいたかったのではないだろうか。内側に溜め込んだものを吐き出す機会を、密かに探していたのではないか。苦しくて、叫びたかったのだ。それをぶつける相手として、彼は日常的に不満を溜めていた母を選んだのかもしれない。

「私の言葉に、拓海はまるで聞く耳を持ってくれなかったわ。乱暴な言葉を喚き散らして、私を批難し続けた。私も最初は我慢してたんだけど、結局堪えられなくなって、『花のひとつや二つでギャーギャー騒ぐな』って怒鳴り返しちゃった。これが大喧嘩の始まり」

そう言って自嘲気味な笑みを浮かべると、春香は過去の自分に呆れるように頭を振った。

後悔とは、そういうものだ。引き返すことはできず、振り返り、嘆くことしかできない。

春香は笑みを引っ込め、自らの髪を撫でる。

「どんなことを怒鳴り合ったのか、もうほとんど忘れちゃったけど、最後の一言だけはなんとなく憶えてる。思い付くままに、『あんただって、花のために雑草抜いたりしてるじゃない。雑草の命はどうでもいいの?』って言い返したわ。我ながら、幼稚な反論だと思う。でも、それで拓海は黙っちゃったの。振り返ったら、あの子は目を真っ赤にして唇を嚙んでいた」

航大は目を伏せ、当時の拓海の心情を推し量ろうとする。春香の反論は確かに幼稚なようだが、同時に核心をついた言葉でもある。おそらく拓海は、自分が知らず知らずのうちに、命に優劣をつけていたことに気付いてしまったのだ。それは仕方のないことだし、普通のことだと思うが、傷心の拓海には大きなショックだったのだろう。植物にも命はあるとハッキリ理解しているからこそ、余計に辛かったのかもしれない。

春香は背凭(せもた)れに身を預け、天井を仰ぐ。

「その顔を見て、やっちゃったなって思った。でも、そのときは私も拓海に腹が立ってたから、謝る気にはなれなかった。苛々して、家に帰ったら、折角持ち帰ってきた花もすぐに捨てちゃった。それ以来、拓海とはまともに言葉を交わしていない。家を出てから顔を合わせたのは、片手で数えられるくらいだけ。それで、いまはもう見ての通り」

二人にとっての、最後の親子喧嘩。この一件があり、拓海は家を出ることに決めたのだろう。

春香は視線を航大に向け、穏やかに微笑む。

「君もこんなふうにならないように、気を付けた方がいいよ」

その一言で、どうして彼女が自分にこんな話をしたのか、航大は理解した。これは、彼女からの警告だ。親と口を利かないような状態だったと打ち明けた自分のことを、心配してくれたのだ。その気遣いは、何だか拓海に似ている。

頷きながら、航大は考えを改めた。こうして会う前までは、拓海の母は相手の事情など意に介さないような、自分本位な人間だと思い込んでいた。しかし、言葉を交わすうちに、そんなイメージはどんどん薄れていった。さばさばした性格で、捉えどころのない人物ではあるが、他人を慮る能力に欠けているわけではない。

それに、拓海が彼女のことを嫌っているほど、彼女は拓海に悪感情を抱いていないように思える。そりが合わず、一緒にいるだけで苛々させられたという話は事実だろう。だが、それが直接嫌悪に繋がっていたわけではないのではないか。彼女にとって、日常的な喧嘩は、親子間のコミュニケーション手段にすぎなかったのかもしれない。

一方的に会う約束を取り付けたことも、拓海が拒絶することを予期していたからなのではないか。強引にでも日時を決めなければ、そもそも話が進まないことを彼女は知っていたのだ。

拓海が来ないことはわかっていたはずだ。それでも今日、彼女はここに来ている。飄々とした様子からして、一縷（いちる）の望みにかけたというような切実なものではなく、宝くじは買わなきゃ当たらないくらいの精神だったのだろう。

外から見ているだけだとわかりにくいが、春香は拓海のことを大切に思っている。そんな気がしてならなかった。少なくとも、どうでもいい存在ではない。

思考を巡らせているうちに、航大はひとつの仮説に思い至った。元々頭の中にあった推測に当てはめただけのことだが、筋書きとしては無理がない。

数秒の逡巡の後、航大は自らの推測を春香にぶつけてみることにした。もう会うこともないだろうし、という小狡（こずる）い考えに身を委ね、真実を知りたいという好奇心に従う。

「春香さん」

「何？」

「園原家に毎年押し花栞を送っていたのは、春香さんですか？」

あえて前置きなく訊ねると、春香は目を見張った。

その反応を目にして、航大は確信を強める。思った通り、押し花栞の送り主は春香だ。

菊子は、あのランタナの押し花栞を亡くなった夫宛のものではないかと考えていたが、そうではない。あの栞は、拓海宛のものだったのだ。

そのことに思い至ったのは、凜と一緒に図書室で調べものをしていたときのことだ。花図鑑でランタナのページを開いていたときに、気になる項目が目に入った。

誕生花。その名の通り、生まれた月日にちなんだ花のことだ。航大が手にしていた花図鑑には、その月日が記載されていた。

ランタナは、十月二十七日の誕生花だった。その日は、拓海の誕生日だ。

押し花栞が届くようになったのは、拓海の祖父が亡くなった翌年からという話だったが、それは拓海があの家で暮らし始めた年でもある。送られてくる時期についても、祖父の命日だけではなく、拓海の誕生日にも近い。

そのことに気付いた航大は、栞は誕生日プレゼントとして拓海に贈られたものなのではないかと考えた。が、考えただけで、当時はそれをどうこうしようとは思わなかった。そもそも、送り主も匿名である事情もわからないのだから、それ以上どうもしようがなかった。

しかし、いま目の前にいる春香が送り主だと仮定すると、とてもしっくりくるのだ。差出人や宛名を書かなかったのも、誕生日当日に届くように送らなかったのも、全ては拓海に悟られないためと考えれば合点がいく。気付かれ、拒絶されることを恐れながらも、彼女は息子の誕生日を祝うために、毎年欠かさず送り続けたのだ。今年だけエゾムラサキだった理由は不明だが、何か彼女なりの意図があったはずだ。

そして、航大にはもうひとつ確かめたいことがあった。口を固く結び、押し黙ったままの春香に訊ねる。

「拓海さんと大喧嘩した日に持ち帰っていた花も、本当は押し花にしてあげようと考えていたんじゃないですか？」

花を摘んで持ち帰ることが、どうして拓海のためになるのか。航大は話を聞きながら、ずっと違和感を覚えていた。切り花として飾ったところで、長くはもたない。それなのに、春香は『思い出にと思って』と話していた。

そこで、ふと思い付いた。彼女は、持ち帰った花で押し花栞をつくろうとしたのではないか、と。祖父が育て、拓海が世話を手伝った花を、ずっと手元に残せるようにしてあげようと考えたのだ。そうすれば、祖父との繋がりをいつでも思い出せる。

しかし、祖父の死でナイーブな状態だった拓海は、怒りに我を忘れて、母親の言い分を聞こうともしなかった。その結果が、例の大喧嘩だ。

航大は、無言で春香の返答を待った。確証はないが、筋は通っているはずだ。

瞑想（めいそう）にふけるように目を閉じていた春香だったが、不意に目を開き、鞄から黒い長財布を取り出した。千円札を抜き出し、テーブルの上に置く。

困惑する航大にニッコリと笑いかけ、春香は長財布と封筒を鞄にしまいながら立ち上がる。

「手紙、届けてくれてありがとう。お話しできて楽しかったわ。お釣りは取っておいて」

一息にそう言って、彼女は颯爽と店外へ去っていった。

取り残された航大は、閉じたドアをぽかんとして見詰めながら、どうすべきかと思案する。春

れたようなものだ。香を追いかけて、しつこく真相を問い詰めるつもりはない。彼女の対応は、既に答えを教えてく

いま悩んでいるのは、当時の春香の真意を、拓海に伝えるべきなのだろうかということだ。それを知れば、拓海の母に対する悪感情も少しは和らぐかもしれない。ただ、今更真実を伝えたところで、何かが解決するわけではない。むしろ、拓海の後悔を増やしてしまう可能性の方が高そうだ。春香が自らの口で明言しなかったのは、まさにそれを危惧したからではないかとも思えてくる。

テーブルの上の千円札を眺めながら、航大は短く息を吐く。

「話さない方がいいか」

そう独り言ち、コーヒーカップに手を伸ばす。

ミルクと砂糖を入れたはずなのに、コーヒーはまだ苦かった。

駅のホームのベンチに腰掛け、春香は電車の到着を待っている。

緊張から解放されたからか、何だか頭の中がぼんやりしている。全身の力が抜け、油断すると宙に浮きあがってしまうのではないかと心配になるほど体が軽い。

それにしても、と春香は航大のことを思い出して、口元を緩める。拓海が来ることはないだろうと思っていたが、まさか代わりに友人を寄越すとは、まるで予想していなかった。元気で暮らしていて、良い友人がいる。それを知れただけで大満足なのに、あの拓海が自分に手紙を書いて

くれるなんて、まさに青天の霹靂だ。

航大が押し花栞の件に触れたときは、心臓が跳ね上がった。拓海から聞いていたのだろうか。いや、どちらかと言うと、そういう話をするのは菊子の方な気がする。

航大の推測は、どちらも正鵠を射ていた。いや、もしかしたら推測なんて立派なものではなく、ただの山勘だったのかもしれないが、どちらにしても正しい。毎年押し花栞を送っていたのは春香だし、大喧嘩の原因となった花を押し花にしようとしていたことも事実だ。

ランタナが拓海の誕生花だと知っていたなら、もしかしたら航大は、自分のことを、喧嘩をして離れていても息子の誕生日を祝おうとする優しい母親だと思ってくれたかもしれない。だが、申し訳ないが、現実はそうではない。自分は、もっと狭量な人間だ。大喧嘩した後も、ずっと拓海に対して腹を立てていた。折角あんたのためを思って花を摘ませてもらったのに、と。

あれは、ほとんど当てつけで送っていたのだ。『あのとき、本当はこんなふうに押し花にするつもりだったんですよ』という無言の嫌味と抗議のつもりだった。だから、栞を拓海が受け取っていようがいまいが、どちらでもよかった。

しかし、最後の贈り物だけは、当てつけの気持ちは一切なかった。あれに込めたのは、ただただ自分勝手な願いだけだ。

それを見つけたのは、離婚して家を出るために、身の回りの物を整理していたときのことだった。

十年以上前につくった、ワスレナグサの押し花栞。それを見た瞬間、拓海と一緒にこの花を見つけたときのことを思い出した。

あの日は、家族で春香の実家に向かう途中だった。道中にある丘の上で小休憩をとるために車から降りると、まだ小さかった拓海ははしゃいだ様子で野を駆けまわり始めた。小さな体でひたすら走り続ける姿は、一度スイッチを入れたら電池が切れるまで動き続ける列車のオモチャを想起させた。

だが、そんな暴走列車が、不意に足を止めて屈みこんだ。怪我でもしたのだろうか、と春香は慌てて拓海の元へと駆け寄った。すると、彼は小さな可愛らしい花に瞳を輝かせていた。この子は本当に花が好きなんだな、と微笑ましい気持ちになったことを憶えている。

それから、春香は拓海の隣に並ぶように屈んで、ワスレナグサという名前と、その花にまつわる伝説を教えてあげた。随分と昔のことだから、あの子は憶えていないだろう。

昔、とある国の騎士が、恋人のために岸辺に咲くこの花を摘もうとした。しかし、騎士は誤って川に落ちてしまう。騎士は必死の思いで恋人へと花を投げ、「私を忘れないで」と叫んで川底へと沈んだ。だから、この花の名前はワスレナグサなのだ。花言葉は『真実の愛』、そして『私を忘れないで』。

話を聞き終えた拓海は、渋い顔をしていた。まだ幼かったから、人が川に沈むという話が恐かったのかもしれない。

何気ない時間だったが、あのときはとても楽しかった。幸せな気分に浸ったまま、記念にと思い、春香はワスレナグサを一輪摘んで持ち帰ったのだった。そして、それを押し花栞にした。だが、戸棚にしまってずっとその存在を忘れてしまっていた。ワスレナグサを忘れるなんて、タチの悪いジョークだ。

ワスレナグサを眺めながら、春香は拓海のことを想った。

親子だからって、無理に仲良くする必要はない。嫌われていたって構わない。強がりではなく、春香は本心からそう思っていた。親も子も、それぞれの人生を自由に生きればいい。その方が、何かに縛られて生きるよりもずっと快適で健全だ。

ただ、会えなくなることは平気でも、忘れられることは寂しかった。拓海の中から自分の存在が消えてゆく未来を想像し、胸をえぐられたような気持ちになった。忘れられたくない。恨みや怒りでも構わない。嫌いなままでいいから、自分のことを憶えていてもらいたかった。

それで、今年はランタナではなく、十数年ぶりに見つけたワスレナグサの押し花栞を贈ることにしたのだ。それがただの自己満足だと知りながら、『私を忘れないで』という想いを託して。

電車が駅のホームへと滑り込んできた音で、春香はハッと我に返る。ようやく来たかと思い、立ち上がりかけて、到着したのは反対路線の電車であることに気付いた。

中腰の姿勢で、天井から吊るされた電光掲示板を確認する。春香が待っている電車はいま、二つ前の駅に停車しているようだ。

再び腰を下ろし、小さく息を吐く。それから鞄を開けて、中から封筒を取り出した。航大が届けてくれた、拓海からの手紙。帰ってから読もうかと思っていたが、中身が気になって仕方がない。

少し悩んで、春香はもう開けてしまうことに決めた。いつ開けようが、中身が変わるわけではない。ショートケーキのイチゴは最初に食べるタイプだ。

開け口に貼られたセロハンテープを剝がし、封筒を斜めにする。出てきたのは、折りたたまれた便箋一通だけだった。

「さて、どんなことが書かれているのかな」

妙な緊張を誤魔化すように呟き、春香は便箋を開く。

冗談みたいに真っ白な便箋を見て、唖然とした。

『あの花はワスレナグサではなく、エゾムラサキ』

母に対する積年の恨み辛みどころか、たった一行、それだけしか書かれていなかった。便箋をひっくり返してみても、他に書かれていることは何もない。

わけがわからず、春香は困惑する。

これだけ？　本当に？

ワスレナグサではないって、どういうこと？

混乱したまま、春香は携帯を取り出し、『エゾムラサキ』と検索した。すると、ワスレナグサとそっくりな花の画像が出てきた。さらに調べると、ワスレナグサの近縁種だと書かれている。ただ、ワスレナグサは元々ヨーロッパ原産で、エゾムラサキは在来種である。総称としてワスレナグサと呼ぶこともあるようだが、厳密には、両者は違う花なのだそうだ。

どうにか冷静さを取り戻そうと努めながら、春香は頭の中を整理する。

これはつまり、私が間違っていたということ？

拓海にワスレナグサと教えた花が実はエゾムラサキで、私が勘違いしたままであることに気付いて訂正してきた？

あの日のこと、憶えていたの？

というか、こんなメッセージを送ってきたということは、栞の送り主が私であることも、その意図も、拓海は全てお見通しだったということになるのではないか？

それとも、単に間違いを指摘したかっただけ？

頭の中が熱を持ち始め、春香は眉根を寄せる。駄目だ。平静を保とうとしても、全く思考が定まらない。自分の推測は、どこまで当たっているのだろう。

パンク寸前の頭に手を伸ばそうとして、握っていた封筒の中に微かな感触を覚えた。まだ、中に何か入っている。

春香が封筒の中を覗き込むと、短冊のような細長い紙が見えた。指で挟むようにして、そっと中身を取り出す。

「これは……」

入っていたのは、シオンの押し花栞だった。急ごしらえでつくったのか、全体的によれよれで、不格好だ。

春香はじっとシオンの花を見詰める。これで、もう疑いようがない。いつからかはわからないが、拓海は私が押し花栞の送り主であると気付いていたのだ。それを伝えるために、これを送ってきたのだろう。

でも、何故シオンなのだろう。たまたま手元にあっただけで、深い意味などないのだろうか。

いや、違う。拓海がこちらの意図に気付いていたのだとしたら、もしかしたら。

まさかと思い、再び携帯で、今度は『シオン』と検索する。

画面に表示された一文に目を通し、春香は口元を綻ばす。

「中々洒落たことができる男になったじゃない」

メッセージに気付いて、わざわざ返事をくれたというわけだ。

駅のホームに、電車の到着を告げるアナウンスが響く。

春香は立ち上がり、乗降口の前へと移動する。口元の笑みを引っ込めようとしたが、無理だった。周りの人から奇異な目で見られるかもしれないが、自然とこぼれてしまうのだから仕方がない。

手にした栞を眺めながら、春香はさらに笑みを深める。

『あなたを忘れない』

それが、シオンの花言葉だった。

電車が停車し、深く息を吐き出すような音と共にドアが開く。軽やかな足取りで、春香は車両に乗り込んだ。反対側のドアに背中をもたれるようにして、シオンに向かって囁く。

「忘れないでよ」

鞄から手帳を取り出し、慎重な手つきで手紙と栞を挟む。

折り目が付かないように優しく、丁寧に。

◇

目的地が近付いてきて、航大はペダルを漕ぐ脚に力を込める。ハンドルを切り、左に曲がる。あとは、この先にある公園の手前でさらに左折すればいい。もうすっかり通い慣れた道だ。

春香が帰ってしまった後、航大はコーヒーを飲みながら、無事に手紙を届けられたことを携帯で拓海に報告しようとした。だが、そこでふと思いとどまった。正確には、思いとどまったのではなく、砂糖を二杯入れても苦いままのコーヒーに思考を上書きされたのだ。どうしてこんなに苦いのかと訝り、変なものでも入ってないだろうなと店主に疑念を向けているうちに、報告を忘れてしまった。

帰宅し、自室のドアを開けたタイミングでそのことを思い出し、どうせなら、と拓海に直接会って報告することにしたのだった。これから家まで行っていいかと拓海にメッセージを送ると、すぐに了承の返事が来た。菊子の淹れる美味しいコーヒーで口直ししたいという下心も、少しだけあった。

園原宅に到着し、いつものように塀の前に自転車をとめて、門扉をくぐる。

「お邪魔しまーす」

誰にともなく挨拶すると、庭の一角から急に立ち上がる影があった。頬に付いた土を腕で拭うようにしながら、拓海が近付いてくる。

「いらっしゃい」

「お邪魔します」と航大はもう一度挨拶する。

「それで、何かあったのか?」

「ああ、いいえ。そういうわけではないんです。ちゃんと手紙を渡せたので、その報告をしようと思って」

携帯で伝えればよかっただろ、とは拓海は言わなかった。「そうか」と納得したように呟き、

「言われた通りにしてよかったよ。おかげで、胸のつかえがひとつ取れた」

「ありがとう」と頭を下げる。

航大は目を白黒させて慌てる。

「そんな。頭なんて下げないでください。元はと言えば、俺が言い出したことですし」

「君が提案してくれたことだから、感謝しているんだが」と拓海は不思議そうに首を傾げる。

「いや、まあ、それはそうなんですけど。俺に何かできることはないかって、無理矢理考え出して提案したものなので……。自己満足で行動したことなのに感謝されるのは、どうにも居心地が

悪くて」

「そんなややっこしく考えるなよ。自己満足だろうと何だろうと、俺は君の助けをありがたいと思っているんだ。感謝を素直に受け取ればいい」

それを聞いて、航大は静かに安堵の息を洩らす。覚悟を決めて臨んだこととはいえ、差し出がましいことをしてしまったのではないかという思いは、ずっと胸の奥底に潜んでいた。でも、拓海がそう言ってくれたおかげで、随分と心が軽くなった。

もしかしたら、彼はそこまで考えてお礼を口にしたのかもしれない。

「ありがとうございます」

「どうしてそっちが礼を言うんだ？」

いつものように拓海の表情は変化に乏しく、とぼけているのかどうか、判然としない。

「俺も、ありがたいと思ったからです」

わけがわからないというように、拓海が肩を竦める。

それを見て、航大は頬を緩める。

「とりあえず、素直に感謝を受け取ってください」

「よくわからないが、わかった」

拓海は自然体で、母の様子を訊ねようとはしなかった。無理をしているわけではなく、聞かなくてもわかっているといった感じだった。

「ところで、菊子さんは？」

「近所の友達の家に、遊びに行ってる」

「ああ、そうなんですか」と航大は残念がる。菊子の淹れるコーヒーはお預けだ。

拓海が腕組みをして、航大を見下ろす。

「コウは、いま何か欲しい物があるか？」

「欲しいものですか？　うーん、何だろう。すぐにポンと思い付くものはないですね。というか、これはどういう質問ですか？」

「今回の件のお礼がしたいと思って」

思った通りだ。航大は恐縮して手を左右に振る。

「あの、本当に平気ですから。気持ちだけで充分です。そもそも、助けになってもらった回数は俺の方が多いんですから、本当はこっちがお礼をすべきなんですよ」

「お礼なら、もう充分にしてくれているだろ」

航大はきょとんとする。何のことだろう。まるで思い当たらない。

真面目な顔で、拓海が告げる。

「いつも俺の代わりに祖母ちゃんの話し相手になってくれているだろ。あれは本当に助かってる。コウが遊びに来てくれるようになって祖母ちゃんも以前より楽しそうだし、そっちのお礼もしたいくらいだ」

「いやいやいや。俺だって楽しんでますし、毎回美味しいお菓子やら果物やらをご馳走になっているんですから、お返しなんて必要ないですよ」

「そうは言われてもなあ」

これだけ断っても、拓海はまだ諦めきれない様子だ。助けてもらったお礼がしたいという気持ちは航大もよくわかるので、断り続けるのは心苦しくもある。

それならば、と航大は提案する。

「わかりました。それじゃあ、園芸初心者にオススメの花をひとつ教えてくれませんか」

「それがお礼になるのか?」

「実は、拓海さんが庭仕事をするところを見たり、校内の花の水遣りをしているうちに、俺も自分で花を育ててみたくなったんです。だから、育て方とか、拓海さんから色々とアドバイスをもらえれば嬉しいなと思って」

　拓海は思案顔で顎を撫で、何も言わずに玄関の方へと歩いていった。暫くすると、彼は小さな鉢植えを手にして戻ってきた。植えられている黄色と紫の混じった花弁を持つその花のことは、駅前や道路沿いに設置されたプランター、学校の花壇など、様々な場所で見かけたことがある。

「ビオラだ。寒さに強い品種で、これからの季節に丁度いい。丈夫で育てやすいから人気もあるし、まさに園芸初心者向きの花だ。よかったら貰ってくれ」

「いいんですか?」

「もちろん。その代わり、大事にしてやってくれ」

　風が吹き、こちらに向かって手を振るようにビオラが揺れた。よろしく、と挨拶されたような気がした。

　両手でビオラの鉢植えを受け取って、航大は拓海に笑いかける。

「ありがとうございます。育て方、ちゃんと教えてくださいね」

「お安い御用だ。そいつはほとんど手がかからないから、安心していい」

　そう言って、拓海は破顔する。

　夜に太陽が昇る瞬間を目の当たりにしたような衝撃を覚え、航大はぽかんと口を開ける。

「どうかしたか?」

「いや、拓海さんがそんなふうに笑うの、初めて見たなと思って」

「そうか？　しょっちゅう笑ってるだろ」と応える拓海は、既にいつもの無表情に戻っている。

「拓海さんにとっての『しょっちゅう』って、一年に一回くらいの頻度なんですか？」

「失礼な奴だな」と拓海が眉をひそめる。

「ご、ごめんなさい。許してください」

航大が慌てて平謝りすると、拓海はもう一度口角を上げた。

「冗談だ。本気で怒ったりしないよ」

ホッとすると同時に、航大の腹の虫が鳴いた。そういえば、昼食がまだだった。

「腹減ってるのか？」

「昼飯を食うの、忘れてました」

航大は照れ笑いを浮かべながら、腹を手で押さえた。

拓海が背中を向けて、屋敷の方を顎でしゃくる。

「来いよ。簡単なものでよければ、用意してやる。面倒でも迷惑でもないから、遠慮はいらない」

先回りして釘を刺され、航大は苦笑する。もう返事はひとつしか残っていない。

「ありがとうございます」

「家の中と外、どっちで食べたい？」

少し考えて、航大は答える。

「外がいいです」

「わかった。じゃあ、向こうで待っていてくれ」

拓海はウッドデッキの方を指差し、玄関へと歩いていった。

航大はウッドデッキのテーブルにビオラの鉢植えを置き、腰を下ろして庭を眺める。

ここからの景色は、いつだって色鮮やかに輝いている。賑やかで、美しく、活き活きとしている。綺麗だな、と率直な感想で頭が満たされる感覚が心地良い。季節外れの陽気に包まれていると、空腹なのに眠くなってきた。

寝てはいけないとわかっていながら、航大は無意識に目を閉じてしまう。すると、瞼の裏に、園原家の庭に佇む幼い少年と、白髪頭の大柄な男性の姿が映った。夢にしては自分の姿がなく、映画館のスクリーンに流れる映像を鑑賞するような、奇妙な視点だった。

少年は見慣れた花壇に苗を植えながら、「ちゃんと咲くかな」とわくわくした声を出す。白髪頭の男性が、「ちゃんと世話をすれば」と応えた。

少年は太陽みたいな笑顔で頷き、力強く宣言する。

「僕、ちゃんと世話するよ。ずっと、ずーっと」

元気に咲いてくれますように、と苗に向かって祈る少年の姿が余りに無邪気で、航大は口元を綻ばす。

きっと綺麗な花が咲く。

勿忘草(わすれなぐさ)をさがして

2023年3月31日　初版

著者
真紀涼介(まきりようすけ)

装画
sakutaro

装幀
岡本歌織（next door design）

発行者
渋谷健太郎

発行所
株式会社東京創元社
〒162-0814 東京都新宿区新小川町1-5
03-3268-8231（代）
http://www.tsogen.co.jp

印刷
フォレスト

製本
加藤製本

ISBN978-4-488-02890-9　C0093

四人の少女たちと講座と謎解き

SUNDAY QUARTET◆Van Madoy

日曜は憧れの国

円居 挽

創元推理文庫

内気な中学二年生・千鶴は、母親の言いつけで四谷のカルチャーセンターの講座を受けることになる。退屈な日常が変わることを期待して料理教室に向かうと、明るく子供っぽい桃、ちゃっかりして現金な真紀、堅物な優等生の公子と出会う。四人は偶然にも同じ班となり、性格の違いからぎくしゃくしつつも、調理を進めていく。ところが、教室内で盗難事件が発生。顚末に納得がいかなかった四人は、真相を推理することに。性格も学校もばらばらな少女たちが、カルチャーセンターで遭遇する様々な事件の謎に挑む。気鋭の著者が贈る、校外活動青春ミステリ。

収録作品＝レフトオーバーズ，一歩千金二歩厳禁，維新伝心，幾度（いくたび）もリグレット，いきなりは描（えが）けない

鮎川哲也賞

創意と情熱溢れる鮮烈な推理長編を募集します。未発表の長編推理小説（四〇〇字詰原稿用紙換算で三六〇〜六五〇枚）に限ります。正賞はコナン・ドイル像、賞金は印税全額です。受賞作は小社より刊行します。

創元ミステリ短編賞

斯界に新風を吹き込む推理短編の書き手の出現を熱望します。未発表の短編推理小説（四〇〇字詰原稿用紙換算で三〇〜一〇〇枚）に限ります。正賞は懐中時計、賞金は三〇万円です。受賞作は『紙魚の手帖』に掲載します。

注意事項（詳細は小社ホームページをご覧ください）

・原稿には必ず通し番号をつけてください。ワープロ原稿の場合は四〇字×四〇行で印字してください。
・別紙に応募作のタイトル、応募者の本名（ふりがな）、郵便番号、住所、電話番号、職業、生年月日を明記してください。また、ペンネームにもふりがなをお願いします。
・鮎川哲也賞は八〇〇字以内のシノプシスをつけてください。
・小社ホームページの応募フォームからのご応募も受け付けしております。
・商業出版の経歴がある方は、応募時のペンネームと別名義であっても応募者情報に必ず刊行歴をお書きください。
・結果通知は選考ごとに通過作のみにお送りします。メールでの通知をご希望の方は、アドレスをお書き添えください。
・選考に関するお問い合わせはご遠慮ください。
・応募原稿は返却いたしません。

宛先　〒一六二-〇八一四　東京都新宿区新小川町一-五　東京創元社編集部　各賞係